K INK INK INK INK INK INK
INK INK INK INK INK INK I
K INK INK INK INK INK INK
INK INK INK INK INK INK I
K INK INK INK INK INK INK
INK INK INK INK INK INK I
K INK INK INK INK INK INK
INK INK INK INK INK INK I
K INK INK INK INK INK INK
INK INK INK INK INK INK I
K INK INK INK INK INK INK
INK INK INK INK INK INK I
K INK INK INK INK INK INK
INK INK INK INK INK INK I
K INK INK INK INK INK INK
INK INK INK INK INK INK I
K INK INK INK INK INK INK
INK INK INK INK INK INK I
K INK INK INK INK INK INK
INK INK INK INK INK INK I
K INK INK INK INK INK INK
INK INK INK INK INK INK I
K INK INK INK INK INK INK
INK INK INK INK INK INK I
K INK INK INK INK INK INK

INK

文學叢書

167

閒讀偶拾

林行止◎著

【附錄】

前記

《閒讀偶拾》是筆者的「公餘」產物，是寫政經評論的副產品。評論政經，須有得失成敗的善惡因應，摸索是非去從的憂思，偶有所見的鑽研，埋首其間的熱情很難「不打烊」，若「開小差」，跳進非政經專業的「雜文」和雜書是唾手可得的享受。

當關係眾人眾事的政策政情只是來去幾個不出色腳色的台前大戲，而天寬地大的景致也都成了孔方之內的琉璃風物；幽微哀樂，納入寫作的政經題材漸漸減少，「偶拾」自「閒讀」的題目日見增加，「閒文」結集已在香港出了幾本（香港天地圖書），臺灣版，這是第一冊。

「閒文」出台灣版，筆者要感謝鄭樹森兄；至於行文時有難明的香港「土話」，則要感謝敏麗女士的認眞檢勘，讓筆者及時補上「解話」。都說校對如掃秋葉，長掃長有，「印刻」人辦事認眞，希望地上落葉，偶拾，也難。

二〇〇七年八月二十一日

嫉洋如仇魯迅誤打陳煥章

瀏覽唐紹華的《文壇往事見證》（台北，傳記文學出版社，一九九六年），在〈學院派的作家們〉一文（頁七三／七六），有意外的發現。唐紹華一九〇七年生於安徽巢縣，南京中央大學畢業，長期在國民黨宣傳部任職；戰後在上海組「中國第一電影企業公司」；解放前後來港，一九五五年赴台定居。唐氏拍過多部電影（編導），在多間大學任教；出版詩集、劇本、小說、理論、雜文、散文及報導文學近三十部。

唐氏提及文壇上盛傳劉半農曾有意提名魯迅為諾貝爾文學獎之候選人；魯迅把此事轉告臺靜農。究竟有無其事？有人就此事請教時任台灣大學中文系教授兼主任的臺氏，但「臺老師不願提及文壇往事」。事聞於唐紹華，他幾經尋訪，最後「煩託在日本的文友代查一下，果然有此一說」。

魯迅致臺靜農的信如下：「……諾貝爾賞金，梁啓超自然不配，我也不配，要拿這錢還欠努力，世界上比我好的作家何限，他們得不到。你看我譯的那本小約翰，我哪裡作得出來，然而這作者就沒有得到。或者我所便宜的是我是中國人，靠著這『中國』兩個字罷，那麼，與陳煥章在美國做孔門理財學而得博士無異了，自己也覺得好笑。

我覺得中國實在沒有可得諾貝爾賞金的人，瑞典最好不要理我們，誰也不給。倘因爲黃色臉皮的人，格外優待從寬，反足以長中國人的虛榮心，以爲其可與別國大作家比肩了，結果將很壞……。」

這不僅反映魯迅對諾貝爾文學獎的態度，亦看出他對中國學者在外國「販賣」中國文化混飯吃大不以爲然以至一棍打死的態度。

這信有日月而無年份（這是國人寫信的通病），經唐氏查證寫於民國十六年（一九二七年），時魯迅的重要小說如《狂人日記》（一九一八年）、《孔乙己》（一九一九年）、《阿Q正傳》（一九二〇年）、《吶喊》（一九二四年）皆已出版並轟動文壇，但魯迅仍說「還欠努力」，不知是出於自謙或有其他原因，令他認爲並沒有中國作家有此資格！

魯迅對中國作家與「諾貝爾賞金」的看法，正確與否，有待文學界評說；他對陳煥章寫《孔門理財學》的輕薄態度，筆者則期期以爲不可。

*

陳煥章（錦泉）何許人，他便是熊彼德在其傳世巨構《經濟分析的歷史》提及的「中國經濟學 Huan Chang Chan」，而 *The Economic Principle of Confucius and his School* 便是《孔門理財學》，這本書爲陳氏在哥倫比亞大學（應在一九〇五或一九〇六年至一九一〇年）追隨經濟學名宿克拉克（John B. Clark, 21.1.1847-21.3.1938，現在每兩年一次頒給四十歲以下美國經濟學家的克拉克獎，便是紀念此公；該獎沒有獎金，在學界地位崇高；一九九七年得主爲芝大三十九歲的墨非〔K. Murphy〕教授）從事研究的成果；芝大出版社把此博士論文列爲「歷史、經濟及公共法研究叢書」之一，分兩卷（約八百頁）於一九一一年出版。

陳煥章向英語世界譯介儒家食貨理論而得博士學位，當然與「中國」兩字脫不了關係，而做這種工作的基本條件是對儒學有研究、精通英文及經濟學，魯迅說陳氏之得博士學位，「自己也覺得好笑」，是了解陳煥章「寫作動機」和才學的人笑不出來的。筆者推斷魯迅根本未曾讀過這本原著，只是他嫉洋如仇，看不起吃洋飯，尤其是以「國粹」混洋飯吃的人，因有斯說。

*

香港孔教堂於一九四〇年重印陳煥章《孔教論》一書，內收〈孔教論〉、〈中國今日當昌明孔教〉及〈孔門理財學之旨趣〉三文。後者爲《孔門理財學》的中譯摘要，陳氏寫道：「作是書。本含有昌明孔教以發揮中國文化之意思。蓋西人每多鄙夷中國。幾以爲世界之文明。惟西方素有之。而中國從未佔一席也。」他因此發憤把孔門有關「理財之學」，譯爲英文並與西方學說作比較。陳氏續說：「諸子朋興。各持異說。且與孔孟爲同時。故諸子之學說。不得取以比較。故是書實可名爲中國理財學史。不過於諸子學說。尚未詳備耳。」

陳煥章的識見，可從下述這段話見之：「理財之學。在歐美已成專科。學說日新。各分流派。何以與我中國之學說。比較其異同得失。亦學者之有事也。然此學有最大危險者二。其一則附會之弊。我們中國人。向來喜歡以西學附會中學。動輒謂西人竊取吾說。此不值一笑也。或望文生義。喧賓奪主。勦襲西人之諸言。爲中文之解釋。而於本文正義。反乏發揮。其二則偏私之弊。我們以孔教徒而談孔教之學說。以中國人而談中國之事實。誠恐不免出於敬教之誠。愛國之熱。而持論或涉於偏私有不盡公正之處。凡此二弊。兄弟皆極力除去。總以西人科學之法而著此書。此蓋守孔子修辭立其誠之教。不敢自欺而欺人也。」

近百年前陳氏有此識見，魯迅若曾得讀，又怎會心存蔑視？今「動輒謂西人竊取吾說」的學者，又怎能不臉紅！

一九九七年三月十九日

發展核彈　以保安全

五月一日《華盛頓郵報》引述美國中央情報局的「機密文件」，指中國擁有十八枚長程導彈，其中十三枚爲射程一萬三千里的東風五號導彈，已瞄準美國數大都會！據說中國亦有導彈瞄準俄羅斯大城市。

柯林頓政府自一九九六年起，兩度試圖和中國達成「核彈互不瞄準協議」，均無法成事。

自從發明可載核子彈頭的長程導彈後，擁有這種武器的國家莫不互相提防，因爲「先下手爲強」對核子戰爭十分重要，搶先發射長程導彈的國家肯定搶盡制敵先機。

無論如何，中國隨後發表聲明，指這些導彈未裝上核子牙；不過，未裝上核子彈頭不等於導彈沒有威脅性、阻嚇力，因爲現代科技可於數分鐘內裝配妥當。

這項新聞，令筆者想起美國著名評論家李甫曼這段話：「一個國家可以不必犧牲其正當利益以避免戰爭，而在被挑戰時能夠以武力維護這些利益。在這種情況下，這個國家才有安全。」

原文如下：「A Nation has security when it does not have go sacrifice its legitimate interests to avoid war and is able, if challenged, to maintain them by war.」（W. Lippmann: *U. S. Foreign Policy:*

Shield of the Republic. Little, Brown, 1943）。

這段話成爲美國政府一方面發展殺傷力強大的武器，一方面口喊維持世界和平甚至以和平使者自居的「理論基礎」。非常明顯，有十三枚隨時可帶上核子彈頭、射程可達太平洋彼岸的導彈，是中國國家安全與正當利益的最佳保障。

*

報壇前輩潘思敏先生（今以金鷹的筆名爲《信報》撰稿）所著《中國美食的故事》（百樂門出版社），對達官貴人社會名流家廚的手藝，因主人去世、罷官、破產等原因而「流入民間」、豐富「私營部門」美食的故事，記敘甚詳，趣味性與建設性兼重，unputdownable之作也。

官廚入市令飲食業愈加多姿多采，外國亦然。英國美食家麥當諾（G. MacDonogh）爲法國「美食之父」（father of gastronomy）貝利亞—沙華利作傳，書名 *Brillat-Savarin: The Judge and his Stomach*（John Murray, 1992），第四章提及法國大革命後的社會變化，有這樣一段話：「大革命令不少大地主和貴族變得一窮二白，許多名廚被迫離開豪門；他們於是開設餐館——一七八九年前，這裡（巴黎）大約不足百家餐館，但現在（一八〇三年）起碼已增加五倍。」（頁七四）

順便一提，本業爲律師的貝利亞—沙華利和袁子才頗相似，會食、能煮、善寫，其所著《味的剖析》（*La Physiologie du Gout*, 1825），爲公認的飲食經典，英譯本於一九七〇年以《廚房中的哲學家》（*The Philosopher in the Kitchen*，企鵝）之名出版。這本書不是一般人所想像的食經，絕不及《隨園食單》具體而微，它是對飲食文化的探討，這是英譯書名的源由。

*

有「高爾夫神童」之稱的老虎伍茲（**Elrick 'Tiger' Woods**），其中間這個「老虎」之得名，有段感人故事。伍茲於一九七五年十二月三十日出生時，登記的名字是 **Eldrick Woods**，他的父親 **Earl Woods**（美國黑人，母爲泰國人）於他還在襁褓時加上 **Tiger** 一字；老伍茲的友人以爲這是他望子成「虎」心切，事實上，這是老伍茲懷念他在越南戰場上的老拍檔、綽號 **Tiger Phong** 的南越陸軍上校（原名 **Phong Nguyen**）。越戰結束後，他們各奔東西，但他念念不忘 **Tiger Phong**，因此替兒子起了這個名字，希望有一日 **Tiger Phong** 能夠通過 **Tiger Woods** 和他聯絡上。

老伍茲（越戰時官拜中校）的希望落空，因爲 **Tiger Phong** 早已瘐死越共集中營。爲了替「老虎」尋根，美國《高爾夫文摘》（***Golf Digest***）派記者往越南查訪 **Tiger Phong** 的下落，並把 **Earl Woods** 和他在越南戰場出生入死的事蹟寫成八頁長文，刊於該刊一九九七年十月號。

*

尼克森及福特政府的國務卿季辛吉（**H. Kissinger**，一九七三—一九七七年任國務卿職）一九七二年在國家安全顧問任內「詐肚痛」從巴基斯坦飛往北京，打開中美建交大門，其後又多方斡旋，撮合以埃和談而聲名大噪。季辛吉是國際關係學權威，獲哈佛博士學位並在該校當教授。在學術上，季辛吉承認是主張爲達政治目的可以不擇手段、著有《帝王術》（*The Prince*，一五一三年初版）而成爲權術政治鼻祖的義大利政治家馬基維里（Niccolo Machiavelli）的崇拜者。

季辛吉是所謂「穿梭外交」（shuttle diplomacy）的創始者，經常搭乘專機在世界各地「穿梭」，從事外交活動。

福特總統於一九七七年下台後，季辛吉並未投閒置散，他和其國務院得力助手開創政治諮詢公司，當大企業的顧問，因此亦需要不停「穿梭」，拜訪各國政要，爲其主顧提供服務；七○年代末期至八○年代中期，中東恐怖分子到處虜劫人質，作爲政治敲詐的本錢，有記者問季辛吉，他整天「遊飛機河」，會否擔心被挾持？他若被挾持，美國一定會設法營救，如此會消耗大量國家資源，因此，季辛吉可否減少「外遊」，以省卻大家的麻煩？

季辛吉表示對被挾持的憂懼，但強調萬一被劫爲人質，請美國政府不必出面營救，若爲了他的安全而必須以不利於國家的條件與恐怖分子交易，更犯不著；季辛吉說他爲了客戶自願冒此風險，政府不必插手。

季辛吉何來這種「智慧」？最近細讀德國史家孟涅克《馬基維里主義》（Friedrich Meinecke, *Machiavellism: The Doctrines of Raison d'Etat and Its Place in Modern History*，一九九五年耶魯大學版）英譯本的〈（普魯士）腓德烈大帝〉一章，見如下一段話，恍悟季辛吉的「師承」。

腓德烈大帝（1712-1786）在位時，歐洲烽煙四起、戰亂頻仍，在一七五六年至一七六三年的所謂「七年戰爭」（Seven Years' War）中（主要是奧地利與普魯士的「地盤之戰」），腓德烈在戰事危急時，寫備忘錄給他的國務大臣，談及其個人安危，作這樣的交代：「萬一我被捕入獄，我不必任何人表示關注，對我從獄中所寫的書簡，更應置之不理。如果命運弄人，那麼我將爲國犧牲！以任何形式付出贖款或割地以交換我的自由的安排，都爲國法所不容……。」（頁二八一）

一九九八年五月八日

范仲淹　李提摩太　凱恩斯

沈括《夢溪筆談》卷十一官政一第二一四條論范仲淹賑災，有如下的記載：「皇祐二年，吳中大饑，殍殣枕路。是時范文正領浙西，發粟及募民存餉，爲術甚備。吳人喜競渡，好爲佛事，希文乃縱民競渡，太守日出宴於湖上，自春至夏，居民空巷出遊。又召諸佛寺主首，諭之曰：『饑歲工價至賤，可以大興土木之役。』於是諸寺工作鼎興。又新敖倉吏舍，日役千夫。監司奏劾杭州不恤荒政，嬉遊不節，及公私興造，傷耗民力。文正乃自條敘所以宴遊及興造，皆欲以發有餘之財，以惠貧者。貿易飲食、工技服力之人，仰食於公私者，日無慮數萬人。荒政之施，莫此爲大。是歲，兩浙唯杭州晏然，民不流徙，皆文正之惠也。歲饑發司農之粟，募民興利，近歲遂著爲令。既已恤饑，因之以成就民利，此先王之美澤也。」

皇祐二年爲公元一〇五〇年，是年范文正公（九八九—一〇五二）六十二歲。范仲淹（字希文）兩歲死了父親，苦學成才，二十六歲中進士，曾帶兵駐守西夏，有「軍中有一范，西賊聞之驚破膽」的歌謠，可見范氏治軍之嚴及威望之隆；他後來官拜宰相，主持「慶曆變法」，遭受既得利益的貴族和保守官僚的反對，以致功敗垂成。

范仲淹文才橫溢，〈岳陽樓記〉便是他的手筆，其「居廟堂之高，則憂其民；處江湖之遠，則憂其君；是進亦憂，退亦憂，然則何時而樂耶！其曰：『先天下之憂而憂，後天下之樂而樂歟！』」更是膾炙人口傳誦一時。《信報》「醉酒篇」的東籬先生最喜歡用的「名句」：「微斯人吾誰與歸」，便是〈岳陽樓記〉終結之句。「微」與「無」通，「斯人」指古人；吾誰與歸，指必有古之仁人爲其欽羨。譯爲白話文是「如果沒有先天下之憂而憂及後天下之樂而樂的人，那我豈不是非常寂寞？」

范仲淹賑災的辦法，與天災爲患時應節約開支以濟災民的傳統想法大異其趣，浙江巡撫因此認爲他「不恤荒政，嬉遊不節，及公私興造，傷耗民力」，參了他一本，但事實證明他「發有餘之財，以惠貧者」、「既已恤饑，因之以成就民利」是正確的，亦是近千年後被譽爲本世紀三個偉大經濟學家之一的英國經濟學家凱恩斯賴以成名的挽救經濟衰退的辦法；范仲淹「以工代賑，寓賑於工」的辦法是行之有效放諸四海而皆準的！

*

姚崧齡的《影響我國維新的幾個外國人》（台北，傳記文學出版社，一九八五年）〈勸導中國變法的李提摩太〉一文，記英國威爾斯人李提摩太（Timothy Richard, 1845-1919）來華傳教的事功，說「在煙台時，李氏利用理雅各（James Legge，所譯《易經》迄今仍在翻印，爲一般『西人』學習卜筮最佳入門書，以其並非直譯而是意譯，讀者較易揣摩《易經》的眞意）所譯中國經書，對於中國儒學哲理，已有相當了解。居青州後，除傳教外，日讀《近思錄》（宋朱熹、呂祖謙同撰，凡十卷），嗣復閱《金剛經》。於儒釋兩家道德，益外領悟……。」

光緒二年至四年（公元一八七六年至一八七八年），華北大旱成災，李提摩太設法救災，他請知府轉稟巡撫，「奏請清廷，開放糧禁，聽任日本、高麗糧倉入口，藉平市價。然本人（指李提摩太）對於賑濟工作，尚不敢直接參力，以免地方官神妒嫉，發生衝突……。」嗣又上書巡撫丁寶楨，建議以工代賑，因爲救災之根本辦法，莫如興修鐵路開採礦產，既可僱用大批民工，且闢永久利源……。李提摩太「終於獲得『救災先進』的頭銜；一九〇二年清廷賞給頭品頂戴，封蔭三代榮典；一九〇七年再頒授雙龍寶星，以酬其在中國服務勞積」。

＊

李提摩太的「以工代賑」、「興修鐵路」、「開採礦產」以挽救經濟衰退的辦法，和范文正公的方法如出一轍，而他有否受范氏影響，筆者不敢武斷；李提摩太飽讀中國經書及英譯中國經書，這些「經書」有范仲淹賑災方略亦說不定；筆者雖未讀過《近思錄》，唯朱熹和呂祖謙後范仲淹約百年，此書有范仲淹的影子是不足爲奇的。

無論如何，范仲淹、李提摩太在「挽救經濟衰退刺激經濟成長」上，和凱恩斯於一九三六年出版的《就業・利息和貨幣通論》所揭示的方法庶幾近之，不過凱恩斯從「有效需求原理」入手，得出「投資萎縮導致總收入及總就業大幅下降」的結論，因此主張「正確醫治商業循環的辦法不在消滅繁榮，而在令蕭條消失……。」而達致此目的的方法是加強公共投資以增加就業，這與范仲淹和李提摩太提出的辦法，在落實層次上是一致的。

一九九七年三月二十五日

炒股前夕　不可分神

柯林頓總統「白宮書房白晝宣淫」，經《斯塔爾報告》上網宣揚，其影響可說無遠弗屆；瀏覽美國傳媒的報導和評論，筆者認爲柯林頓雖不致被國會彈劾，但接受某種形式的譴責，有如長輩對後輩的申斥，則勢所不免，好在柯林頓臉皮夠厚，善於演戲，因此會愁眉苦臉，甘之如飴。

柯林頓所以「蒙羞」，皆因他是個急色鬼，才會屢屢做出不計後果的事。根據屠洛克和麥健時合著《經濟學新天地》（R. Mckengie, G. Tullock: *The New World of Economics*）的分析，柯林頓可說愚不可及。在避孕普及、有效的現在，性愛中女方的機會成本已減至最低，但男方在這種遊戲中「努力的支出」（expenditure of effort，男性性高潮起碼需要約二百卡路里）、「婚外情」違反道德標準的精神負擔（psychic cost），以至在保安人員嚴密監視下如何避人耳目的資訊成本，其付出實在很大，但他仍前「撲」後「抱」，柯林頓眞是色膽包天！

*

在經濟學家不帶感情的剖析中，路文斯基和柯林頓合作大玩性戲，純粹是一種交換（exchange）活動，它產生了效用（yield utility），顯而易見，柯林頓的性需求獲得滿足，路文斯基亦有價值不可估量的無形收益，比如就業保障、一條有風流餘韻的裙子及暢銷書的題材……。路文斯基出售勞務，所獲不菲，而柯林頓付出的代價（承擔的風險）極高，可見「寡人有疾」已令他失去常性！應該一提的是，柯林頓的偷情，與經濟學家認爲性慾有強烈的理性成分（predominantly rational）不同，經濟學家指出愛滋令人們在性愛方面較爲謹慎，足以說明性行爲受理性所左右，不過，柯林頓經常處於「非理性亢奮」狀態，其偷歡的決定因而極不理性。

*

在《斯塔爾報告》中，柯、陸融食色於一爐的性戲方式，可說別出心裁，這倒不足爲奇。美國第七巡迴上訴庭法官、芝加哥大學法學院法學高級講師李察・波茨納（沒博士學位當不了教授）在其巨著《性與理性》（R.A. Posner: *Sex and Reason*，哈佛大學，一九九二），對「野花」爲何比「家花」香？拈花惹草爲何甚具吸引力？從經濟學觀點提出他的解釋。波茨納說，妻子或女朋友（丈夫或男朋友）對「性服務」不取分文，「野花」因此不能作價格競爭（她們「大出血」亦不能與妻子和女朋友的「免費」競爭），因此，她們唯有花樣百出，提供千奇百怪的性服務（exotic form of sex），藉這類與妻子不同的服務（用經濟學術語，是提供「差別化」服務）爭取提高營業額，而這些五花八門的性戲，也許正是令柯林頓心猿意馬不顧名譽地位的原因！

＊

不久前宣布破產的炒股家尼德霍華，在其《一個投機者的教育》（Victor Neiderhoffer: *The Education of A Speculator*）中，對性與投機（他因此創造了一個新字 spexual）有很風趣、詳盡的描寫，他說做愛與發財有一共通點——靜。求財須靜，做愛亦不可被人騷擾！除此之外，兩者不可混爲一談，更不能「合併處理」。尼德霍華強調他在市場決戰前夕，絕不做愛，這雖爲其個人風格，相信亦爲炒股家們的共同守則，因爲做愛會分心分神，而欲在市場上下其手，必須全神貫注全力以赴才望有成。尼德霍華說他高小時參加校際手球（hand ball）比賽，連勝數場，奪標有望，哪知球場附近突然出現一位「可能是美東第一位」穿比基尼的少女，令他神情恍惚，以致分心分神，結果反勝爲敗；一九七四年他在普林斯頓參加全美壁球賽，入圍，全國冠軍唾手可得，哪知專程來作專訪的《每日新聞》女記者，美豔不可方物，令他心旌搖曳，以致無心戀戰，連場皆北（後來他賽前「不近女色」，連奪五屆全美冠軍）。當然，尼德霍華的經驗不能放諸四海而皆準，而他對女色的看法，絕非對女性不敬，只說明了女性的魅力太大，令男性神魂顚倒不能集中精神而已。非常明顯，柯林頓一面與路文斯基鬼混一面和議員、政客「洽公」，可見其定力遠較尼德霍華爲高！

＊

尼德霍華花了整整一章十八頁的篇幅，論性與投機的關係，在他搜集的文獻中，以性作爲交換生意的成功事例甚多，比如垃圾債券大王米爾根請好萊塢妓女到酒會推銷債券，華爾街著名女經紀出賣色相拉客等，生意做成佣金落袋，但人格則喪失了；大名鼎鼎的鐵路大王兼炒股家溫得標（Vanderbilt）爲一雙姊妹花經紀著迷，「他喜歡在她們身上上下其手」，結果炒無不贏的溫得標，在她們手上購進無數蝕本貨！十九世紀末期本世紀初葉美國股市監管未嚴，華爾街出了許多草莽炒股家，其中較有名的費斯克（J. Fisk）、李雲摩（J. T. Livermore），都是數度破產數度發財最後潦倒以終的大投機家，但他們之敗，據其傳記作者的說法，均病於縱慾……。投資分析界人人敬佩的「實力分析之父」格拉漢（B. Graham），竟是條大淫蟲，以致他的朋友、同事甚且鄰居，都不敢讓女眷和他接近。縱慾的投機者都以失敗收場，只有大投資銀行家摩根是個例外；摩根以風流出名，他之所以能家和萬事興，是因爲「他從不與太太同期在同一個地方生活」，當摩根不與情婦遊歐時，他把太太送去歐洲，等她遊倦知還，摩根已帶新歡去歐洲……。

一九九八年九月十五日

「落雨收遮」與〈狗屁不通〉

港事紛煩，評之心煩，茲摘閒時閒讀偶拾，以為大家解煩；閒讀是筆者的最佳甚至唯一的消閒。

陳虹編著《中國的風雲人物趣事》（台北，蘭溪圖書公司），其〈遊戲人間的辜鴻銘趣事十則〉之「聞名世界人不知」，有如下的記載：「銀行家是這樣的人，當天氣晴朗時，硬要把傘借給你；陰天下雨的時候，又兇狠狠地要將傘收回去。」

原文說：「以上這句英文名言，幾乎在每一部英文的名言彙編這類的辭典書上，都編印得有的。

在這句話的末尾，有些書上註明是『佚名』，有些又註明為『英諺』，只有一部出版於一八九七年（光緒二十三年）的名言彙編裡，註明了這句話的原作者，是 Amoy Nuo（引案，應為 Kuo 之誤植），查遍了許多名人的辭典，找不出誰是：『亞姆伊．枯』！後來有人在一本文學的雜誌中看到了有此說明：『亞姆伊．枯』是第一位將中國的《春秋》、《中庸》、《論語》譯成英文的中國學者，名叫湯姆生辜（一八五四－一九二八）。這才使人恍然明白，所謂『亞姆伊．枯』者，即是

『廈門辜』之誤譯。」

原來我們香港人掛在嘴邊的「銀行家落雨收遮（傘）」，出自英國文豪毛姆所說的「享譽國際憤世嫉俗的學者」辜鴻銘之口。

*

辜鴻銘原名湯生（湯姆生顯然是英譯中），別署（筆名）漢濱讀易者，福建同安人。辜氏爲馬來亞檳榔嶼華僑，留學英國和德國，分得文學及工程學位。一八八〇年二十六歲，在新加坡英國殖民政府任職，後突有所悟，「蓄辮易服，回國服務」。辜於一八八五年投入張之洞幕府，任其英文翻譯，歷時二十多年（「粵鄂相隨二十餘年」），在《張文襄幕府紀聞》之弁言中，他說張之洞「雖未敢云以國士相待，然始終禮遇不少衰」。辜的中文著作不多，傳世的以前書較出名，其中有〈愛國歌〉一首，十分精采：「壬寅年張文襄督鄂時，舉行孝欽皇太后萬壽，各衙署懸燈結綵，鋪張揚厲，費資巨萬，邀請各國領事，大開筵席；並招致軍界學界奏西樂，唱新編愛國歌。余時在座陪宴，謂學堂監督梁某曰，滿街都是唱愛國歌，未聞有人唱愛民歌者。梁某曰，君胡不試編之。余略一佇思，曰余已得佳句四，君願聞之否；曰願聞。余曰，天子萬年，百姓化錢；萬壽無疆，百姓遭殃。座客譁然。」

辜氏英、德文著作頗多，其《中國的牛津運動》（*The Story of a Chinese Oxford Movement*），且被譯爲德文並曾爲德國大學東方學系必修書；他的《春秋大義》（*The Spirit of Chinese People*），亦爲西方學人所推崇。

雖然向西方推介中國文化不遺餘力，辜氏卻以怪行奇癖名於時，他不僅以茶壺與茶杯的關係爲男人「娶二奶」辯護，更曾以汽車有四輪而「斥退」西婦對中國男人納妾之質詢。汽車有四輪而只需一支打氣筒（從前汽車都備一打氣筒以防輪胎漏氣時用），此「納妾論」令與聞者口不能言。

*

陳虹寫辜鴻銘趣事有〈佛手帶來靈感〉一節，說辜「執筆爲文，靈感遲遲不至時」，迭呼他的大太太淑姑進書房，辜遂「右手握筆，左手執佛手觸鼻，不停地聞臭……」。「佛手」者，「大太太解了裹腳布後臭氣熏天的三寸金蓮呀！」寫到這裡，想起沈三白《浮生六記》亦有記「佛手」，但此「佛手」不同彼「佛手」。《浮生六記》云：「……覺其鬢邊茉莉，濃香撲鼻，因拍其背，以他詞解之曰：『想古人以茉莉形色如珠，故供助妝壓鬢，不知此花必沾油頭粉面之氣，其香更可愛，所供佛手，當退避三舍矣。』芸乃止笑曰：『佛手乃香中君子，只在有意無意間，茉莉乃香中小人……』」香港所見「佛手」，似非「香中君子」，因此，沈復的「佛手」應和香港花店所見者不同。

此事未知眞假，不過，辜氏喜歡三寸金蓮，相信則爲事實。美國漢學家 Howard S. Levy 根據一九六四年在香港大學亞洲歷史國際研討會上發表的論文，寫成《金蓮》一書（*Chinese*

Footbinding: The History of a Curious Erotic Custom, 1966；一九八〇年台灣南天書店影印），一四〇至一四二頁專論辜鴻銘與纏足。

辜鴻銘推崇宣揚纏足不遺餘力，其論雖怪但怪得不無道理，茲歸納爲下述兩點。

第一，辜氏認爲纏足令女性不易走動，終生不出閨門，在保持皮膚潤滑及青春方面，遠較「天天打網球」的西洋女性（或所有天足女性）優勝；據說他曾見一纏足而容顏如雙十年華的三十多歲女性，遂得此結論。

第二，「有識之士」特別是西洋人，都說纏足殘害天足、妨害生育，「十分殘酷」云云；但辜氏嗤之以鼻，認爲女子束腰更爲要命，纏足也許令女性「不良於行」，但行起來婀娜多姿，令人賞心悅目，用句現代經濟學術語，可產生「界外利益」（externality）也；但西洋女性爲達蜂腰盛臀之目的，不惜全力（甚至「藉助外力」）「綁」緊身腰封，其不合生理衛生，尤甚於纏足。辜氏認爲腰腹爲「未來一代之要津」（the source of future generations），如此加以人工蹂躪，「五腑六臟」必受摧殘，影響生育，莫此爲甚。批評纏足的西洋人聞之瞠目結舌，有口難辯，唯有苦笑。

辜氏又指纏足會使血液向上沖，結果令臀部渾圓有力，帶來「臀色可餐」（voluptuous buttocks）效果；纏足的功能，與西洋女性著高跟鞋的作用何異？這種解釋，甚受我國第一位性學博士張競生（Dr. Chang Ching-sheng）欣賞。據 Levy 的考證，張競生後來收回這種看法，因爲他認爲纏足會導致性冷感，此說與辜氏南轅北轍！

關於「聞佛手」一事，《金蓮》並無記載，以作者對纏足文獻搜羅之豐之廣，若眞有其事，斷無不知不錄之理。《金蓮》提及辜氏之纏足癖，書上這麼寫道：「睡前，他（指辜氏）要求他的伴睡（bed partner）改用紅布纏足！」在清末的照明條件下，辜氏輕味重色，有點不可思議。

*

Levy 考證，我們現在有時仍會用的「王大娘的裹腳布又長又臭」（Mrs. Wang's binding cloth being both long and smelly），典出《笠翁偶集》。話說數友好去青樓尋歡，有王姓妓女把其三寸金蓮擱在楊氏士子腿上，他把它們移開，她又把它們擱上，「楊氏聞那雙長久未洗的纏足，幾乎暈倒。」筆者未讀笠翁原文，想必那妓女當時把裹腳布解開也！

*

《金蓮》圖文並茂，對纏足有示範圖，其「纏足過程」（Footbinding Process）資料來自 A. M. Fielde 的 *Pagoda Shadows* 一書，作者爲一八八〇年前後久居汕頭之傳教士。筆者雖未讀《塔影》，唯其所記纏足種切，料爲潮汕女性提供。

*

《張文襄幕府紀聞・下》有〈狗屁不通〉一文，滑稽突梯，寓意甚深，錄之如下：

近有西人名軌放得苟史者（引案，應爲「渠放得狗矢者」之諧音），格致學專門名家，因近年中國各處及粵省常多患瘟疫之症，人民死者無算，憫之，故特航海東來，欲考究其症之所由來，曾遊歷各省，詳細察驗，今已回國，專爲著書；其書大旨，謂中國疫症出於放狗屁，而狗之所以病者，皆因狗食性不相宜之雜物，蓋狗本性涼，故狗一食雜種涼性之物，則患結滯之病，狗有結滯之病，臟腑中鬱結之穢氣，既不能下通，遂變爲毒，不由其糞門而由其口出，此即中國瘟疫之毒氣也。總之此書之大旨，一言可以蔽之，曰中國瘟疫百病，皆由狗屁不通。噫，我中國謂儒者通天地人，又曰一物不知，儒者之恥，故儒者是無所不通，今若軌放苟得史者（原文如此），連放屁之理都通，亦可謂之狗屁普通矣。

一九九九年二月十日

一家二姓平常事

對於英文，便如對其他事物一樣，我是毫無心得的；然而，門外漢不等於不能「有意見」。英文註釋符號之「出處」，我便大不以爲然，信手舉一例，This chapter reviews some of this evidence.①，非常明顯，註釋符號在文句完結，即在句號之後，作爲段落的終結，會予人以未完成的感覺，但不至於引起混淆，若見於文章中段，便有點突兀，如 The competitor of Morgan-Controlled firms.② Notice there are a number……。此註號便極易被誤爲屬於句號後的句子，當然，稍爲習慣便不覺有問題。問題是，爲何不把該註號移至所屬句子的句號或逗號之前？

最要命的，是中文亦「如法炮製」，令人非常「不順眼」，如「『在音樂上，這種文本顯著的缺乏』④與其普遍定義……」，這還勉強可理解，從上文下理不會誤以爲是「第四、與其……」，但另一句便十分不妥當，如「節慶與懺悔，暴力與和諧。①在權力的高度……」便肯定會引致「誤讀」，以爲「註一」爲「第一」（中文引文見《噪音——音樂的政治經濟學》，台北，時報文化出版社）。

錯有錯著，上引書大部份註號在標點符號之後，但有數處在標點符號之前，比如「人稱『組織的指揮家㉘』」，在筆者看來，這才不會引起誤解。

＊

和我國的姓氏一樣，西洋人的複姓亦不多，但與中文不同，西洋複姓之間有一短劃相連，以茲識別，以免卻歐陽君爲姓歐名陽君之誤；西洋複姓之間加短劃，如 Haden-Cave（夏鼎基），複姓十分清楚，但用起來，亦有不便之處，如統計學上有 Phelps-Brown-Hopkins Index，是有關英國中世紀「可消耗物價」（consumable）的指數，初讀以爲這由三名編制此指數的統計學者的姓氏組成，其實不然，原來只有兩人—— Henry Phelps-Brown 及 Sheila Hopkins，即此指數前兩字爲複姓而非兩人之姓氏；可是除非專家（一般學者亦無法辨認），有誰看得出來？

此雖爲芝麻小事，但有心人應設法改善之。

＊

西洋人名字相當有限，但姓氏多如牛毛，這不僅反映西洋人「背景複雜」，就地取名，亦有移民因「原產地」發音不易，移居地英美及其殖民地移民官遂將其英國化（Anglicize）又或胡改亂拼而得。這類事例在移民大熔爐的美國特別多。

本世紀初期坐鎮美國入口要衝 Ellis Islands 的移民官，隨心所欲替歐洲移民改姓，十分常見，著名的土耳其電影導演伊力卡山（Elia Kazan）一九六三年的經典作 *America, America!* 有原名

Stavros Topouzoglou 的希臘擦鞋童，擔心身分低微不能進入美國，當移民官唱其故友之名 Hohannes Gardashian 時，他應聲頂替，移民官搞不清楚此名之拼法，遂替他改名爲 Joe Arness，與其亡友名字完全無關——牽強附會地看，則其發音有跡可尋。筆者「小時候」看過這部電影，對此中的對白當然如墜五里霧中，現在引述此事，來自 Adrian Room 的 *Naming Names*（Routledge & Kegan Paul, 1981）一書第二章。該書記述如今常見的美國姓氏 Ferguson 之由來，亦有段故事。據云有德國移民名 Isaac 者，移民官聞之不知所謂，再三叫他說清楚點，這位德國猶太人遂以猶太語（Yiddish）自言自語 Ichvergessen，意謂我甚麼都忘記；移民官聽罷，以爲他姓 Ferguson，遂「賜姓」富格遜。相信移民官隨便把 Ferguson 加諸移民身上的次數，數不勝數，不然今日美國沒有這麼多富格遜。

上面提及猶太語，憶起美國CBS著名電視主播 Dan Rather（不知怎麼譯才恰可）不久前接受傳媒訪問（好像是他六十歲生日），說他初入行時向前輩請教「工作要訣」，獲告有二事宜注意。第一是去英國倫敦裁縫街 Savile Row 做一套西裝；第二是須學點 Yiddish 口音。可見猶太勢力之大。

*

經濟學家方博亮博士在科大客座時，曾替《信報》撰文多篇；他的英文姓爲 P'ng，初見其名片，口不能言，以此字不能發音。問此拼法何來，告以其祖上「過番」，是新加坡英國移民官代起的；但何以有此拼法，無人知道。此姓雖不能發音，但方教授說習慣之發音爲 Pong，當爲潮閩語系的方；事實上，潮閩語之「方」，英文真的無法正確拼出，Pong 不過是「乓」而已。

華人改姓雖不多見，改英文拼法則不罕見，在此洋人曾領風騷的地方，更有不少人把中國姓氏「英國化」以收做正牌假洋鬼子之效，如把鄧寫成 Dunn（英姓，劍橋名生化學教授 Sir William Dunn），羅寫成 Law（英姓，搞出世界第一宗隔山買牛騙局密士亞比醜聞的 John Law），黃拼爲 Vaughan（英姓，電影明星 Robert Vaughan），林則拼成 Lynn（西洋女性名），不知底蘊或未見其人者，還以爲擁有這些洋化姓氏者爲西洋之人也。

*

教名（Christian Name）隨身而「亡」（當然亦有子用父名而於其後加上「小」者，不過這種西洋習慣在華文地區並不普遍，而且亦是最多四代而「亡」），姓氏則可傳之久遠；西洋人輕易數典忘祖，動輒改姓，因此，姓氏雖可隨父系一直流傳，但千百年來不斷「演變」，不少已面目全非。這和中國人的姓氏少有變化，大爲不同。

以動物爲姓，中外皆有，華姓中的羊熊皆是；洋人以動物爲姓似乎更多，但以下的「組合」，則非常奇妙。有一本論人類行爲的經典 *The Imperial Animal*（《萬物之靈》），作者爲 L. Tiger 和 R. Fox，老虎先生和狐狸先生俱爲 Rutgers 大學講座教授；兩「隻」猛獸論「動物」（人類），不亦妙哉。

順便一提，上書一九七一年初版，早已絕版，爲讓這類「良書」再度面世，Rutgers 大學出版社成立專門部門，翻印「古典名著」，每年出版一百數十種；出版社照例請當代權威於書前撰一長篇「評介」，嘉惠後學不淺。另一專門翻印經典古籍的是 Liberty Fund Inc.，以字體別具一格及印刷、裝訂精美出名。

*

工具書 *The Book of Lists*，大大出名，以其搜羅甚廣可讀（參考）性甚高（據說一九七七年初版迄今銷售已近二百五十萬冊）。該書編者爲父子女三人——David Wallechinsky、Irving Wallace 及 Amy Wallace。華萊士祖上從東歐移民美國，移民官嫌其原姓 Wallechinsky 囉里囉嗦，「賜姓」Wallace；Irving 的兒子大衛，長大後要認祖歸宗，恢復原來面目，於是一家人便有二姓。

改姓的經濟學家，應以當今美國副財長（國際事務）拉利・森瑪思（L. H. Summers）最出名；他原姓森穆遜（Samuelson），麻省理工（M.I.T.）經濟系鎮山之寶、諾貝爾獎得主保羅・森穆遜爲其伯父；中學畢業後拉利和乃兄覺得此姓太「複雜」，遂改爲現姓；一家於是亦有二姓。森瑪思可說是經濟學世家，雙親均爲經濟學教授，另一諾貝爾獎得主 K. J. 阿羅則爲其舅父。

*

辜鴻銘《張文襄幕府紀聞・上》有〈賤種〉一文，笑話之餘，寓意極深，錄之。

有西人問余曰，我西人種族有貴種賤種之分，君能辨別之否？余對曰不能。西人曰，凡我西人到中國，雖寄居日久，質體不變，其狀貌一如故我，此貴種也；若一到中國，寄居未久，忽爾質體一變，碩大蕃滋，此賤種也。余詢其故，西人答曰，在中國凡百食品，其價值皆較我西洋各國低賤數倍，凡我賤種之人，以其價廉而得之易，故肉食者流，可以放量咀嚼，因此到中國未久，質體大變，肉纍纍墳起，大腹龐然，非復從前舊觀矣。

余謂袁世凱甲午以前，本鄉曲一窮措無賴也，未幾暴富貴，身至北洋大臣，於是營造洋樓、廣置姬妾；及解職鄉居，又復搆甲第、置園囿，窮奢極慾，擅人生之樂事，與西人之賤種一至中國輒放量咀嚼者，無少異。莊子曰，其嗜慾深者，其天機必淺；孟子曰，養其大體爲大人，養其小體爲小人。人謂袁世凱爲豪傑，吾以是知袁世凱爲賤種也。

引申辜氏的邏輯，未督彭定康豈非西人之賤種！

《張文襄幕府紀聞》，奇書也；甚麼書都印行的港、台出版商何以不翻而印之，奇事也。

一九九九年二月十五日

後記：

本文發表後，溫紅石先生傳來錢鍾書《圍城》這段有關「暴飲暴食賤種多」的例子，錄之如下：

「鴻漸想同船那批法國警察，都是鄉下人初出門，沒一個不寒窘可憐。曾幾何時，適才看見的一個已經著色放大了。本來蒼白的臉色現在紅得像生牛肉，兩眼裡新織滿紅絲，肚子肥凸得像青蛙在鼓氣，法國人在國際上的綽號是『蝦蟆』，真正名副其實，可驚的是添了一團兇橫的獸相。」

克拉克和陳煥章

前天本欄（編按：本欄，意指《信報》「林行止專欄」，以下同）論及美國經濟協會頒發克拉克獎章給哈佛學者舒發，究竟克拉克是何許人？由美國經濟學家組成的學術團體怎會為他設立紀念性獎章？

克拉克（John Bates Clark, 1847.1.26-1938.3.21）生於羅德島，在 Amherst 攻讀神學，一八七二年畢業，受校長思利爾（J. Seelye）的鼓勵，赴歐洲研讀經濟學；當時美國經濟學尚在萌芽期，比英歐都落後，和百年後的情況截然不同。和其他學科一樣，美國初期在硬體和軟體上都極力模仿英國、歐洲，其所以能夠慢慢後來居上，主要原因有二。其一當然有濃厚的學術自由思想自由氣氛；其二則為物質待遇優渥，如此才能吸引人才——兩、三個月前，英國劍橋大學宣布教員大幅加薪近倍，便是擔心精英分子禁不住美國高薪挖角而相繼求去；英國的學術和思想自由相當不錯，工作環境尤其是劍橋亦佳，但能夠長期抗拒高薪誘惑的學人畢竟不是多數！

克拉克先後在德國海德堡大學及瑞士蘇黎世大學深造，它們俱為德國歷史學派重鎮，這學派有兩項特點。第一是把經濟學建立在廣泛社會基礎上，注重歷史變動，與英國古典經濟學不注重時間因素不同；第二是認爲經濟發展是基於人類的行爲而非自然法則。至於在研究方法上，德國歷史學派強調歸納法，與英國古典學派注重演繹法，大異其趣。

一八七五年克拉克學成歸國，翌年獲 Carleton 學院聘爲經濟學教授，制度學派開山祖師韋白龍（T. V. Veblen）爲其高足；韋白龍其後在耶魯深造，得博士學位，寫下傳世巨構《有閒階級論》，成爲一代宗師；他心高氣傲，唯對克拉克甚爲尊敬，坦言克拉克對他影響極大。一八八五年，克拉克和另外兩位經濟學家發起組織美國經濟協會；此後他在母校及哥倫比亞大學任教。

克拉克的經濟學著作不少，此處不宜多寫。應該指出的是，他對古典學派強調利己爲人性重要本質之說，大不以爲然；他認爲人能夠在個人私利與社會整體利益之間達成理性均衡。對此筆者不敢苟同。克拉克對競爭和獨佔諸問題亦多有論述，美國國會於一九一四年通過「反托拉斯（壟斷）法」及稍後成立公平交易委員會（Fair Trade Commission），俱受其學說直接影響。

克拉克最後一本經濟學著作是《沒有社會主義的社會正義》（*Social Justic Without Socialism*, Houghton Miffin），鼓吹社會上各團體合作，採取民主方法的經濟行爲，建立一個近似「福利國」（Welfare State）的社會制度。經濟學界認爲於一八九九年出版的《財富分配論》爲其代表作，此亦是克拉克作品中唯一有中譯本的經典（至少筆者未見有他書的中譯本）——而且有台灣（台灣銀行）及大陸（商務）兩種譯本。

克拉克並非美國第一位有成就的經濟學家，不過他在經濟學範疇內有多方建樹，並且影響了政府的決策，相信這是美國經濟協會紀念他的本意。

*

克拉克是我國早期留美經濟學家陳煥章的教授，陳氏又是甚麼人？這眞是說來話長。他是《孔門理財學》作者（見本書〈嫉洋如仇魯迅誤打陳煥章〉一文）。陳氏說他「作是書。本含有昌明孔教以發揮中國文明之意思。蓋西人每多鄙夷中國。幾以爲世界之文明。惟西方素有之。而中國從未佔一席也」。他因此把儒家的「理財之學」，譯爲英文並與西方學說作比較。

對於國人該如何看「理財之學」，陳煥章寫道：「顧此事（指學習理財）有最大危險者二。其一則附會之弊。我們中國人。向來喜歡以西學附會中學。動輒謂西人竊取吾說。此不值一笑也。或望文生義。喧賓奪主。剿襲西人之諸言。爲中文之解釋。而於文本正義。反乏發揮。其二則偏私之弊。我們以孔教徒而談孔教之學說。以中國人而談中國之事實。誠恐不免出於敬教之誠。愛國之熱。而持論或涉於偏私有不盡公決之處。凡此二弊。兄弟皆極力除去……。」

近百年前陳氏有此見識，確屬不凡。陳氏所說之「理財學」，便是老凱恩斯（John Neville, John Maynard 之父）所創的 Economics，他認爲：「日人（把此字）譯爲經濟學。則兄弟期期以爲不可也。經濟二字。包含甚廣。實括政界之全。以之代政治學尚可。以之代理財學或生計學則嫌太泛……。」

＊

陳煥章在〈孔門理財學之旨趣〉的「其五　理財學之分部」，有這樣一番話：「據歐美學者之分部。大率分爲生意交易分配消費四部。近世學者。以交易爲生產一部份之事。每歸併交易於生產。所餘惟三部。美國葛勒克教授則謂分配亦不過生產之事。蓋每人於生產出若干之力。即分配若干之報。生產之事。進行不已。至消費而後止。故理財學之分部。實止有生產與消費二部。兄弟初讀《大學》生財有大道一節。以爲包括一切。後聞葛勒克教授之講義，始恍然其說之與《大學》暗合。」葛勒克者，今譯克拉克之 **Clark** 是也。

克拉克於一八九五年至一九二三年爲哥大政治經濟學講座教授，陳煥章爲他的學生，他的論「孔門理財」的論文，在克拉克指導下完成。

寫克拉克碰上他與這位曾被魯迅揶揄的中國經濟學者，是一大意外收穫。

一九九九年四月二十九日

書多未曾經我讀　事有不可對人言

古人有聯云「書有未曾經我讀　事無不可對人言」，對仗工整，寓意甚深，掛此聯或以之爲「座右銘」者，莫不以飽學謙遜面目示人；若干年前初讀，「深得吾心」，但隨著年事稍長，心智漸趨成熟，便知此聯虛僞透頂，作者用看似謙虛坦率之上聯，烘托出下聯君子之坦蕩蕩，讓讀此聯者對「聯主」肅然起敬。近來愈想愈不對頭，遂把下聯改一字：「事有不可對人言」，以人皆有私隱（見不得光的事或根本不想人知的事的委婉詞），因此「無」改「有」才接近現實；日昨與內子霧中散步，告以改字之事，她想了一會，說上聯該改爲「書多未曾經我讀」才恰可，即「書多未曾經我讀　事有不可對人言」，對仗雖不怎麼工整，但若因辭害意，更差；而上下句皆改一字之聯，較能反映現實。「書有未曾經我讀」，表面看來是虛遜之詞，實則口氣很大，改「有」爲「多」，意境便完全不一樣。

書房內的書，可能是「書有未曾經我讀」，但圖書館的書，肯定是「書多未曾經我讀」了——爲甚麼不說書店而說圖書館，因爲有的書店的書（指社會科學而非小說、教科書）尚不如我書房的書多（一笑）。

＊

友人要求「參觀」我的書房，當然「照准」（我從不主動讓友人到我的書房，因爲太雜太亂），他看了約莫十分鐘後，歎曰：「你的書太悶——未知你『讀餘』何以解悶。」閱「腦」多矣的小兒看過我電腦上網的資料則說，「從未見過如此枯燥的網上資訊」，等於間接叫悶。

其實悶與不悶，因人而異，這便如「子非魚」的寓言一樣。

此刻聽著 Erik Satie 撰稿，不亦快哉，何悶之有。

＊

日前廁中讀張默僧的《厚黑教主外傳》，引述李宗吾寫〈孔子辦學〉一節，有這段令人絕倒的描述：「孔子當初本是專心辦學，不講甚麼主義，他對於各種學科，無一不通，惟經濟一門，缺乏研究，才聘曾子講授；他是『敏而好學，不恥下問』的人，曾子授課，他不時也去聽講。有天曾子在黑板上寫道『十目所視，十手所指，其嚴乎？』因用教鞭指著說道：『嚴者，侯官嚴復是也，他譯了一本《原富》，名滿海內，全國學人，目有視，視嚴復；手有指，指嚴復，直算經濟學家泰斗！』孔子聽了心中想道，嚴復精研經濟學，譯了一部《原富》，我曾當高等法院院長（魯司寇），深通法制，何妨專講憲法，著書問世？……」

李宗吾（厚黑教主）從「其嚴乎」掀出嚴復，簡直胡說八道，筆者幾乎笑得斷氣，古人以「杜康」解憂，筆者以這類天馬行空東拉西扯的文章解悶，不亦快哉。

＊

從嚴復（一八五三—一九二一）想起《歷史中的翻譯者》（註），這本書對把世界文明貫串起來的翻譯家有詳細介紹（如果沒有翻譯家，東西文明便無法交融），認爲在歷史進程上他們功不可沒；該書只以兩頁篇幅介紹嚴復，對把西洋文學引介給中國讀者的林琴南，把《春秋》譯爲德文的辜鴻銘，均隻字不提。

作者指嚴復「在歷史關鍵時刻把歐洲的政治及社會科學著作呈現在中國讀者之前」，對此大加讚賞；又說嚴氏把這些著作翻譯爲「漢代古文」，同時把內容仿照中國古典文學的形式編列，因爲唯有如此，清朝的大官才看得明白。嚴復的譯文達到他要求的「信雅達」（fidelity and stylistic beauty）準則，「成爲英譯中的楷模」。

＊

嚴復定下「信雅達」的翻譯準則，但他的翻譯是否如此？筆者沒資格評說；筆者知道的是他的英譯中有不少難明之句，即使其同時代大學者梁啓超（一八七三—一九二九）讀後亦「莫宰羊」。梁任公在〈生計學（即平準學）學說沿革小史〉長文前「例言七則」的第三則這樣說：「茲學（生計學）譯出之書，今至有《原富》一種，其在前一二段可現。（《原富》理論之奧）讀者不易，先讀本論（指梁氏這篇《小史》），可爲擁響之資。但此論簡略已甚，於學科原理無餘地可以發明，而所用名詞，又多爲尋常書籍所罕見。學者苟不讀《原富》，又恐並此而不多瑩也。」（見《飲冰室文集》卷二學說類二，頁二十一，引號內是引者的說明。）生計學、平準學，即今之經濟學。梁任公這段話，清楚說明嚴譯《原富》「理論之奧」，且名詞多爲「尋常書籍所罕見」，因此不易明白，與嚴氏同時代的大學問家尚且認爲「讀者不易」，何況現代人。其實，任公所寫雖是「白話文」，但如「擁響之資」及「不多瑩也」的眞確意思，筆者亦只能意會。

現在人人知道「無形之手」來自《原富》（及亞當．史密斯另一巨構《道德情操論》），但嚴譯中給他「意」而化之，消失了，看來嚴譯不但病於艱奧難明，還病於太「簡潔」，有心人若中英對照，逐段爬梳，相信可發現嚴譯有不少錯漏。

*

遼寧教育出版社主辦的《萬象》雜誌，可讀性極高。一九九八年十一月創刊號有塵元〈重返語詞密林〉一文，「搞和垮」一節這樣寫道：「這幾年流行的『搞定』（或寫作『搞掂』）是我所說的南詞北伐的例子，它是從南方（香港）人傳到北方……。粵方言：〔dim〕，直也，把彎彎曲曲的東西弄直了，就是『搞dim』……。」

一九九九年三月十二日《信報》「繁星哲語」欄梁巨鴻的〈誤寫誤讀〉，有「攪掂」一節，指粵音「掂」之第六聲，實有「直」的意思，原來是曲者，如今給弄直了，便叫做「攪掂」。

「攪」應與「搞」同。

至於「搞定」，據塵元文說，則是北方人的訛音，因爲普通話沒有M結尾的音節，故將M唸作ng，於是 dim 變成 ding。

一九九九年七月十四日

註：J. Delisle, J. Woodsworth 編：*Translators through History*（UNESCO, 1995）；書名未能涵蓋內容，因爲本書寫的是不同國家的重要翻譯家如何通過翻譯「締造歷史」。

著作不輟的葛爾布萊斯

加裔美籍經濟學家葛爾布萊斯（J. K. Galbraith）向爲學究式經濟學家所輕視，說他寫的是禁不起時間考驗的通俗經濟學，他從未得過諾貝爾經濟學獎，這一期的《信報月刊》顯然擺了烏龍。

在只差三個月便九十一歲的耄耋之年，葛爾布萊斯七月間欣然飛赴英國，接受倫敦經濟學院頒贈的榮譽博士學位；他的演說稿〈二十世紀未了之事〉，輕鬆幽默，含意甚深，正如《信報月刊》編者所言，是「小中見大，極具睿智」；這篇短文値得大家細讀。

葛爾布萊斯向來致力於拉近貧富的研究，但他並非要以行政手段達成此目的，更沒有把富裕階級打入地獄的想法，而是主張「我們既接受富人享受閒暇，也應接受窮人享受某種舒適」。這種看法大爲「良知中產階級」認同，資產階級和無產階級亦不反對，也許這是他至今仍到處受歡迎的原因。

葛爾布萊斯：「回顧本世紀的成就，殖民主義的結束堪値慶賀；不過，太常見的情況是，殖民統治完結，有效率的政府也隨之不復存。」他心中所指的是非洲國家，香港特區政府當然不必對號入座，但我們豈能不提高警惕？

葛爾布萊斯反對核武競爭，由來已久，有次他對時任國務卿的季辛吉談論此問題，後者不耐煩地聽了數分鐘後，說：「你眞幽默」便「拂袖」而去。事見葛爾布萊斯的《經濟學、和平與笑聲》一書。在這次倫敦演說結束前，他不忘指出：「（本世紀）人類另一未竟的大業是尙未能消滅核子武器；核子武器足以毀滅一切文明。」葛爾布萊斯並非象牙塔學者，但何以他不明白沒有核武，哪來和平？

＊

葛爾布萊斯早從哈佛榮退，仍保留辦公室，定期授課（相信是東拉西扯一類）；他和已結縭六十二載的夫人住在佔地二百五十公頃的農莊，每天寫作三小時，四季不輟。他的 *Name-Dropping* 剛出版，相信內容如開酒會，必然十分熱鬧，因爲他的一生確實多姿多彩，可記的人、事、物不少。

一九三七年歸化美國後，葛爾布萊斯便與哈佛大學和民主黨結下不解之緣，他曾是民主黨總統候選人史蒂文生、麥高文和總統甘迺迪及詹森的經濟顧問；柯林頓和他較爲疏遠，但他亦曾赴小石城作客。葛爾布萊斯戰時出任物價管制局局長，甘迺迪在位時出使印度，可說相知遍天下，這本新書必大有可觀；現在他正著手撰寫暫定名爲 *The Economics of Innocent Fraud* 的書。

加拿大著名時事雜誌《麥克林》（數年前出中文版，現在未知如何了）十月號發表短文〈和葛爾布萊斯午餐〉，賀其九秩晉一，寫其簡史、簡介其學說，都是老生常談，並無可記之處，他和記者閒聊兩個鐘頭後，突然打斷話題，起身送客：「我們談夠了，我還要寫作哩。」訪問便結束了。

葛爾布萊斯出了數十本書，最著名的當然是《富裕社會》和《新工業國》（兩者出版時間相隔約十年，但它們有連貫性，可說是一書兩卷），均成經典，不過，近二、三十年他的著作內容不斷重複（在新內容中摻進大量舊東西），他有自知之明，請讀者原諒：因爲「寫書是窮教授貼補家用的唯一辦法」！

*

海倫・沙遜編輯的《朋友之間》（H. Sasson: *Between Friends*, Houghton Miffin）出版，選進了十七篇友人（及兒子）談論葛爾布萊斯「文章道德」的文章。

筆者最感興趣的是兩位「高人」相遇的對話。在甘迺迪喪禮後白宮的酒會上，身高六呎八吋（一說七吋）的葛爾布萊斯遇上六呎六吋高的法國總統戴高樂，後者對前者說：「頗出意外，竟然有人比我高！」又問：「我們和比我們矮的人有何分別？」葛爾布萊斯說：「第一，在人羣中我們比較容易被認出；第二，我們必須時刻保持端莊正直，因爲我們無從隱蔽！」據當時在場的墨西哥著名學者回憶，戴高樂對此回答極爲欣賞。

*

葛爾布萊斯的大兒子彼德（一九九八年初撰文時任美國駐克羅埃西亞大使）所寫一文，令人感動，亦是「民主教育始於家庭」的範例。彼德十歲時，父親被甘迺迪總統委任爲駐印度大使，這意味他們全家得搬往印度。彼德爲此老大不願意，他既捨不得鄰居、同學，對所豢養的寵物更難分難捨，因此大鬧「不去印度」的情緒。事實上，未成年的彼德除了乖乖聽話，是無所選擇的；不過，他父親並不強迫他，而是施展「外交手段」，說此事「可以商量」，但彼德仍不爲所動。

數天後，彼德突然收到一封來自白宮的信，原來是甘迺迪總統用總統府信箋親自給他寫信，除了備述印度是一個充滿異國情調和極具吸引力的國家，又回憶乃父出任駐英大使時他們一班兄弟姊妹的鄉愁、憂慮很快消失的情況，甘迺迪還說駐外大使的兒子可當少年和平工作隊員（**Junior Peace Corp**），「協助你的雙親和國家」。甘迺迪簽名後，還寫上一行「又及」：「我希望也能去印度。」不消說，小彼德被「軟化」了……。

此事發生三十二年後，彼德自己當上大使，他父親的忠告只有一句：「控制你的通訊。」這是葛爾布萊斯在印度大使任內的經驗——特別是中情局的通訊，大使非親自處理不可。

葛爾布萊斯雖然不肯把當大使的「祕訣」傳子，但彼德耳濡目染，了解他父親視大使爲清閒的工作；這從在二十九個月任內，葛爾布萊斯一共寫了五本書（包括半自傳體小說《蘇格蘭人》——三本寫於任內，兩本利用任內收集的資料於離任後出版）一事可見。不過，彼德可沒乃父當大使時清閒，除了巴爾幹半島亂糟糟外，對付中情局的「小報告」，亦令他忙得不可開交。

一九九九年十月六日

事無不可對妻言!

二月十日「閒讀偶拾」引台北蘭溪圖書公司出版陳虹編著《中國的風雲人物趣事》中記辜鴻銘「趣事」,數天後接某未署名讀者附來北京華夏出版社李玉剛著《狂士怪傑:辜鴻銘別傳》一文片段,亦有同樣的記述。讀者因問是否「一書兩版」?筆者無暇「考證」,但天下文章一大抄,李玉剛可能摘錄陳虹所寫,而陳虹所寫亦可能並非「原著」。

*

七月十四日「閒讀偶拾」把「書有未曾經我讀　事無不可對人言」改爲「書多未曾經我讀事有不可對人言」,並說對仗雖不怎麼工整,但若因辭害意,更差。刊出後收到「聯癡」楊瑞生先生來函指教。經楊先生同意,摘錄如下:

原聯「書有未曾經我讀,事無不可對人言」出自邵飄萍。他是浙江金華人,生於一八八四年，曾在北京創辦《京報》，於一九二六年即被奉系軍閥殺害，年僅四十二歲。此聯應是他有志辦報時所作，因爲深信要敢言，才會有下聯之構思。後來者抄錄此對聯及懸掛，相信大多只想炫耀自己，而並非眞正有原作者之襟懷。

先生於若干年前初讀此聯，應是剛創辦《信報》不久，當時心態應與邵飄萍撰聯時相近，方會有「深得吾心」之感，但年事稍長，心智成熟，方知古人所言「可與言而不與言，是爲失人；不可與言而與之言，是爲失言」。在下亦是年齡漸長，方知要愼言，亦即明白到「事有不可對人言」。

在下敢言，原聯並非虛僞，原作者之情懷原屬可敬，閣下當時感到「深得吾心」，亦絕非想到可引用以顯示有君子之坦蕩蕩。虛僞者只是有意藉此聯以抬高自己身價之俗子而已。

尊夫人駱友梅女士提議你將上聯之有字改爲多，當然是因爲要將仄聲之「有」字改成平聲之「多」字。但從聯學角度而言，聯中上下句第二字與第六字應屬相同平仄，因此改後未合此規格。要符合平仄規限，或可將全聯改成如下——

書或未曾經我讀，

事多不可對人言。

胡亂寫了兩張紙，只不過說明「聯癡」之本性而已。

楊先生「聯學」豐富，盛情可感；然而，「事多不可對人言」，雖然對仗遠較工整，卻非筆者所敢苟同，人誰無祕密，因此，「事有不可對人言」，人情之常；「事多不可對人言」，有違正常人的行爲規範了。

日前小女在私人宴會上遇一商界精英分子，竟然提及此聯，他以爲下聯宜改爲「事無不可對妻言」——他的高官太太顯然十分開心——當然改得甚佳，卻無法反映出夫妻間彼此應保留一點私隱的實況。當然，這位「事無不可對妻言」先生對妻子肯定「完全透明」，但常人是辦不到的。

＊

七月十四日一文又談及嚴復譯作十分難明，黃霑先生即日「飛鴿傳書」，他雖不表示意見，但附來冼玉儀博士評論嚴譯《天演論》的英文論文；冼博士「中英對照」，指出嚴復誤譯、漏譯之處甚多……。黃先生說：「奇在論嚴復『信雅達』者多，眞把其譯文與原文對照似絕無僅有，冼博士好像是第一位下這樣工夫的學者……。」冼博士原文刊於劉靖之主編的《翻譯新論集》（商務，一九九一年），要知嚴氏如何做不到「信雅達」者，不妨找來一讀。黃先生以廣告及音樂創作名於時，現在主持電視娛樂節目之餘，又搞創作演講又開作品演唱會，大忙人也，料不到這位表面上百分之百的娛樂界中人，學識竟然如此淵博！

＊

十月股市升沉甚急，不期然想起有關十月股市的「評論」。翻閱美國文豪（幽默大師）馬克．吐溫選集，在其短篇小說《傻頭傻腦威爾遜的悲劇》（*The Tragedy of Pudd'nhead Wilson*）找到那句對新入市者有當頭棒喝作用的名言：「十月，這是炒股最危險的月份；其他危險的月份有七月、一月、九月、四月、十一月、五月、三月、六月、十二月、八月和二月」，「月月是危月！」馬克．吐溫之所以對股市如此痛心疾首，皆因他屢炒屢輸，曾數度囊空如洗生活無以爲繼有以致之，尚幸他天性豁達，有千金散盡版稅又來之樂觀精神，才會假威爾遜之口說出這句令炒民啼笑皆非的「名言」。

不過，十月的確是對股市充滿危險的月份。美股史上兩次跌得昏天黑地的跌市，皆發生於十月。一九二九年十月二十三日至二十九日的跌市，跌幅百分之二十五（喘定後再跌）；一九八七年十月十九日一天之內跌去五百零八點三二或百分之二十二點六。就這兩大十月跌市看，馬克．吐溫是先知。

＊

要查一點資料，翻閱舊作，忽然看到一九八一年四月二十五日「政經短評」：〈保持祕密自在發財〉，內容不必提，不過，當年筆者把股聖 W. Buffett 譯爲包發達，現在看來，倒是一絕——不僅較畢非德、布飛（楊懷康譯）更近原音，而且十足寫實，買他的股票眞是「包發達」。

*

網址 Mining 每年此際都舉辦對諾貝爾經濟學獎誰屬的網上投票，去年的並不準確，今年的前五名（得十票以上）爲 R. Mundell（6.4%）、V. Smith（6.1%）、P. Krugman（4.2%）、J. Stiglitz（4.2%）、E. Prescot（3.6%）；得九票的 Z. Griliches（2.5%），排名第六。這份由網友自由提名的「候選名單」，包括柯林頓和卡斯楚（各得一票）——橫豎不花分文，舉「指」之勞而已，和他們開玩笑，無傷大雅。

筆者特別提五名以外的 Z. Griliches，是因爲這名哈佛著名經濟學家的癌病已入膏肓，如果他的學術成就與其他入圍者在伯仲之間，諾貝爾獎遴選委員會也許會因此給他分享這項「最後榮譽」！

筆者和數友人（可能大錯，人人不願具名）開列的入選名單是哈佛的 Dale Jorgenson 和 Z. Griliches，加州柏克萊的 Oliver Williamsen 和哥倫比亞的 Edmund Phelps。港人張五常本有機會，但所學和他相近的高斯已奪冠在前，他的機會便相應下降；這與布肯南（J. Buchanan, 1919-）得獎，屠洛克（G. Tullock, 1929-）落空的情況相若。

一九九九年十月八日

凱恩斯後第一人

數天前寫三十一屆諾貝爾獎經濟學獎得主蒙代爾（R. Mundell, 1932-）的「怪行」，由於怪得甚爲離譜而有關電訊隻字不提，因此有點擔心作出錯誤報導；昨天讀報，才放下心頭大石。蒙代爾的確「古怪」，他的學生、M.I.T. 著名教授唐布希（R. Dornbusch）對《紐約時報》談及乃師學術成就時，不忘說：「如果他（蒙代爾）隨口給你一組數字，千萬別當眞，因爲這些數字可能是毫無所本信口衝出的。」這是蒙代爾經常神不守舍的最佳寫照。該報又說，一九六七年至一九七〇年蒙代爾在芝加哥大學任教並兼任著名的《政治經濟學學報》（JPE）編輯時，是芝大經濟學系最「亂籠」的時代，教員休息室看來有點像礦區酒吧，飲酒和玩撲克牌，鬧得烏煙瘴氣。一九七一年他「跳槽」到加拿大的滑鐵盧大學（該校以收容眾多「特立獨行」學者知名），不少芝大同事大快，認爲「滑鐵盧遇上拿破崙」，好戲在後頭。

蒙岱爾從未有過做畫家的念頭，但有一個時期對繪畫十分熱中，據他的信徒、七〇年代《華爾街日報》社論作者溫年斯基透露，蒙岱爾在一九七四年至一九七五年間，花十八個月畫了四百多張色彩斑斕的油畫，其畫風像「梵谷野性大發」；梵谷本是瘋子，野性大發，可見這些畫之「觸目驚心」了。

＊

上蒙岱爾的網址，希望看看他對得獎的反應，哪知毫無動靜；妙的是其網址只有兩頁，第一頁是他一歲大的孩子爬地的相片，第二頁列出他的職位及四類著作，如此而已。此孩子爲第二任夫人所出；他與和他生了三個孩子（最大的現年四十歲）的第一任太太在一九七二年離婚。

在六〇年代末期，蒙岱爾預見通貨膨脹即將肆虐，於是購入「地上資產」以保值，但他買的是在義大利中部名城西恩那（Siena）附近一座建於十六世紀的城堡（時在義大利講學），經過近十年慢條斯理的裝修，「已恢復文藝復興的光彩」，該城堡成爲他避暑度假之地，有時亦在那裡舉辦暑期研討會；這次得獎後，他說要把大部份獎金用於「美化」此城堡。

＊

台灣大學經濟研究所院士陳昭南教授，在芝大唸博士時，蒙岱爾是他的指導教授。昨天陳院士對台北《經濟日報》說：「蒙岱爾（孟德爾）是傳奇型、天才型的人物，上課時是公認一塌糊塗、隨心所欲地教學，而且也不改考卷……但有時酒醉時的一句話，卻可能成爲學生論文的靈感來源。」

蒙岱爾這種「教學」方式，令筆者想起韋白龍（T. Veblen），這位以《有閒階級論》而廣爲人知的制度學派開山祖師，此公吊兒郎當，對俗世的事欲理不理，唯對女性則興趣甚大（最後因此去職），他說話口齒不清，講課不知所云，從不改卷，一律給C分！

*

筆者對諾貝爾獎遴選委員會在蒙岱爾的「讚詞」中隻字不提他對「供應方面經濟學」的貢獻，深以爲異，亦擔心「看漏了眼」；昨天《華爾街日報》亦持同一看法，可見吾道不孤。在一篇報導中指諾貝爾獎委員會故意避開此一「政治問題」，只表彰他因提出最適貨幣區及研究不同匯價制度下的財政及貨幣制度應如何發揮功能有成而得獎，言下有頗不值該委員會所爲之意。該報說，蒙岱爾的保守派友人則視其得獎，是「供應方面經濟學」獲得肯定的明證，如果不是他主張大幅減稅，雷根固不會當選、連任，美國經濟亦無今日之繁榮。該報昨天社論題爲〈一個供應方面（經濟學）諾貝爾獎〉，可見較重視蒙岱爾在這方面的成就者大不乏人；這篇社論最後一段寫道：「從推動實際政策層面看，蒙岱爾是凱恩斯後最具影響力的經濟學家！」

*

阿佛烈・諾貝爾一八九五年立下遺囑（翌年便一命嗚呼），把遺產設立基金，每年提取收入的一半，分別獎賞給在物理、化學、和平、文學和醫學有特別成就的人；一九〇一年第一次頒獎，獎章因鑄造不及，第二年才補送——獎章爲二十三K黃金，重八盎司，一面鑄上諾貝爾像，一面是拉丁成語：「人類的生活因你的發明而多姿多彩。」一九六八年瑞典銀行爲紀念其創辦三百周年，設立基金，頒年獎給經濟學家，並與諾貝爾獎掛鈎（由皇家瑞典科學院組成五人遴選委員），而獎金全名定爲「瑞典銀行紀念諾貝爾經濟科學獎」，獎金約百萬美元；三十年來，有四十三名經濟學家獲獎（迄今女性無緣問津），其中約三分之二爲美國人。

諾貝爾經濟學獎遴選委員五人，分別來自斯德哥爾摩經濟學院、斯德哥爾摩大學和 Uppsala 大學，他們是不同科目的教授。遴選過程是一年前要求世界各地被認爲合格的經濟學家（包括所有諾貝爾獎得主）提出「明年得獎者人選」，通常可收回四、五百個提名，在一組委任的專家協助下，遴選委員會定出二十至三十名之間的入圍名單，經過反覆辯論，寫上評語後，名單交給社會科學研究所；如無問題，候選人名單於夏末初秋送交皇家科學院，由全體院士投票表決（簡單多數票制），得票數多者成爲得獎者，消息於十月中旬公布。

諾貝爾獎得主遴選過程以保守祕密出名，據說一九九三年得主諾斯（D. C. North, 1920-）十月初已接到德國傳媒道賀，但當時諾斯確無所知，得獎後他問有關當局消息如何洩漏，獲告以「純屬揣測之詞，本委員會消息絕對不會外洩」。

＊

《紐約時報》經濟學通訊員納塞女士，去年出版題爲《至美心境》（S. Nasar: *A Beautiful Mind*, Touchstone, 1998）一書，是一九九四年諾貝爾獎三位得主之一納許（J. F. Nash）的傳記。納許有「普林斯頓遊魂」之稱，皆因他研究數學走火入魔，經常恍恍惚惚、瘋瘋癲癲，諾貝爾獎仍頒給他，引起作傳者發掘內幕的興趣，她爲此專程赴斯德哥爾摩作一週的採訪，寫成「最難寫的一章」（第四十八章：〈大獎〉），但並無所發現，只是作者察覺公布納許等得獎名單的時間比往年遲了一個半小時，據作者的揣測，這是科學院院士經過多輪投票後才取得共識有以致之。遴選所有諾貝爾獎得主過程的文件，五十年後才能公開，現在大家對這位精神失常學者何以得獎的原因，只有各自表述隨意猜測了。

一九九九年十月十五日

九十歲上網玩電郵

台北《商業週刊》六二八期（十二月十二日）刊王志明〈余紀忠——九十歲的網路紅衛兵〉一文，有這樣一段話：「《中國時報》的大家長余紀忠，今年四月在他九十歲大壽的宴席上，表明自己開始學習使用電子郵件……這位九十歲的長者，一生與文化事業為伍，卻有擁抱科技的勇氣。」又說：「余董事長已經九十歲了，但每週仍實實在在工作五天，和一般的上班族並無二致。」

對於余紀忠臨老入網路，該文這樣分析：「網路崛起，對余紀忠而言，絕非玩玩 e-mail 一般輕鬆，而是具有『刨根』的致命威脅……網路確實吃掉不少報社的廣告，更強烈撼動傳統媒體影響輿論的寡佔地位。實際余紀忠著實被觸痛了神經，因而做出大膽的決定——對抗不了，索性放膽加入網路陣營。」這樣的分析，筆者並不同意，王君對現階段網路，尤其是所謂「內容提供者」網路的「影響力」，有點過甚其詞了。《中國時報》若有問題，絕非來自網路的威脅。

*

九十歲老人學習使用 e-mail，卻令筆者想起兩件事。其一是托爾斯泰六十七歲學騎自行車的「掌故」，話說一八九五年三月「莫斯科腳踏車愛好者協會」（Moscow Society of Velocipede-Lovers）送一部自行車給這位大文豪，托爾斯泰喜不自勝，馬上學騎，他覺得騎自行車令他「恢復童趣」，加上「騎自行車是老人家最佳的運動」，托爾斯泰遂樂此不疲，以之代步（見 J. Baker: *Tolstory's Bicycle*, Grafton, 1953）。「活到老學到老」人人會說，但身體力行者不多。

其一是余紀忠對新聞事業（也許說報業更恰切）的興趣，「老而彌堅」，這和著名美國報閥赫斯特「干預編務」至死方休的情況十分相似。史雲伯的《大國民赫斯特》（W. A. Swanberg: *Citzen Hearst*. Charles Scribner's and Son, 1961）有如下的描述：「威廉・魯道夫・赫斯特支配（dictating）旗下報紙的編輯政策，直至垂死之年；他於一九五一年以八十九歲高齡衰竭而亡。赫斯特在其比佛利山寓所，坐於輪椅上主持最後一次編務會議，斯時距離其看護斷定他脈搏靜止前兩週；這位報業大亨斷氣時，和他相依為命三十餘年的情婦、演員戴維絲（M.C. Davies）在鄰室昏昏入睡，因為數天來夜以繼日的『守候』令她筋疲力竭！」

赫斯特死前兩週的編務會議，其實是他召見屬下旗艦日報《洛杉磯 Examiner》的總編輯胡拉德（W. Woolard），兩人寒暄畢，赫斯特單刀直入，問：「胡拉德先生，誰是 *Examiner* 的東主？」胡拉德對此一明知故問的問題有點意外，遂依書直說：「當然是閣下。」「如果我擁有這張報紙，我希望在報上放發一點消息，爲甚麼沒法辦到？」原來赫斯特因爲一段他示意要發表、有關洛杉磯一家劇院的消息未見報而傳召該報老總「質問」，哪知這段新聞已在一天前發表，老眼昏花的赫斯特竟未之見，當然感到有點尷尬，他因此向他的總編輯道歉，但不忘說：「我是老病之人，觀察事物已經沒有過去那麼敏銳，請你經常來找我聊聊，我不想和報務脫節。」

「干預編務」甚至「過問國策」的老闆，在報業史上屢見不鮮，英國已故報閥如 Northcliffe、Rothermere、Beaverbrook 以至現在的梅鐸，他們的性格雖大異其趣，唯對編務「鍥而不捨」的態度則一。對報業老闆而言，在報館內部是少有言論自由這回事的。一家報館有沒有「言論自由」，端視老闆與老總有否默契而定。

*

加拿大報業大亨進軍英國報壇，六、七〇年代有湯吾遜（Roy Thomson），八、九〇年代有布烈克（Conrad Black）。湯吾遜十四歲輟學，其熱中報業，因爲它「可以賺錢」而已，因此他對有變相壟斷地位、利潤深厚的地方小報興趣最濃，加拿大的省報、市報大部份落入其掌握（迄今未變），在大英國協和英國本土亦有重大投資。由於價值取向不同，湯吾遜在報界並非以「干預編務」而是以「賺錢魔術師」出名。在湯吾遜集團工作的編輯，均享有相當程度的「言論自由」。

筆者昔年讀過多篇有關湯吾遜的文章，對於其人其事，有兩點記憶猶新。第一是他對他信任的「總管」的指示：「怎樣花錢都行，但別告訴我。」豪氣干雲，與其性格互相矛盾。他之所以如此「大方」，是深知這位「總管」漢彌爾頓（湯吾遜集團旗下主要報刊《倫敦時報》及《週日倫敦時報》的總編輯）是完全沒有亂用不應該用的錢的「計劃經濟」實行者。第二是湯吾遜以節儉出名，據漢彌爾頓的回憶錄《總編輯——艦隊街回憶錄》（D. Hamilton: *Editor-in-Chief, Fleet Street Memoirs.* Hamish Hamilton, 1989），有次他和老闆訪美歸來，同乘車返回報社，途中漢彌爾頓說要買份《倫敦時報》，因他未讀當天報紙，你道湯吾遜怎麼反應，他說：「別買，我們很快便回報社了；我不是要省這幾個便士，而是我們買了一份，便可能少了一位讀者！」

湯吾遜一生最不講投資回報的事是購買長年虧本的《倫敦時報》（湯吾遜去世後不久即落入梅鐸之手），當時他已是億萬鎊巨賈，而英國皇室有冊封《倫敦時報》東主爲終身貴族（總編輯則例獲爵士銜）的傳統（《倫敦時報》系則有「保皇」的傳統）。湯吾遜花巨款買勳銜這場「豪賭」終於得償所願。

寫到這裡，記起約三十年前有文記這位傳奇報閥，翻書果於《英倫采風》第二冊見〈小記湯吾遜勳（爵）〉一文：「湯吾遜的最可愛處，是他毫不諱言賺錢；一九五九年抵英不久……便已坦白承認賺錢爲其辦報的不二目的。回答他的報紙大多走上『色情』路錢（線）的責難時，他答辯說：『我想賺更多的錢，但色情並不是唯一的手段，不過，當一張報紙虧本而令僱員面臨失業威脅時，我將毫不猶豫要我的編輯走成人化之路……。』」

*

《紐約客》（四月二十六日至五月三日）有這一段只有五行字的補白——加州一家汽車代理致客戶的信：「大件事（不好了），我們擺了烏龍，兩週前我們發出的信件出了一點小差錯，我們的贈券說要送你一輛車（a free car），其實應是『免費洗車』（free car wash）。」

*

多月前改「書有未曾經我讀　事無不可對人言」對聯，「讀者反應熱烈」，筆者已一一記其事；十月九日仍接陳錫波先生一函，云「……僅改兩字，未知可合原意，唯閣下裁之：『書有未曾經我讀　事非盡可對人言』，原上聯帶少許傲氣，因下聯之改而自消，故不必改。先生以爲然否？」筆者深然斯改。

一九九九年十二月九日

周二引亞當·史密斯論「業商聚會議價」一段話（註），接下去的更值得一提。要怎樣防範業商攻守同盟取得共識定出對本身最有利的價格？史密斯的主張是立法禁止他們集會，但他又覺得這樣做太霸道強橫，並不妥當，遂建議業商組織同業公會，把有關商號資料登記在案，既方便辦理同業公益，亦便於政府監察，妙計也。周憲文譯文是這樣的：「同業者即使爲了娛樂與解悶而集會，而其談話，結果往往變成對於社會的一種陰謀，或爲提高價格的企圖。用法律來禁止這樣的集會，而此種法律，又能加以執行，且毋背於自由與正義，這本來是很難的。這就是說：法律雖然不能阻礙同業者時常集合一起，但亦絕對不能助長這種的集會，尤其不能使這樣的集會成爲必要。

規定一特定的全體同業都須將其姓名與住址登記於公簿，這便助長這樣的集會。因爲這種登記，即使本來（即如沒有這種登記）互不相識的人，結合起來，使他們可以知道的同業的地址。」同業組織行業公會由是而生。這段譯文不好讀，但其意並非不能揣摩。

讀史密斯這段話，筆者有兩點感想。其一是在史密斯的時代（《原富》於一七七六年初版），交通蔽塞、通訊落伍（信鴿最快捷），因此，限制業商聚商「密謀」，史密斯雖然說得甚爲婉轉，他是主張立法禁止他們集會的；其一是今人多誤會史密斯主張放任自由，是指政府甚麼都不管，其實，鼓吹放任自由只是史密斯學說的主流而非全部。史密斯認爲政府（主權國家〔sovereign〕）有四項職責，第二項便是「制訂公正的法例、規則，設置懲罰違反這些法例、規則行爲的執法機構……」（見拙作《原富精神》頁二十三）。史密斯有意禁止業商「聚議的自由」，和他對國家期許及其「管治原則」不相違背。

*

周譯於一九六八年初版，距今不過三十年，惟譯文看起來已有點生硬，不能完全明白；由是筆者翻閱於光緒二十七年（公元一九〇一年）刊行的嚴復譯本：「每覩城邑工賈同業之家、相聚而謀、類皆操奇計贏踴騰物價之事、苟利其業、何恤國人、余雖歡聚燕遊、其會亦寡、故工賈勢聚者、非國之利也、夫謂必取其會合聚謀之事、立之法而禁之、此固違寬大市場之政律、然示之端倪、使之便於爲合、又何必乎、至立之政治、欲使不爲合而不能、則尤下策也、所謂使之便爲合者、如官設簿書、務令同業之人、署其名業居址、自有足冊、前不相知之人、今皆麇集、苟欲爲會、則踵門而呼、俄頃皆萃……。」若非參照原文（一〇二頁）及周譯（遠離完美），不易理解。然筆者仍認爲嚴譯較近原著，只是百年前的流行文體，現在讀之已甚朦朧，可見國文「進化」之大。

*

周二寫及托拉斯，印象中梁啓超有文論及，翻閱《飲冰室文集》，果於《卷二．學說類上》見〈二十世紀之巨靈托辣斯〉一文。細讀之下，方知任公雖無馬涼馮京之誤，卻把壟斷集團的「托辣斯」（trust）與代人管理資產之「信托」（trust）混爲一談，令全文難明費解，有暇當細細論之。

近來可評須評之物事甚多，筆者今寫「閒讀偶拾」，本意不必用腦，左抄右摘、東拉西扯，輕鬆就篇，哪知讀嚴譯梁譯周譯，不僅絞盡腦汁，所花時間更久且毫不輕鬆！

*

梁任公對清末民初的政治、文藝、學術影響深廣，其貢獻已有定論，不過，由於不諳外文，而欲介紹東洋西洋文明，難免有所錯失。據鄭振鐸的《梁任公先生傳》，梁氏「居日本一年，稍能讀東文，思想爲之一變」。東文是東洋文即日文；梁氏受日本文化的影響，彰彰明甚。鄭文又說：「己亥冬天，美洲的中國維新會招他去遊歷。道過夏威夷，因×（按：印刷模糊不明之字）疫故，航路不通，留居在那裡半年。庚子六月，正欲赴美而義和團變已大起……梁氏便由夏威夷向西而歸。」學外文雖不一定要赴外國，但在清末，這是主要渠道；非常明顯，任公的日英文造詣相當有限。鄭振鐸稍後提及：「我常常覺得很奇怪，中國懂得歐西文字的人及明白歐西學說的專門家都算不少，然而除了嚴復、馬建忠等寥寥可數的幾位之外，其他的人每都無聲無息過去了，一點也沒有甚麼表現，反而是幾位不十分懂得西文或專門學問的人如林琴南、梁任公他們……。」由於這種原故，鄭氏認爲即使他們在翻譯、改寫或據爲己有上出錯漏，「我們還忍去責備他們麼？」

筆者同意鄭氏的看法，但亦以爲今之學者，應據原文爬梳這類譯文的誤漏並加以糾正，以免以訛傳訛，誤導讀者。

應該一提的是，嚴氏和梁氏的「英譯中」，常出現一些莫名其妙的譯名，筆者姑稱之爲「通勝譯體」（音譯，見《廣經堂通勝》之〈漢英通語〉），如〈二十世紀之巨靈托辣斯〉第二節入題便見「么匿」及「拓都」二詞，初見如墜萬里霧中，細究之下，方知爲 unit 及 total 之音譯，這豈非「通勝」飛夫地（fifty）及天豆臣（ten thousand）之翻版？

二〇〇〇年一月七日

註：「同業者即使爲了娛樂與解悶而集會，其談話結果往往變成對於社會的一種陰謀，或爲提高價格的企圖。」（周憲文，《國富論》，台灣銀行經濟研究室印行。）

「德大阿佛羅」容閱

董橋把在《蘋果日報》「時事即景」欄的文章結集，以《沒有童謠的年代》（牛津大學出版社）爲書名；董氏學力深厚、博覽羣籍，加以關懷世情、洞察人情，於文字則極度敏感，此書遂爲有意把中文（及英文）搞好者的必讀書。作者說他「淡墨白描，順手裝點」，如此揮灑自如、輕鬆平常，便成 Unputdownable 之妙品，端的令人佩服。

留英多年的董橋對《泰晤士報》情有獨鍾，此從書中多次提及可見，不過，筆者對董氏何厚《倫敦泰晤士報》而棄《倫敦時報》，頗爲不解；若說前譯約定俗成，古已有之，因此不宜改動，則非壹傳媒報系的作風，以其用字新奇且經常鑄造新字也。有趣的是，假若有日董氏坐於 River Thames 畔木椅讀 *The Times*，他將如何落筆？

有人把 Greenwich 譯爲格林威治（正譯爲格林尼治）、把 *Evening Standard* 譯爲《標準晚報》（正譯爲《旗幟晚報》），皆可諒解（若把 *Hong Kong Standard* 譯爲《香港標準報》便不可諒解）；把紐約的 Times Square 譯爲「時代廣場」（香港的另作別論），勉強可以理解，但廣場因《紐約時報》得名，正確譯名應爲「時報廣場」；二十世紀初《紐約時報》總部設於此處的「時報大廈」

（Times Tower）。但把倫敦《時報》譯爲《泰晤士報》，雖然清末以來便如此，卻會誤導不懂英文的後學，何不改之？當然，香港是南北腔調新聞自由的民主社會，要統一譯名，並非易事。

*

讀者「飛鴿傳書」，問一月七日本欄所引鄭振鐸文中提及的馬建忠是何許人，筆者對馬氏所知甚少，僅知馬氏兄弟（馬建忠及乃兄馬相伯）合撰《馬氏文通》一書——不過，只聞書名而未窺全貌。據台灣新黨總統候選人李敖在《中國名著精華全集》的介紹，馬建忠（一八四四—一九〇〇），字眉叔，江蘇丹徒人；年輕時憤於外患日深，乃專究西學，被派往各外國使館習洋務，提出有關洋務運動的種種意見，深得李鴻章賞識。《清史稿》有這樣的記載：「建忠博學，善古文辭；尤精歐美，自英、法現行的字以至希臘拉丁古文，無不兼通。以泰西各國皆有學文程式之書，中文經籍雖皆有規矩隱寫其中，特無有爲之比擬而揭示之……。」遂「發憤創爲《文通》一書」。馬氏五十六歲時，爲李鴻章連夜翻譯俄國七千字來電，突然熱症死去（他的大哥馬相伯則活了整整一百歲）。

顯而易見，馬建忠在介紹國人學習外文上，做了不少有益有建設性的工作。而在《馬氏文通》例言中，又見「通勝譯法」，其第三條說：「此書在泰西名爲『葛郎瑪』。『葛郎瑪』者，音原希臘，訓曰字式，優云學文之程式，各國皆有本國之『葛郎瑪』，大旨相似……。」所謂學文程式及「葛郎瑪」，前爲意譯，後爲音譯，皆文法（Grammer）也。詹德隆氏爲《信報》撰「精英求英」欄

（文化版，每逢週六刊出），亦強調今人習英文必須在「葛郎瑪」上下深功夫才能可望有成！

*

讀台北《中外雜誌》一九九九年十二月號鄭雪玉〈留美幼童的傑出表現〉一文，有「關於容閎在美國獲得榮譽博士學位的事，國內的李鴻章在一八七六年十月二十八日『覆陳荔秋星使』函中，提到『純甫』函告，美國議院公舉品學兼優即德大阿佛羅名號第三人，一為美國將軍沙滿，一英國伯爵臨烈，一為純甫……」。純甫為容閎的字。德大阿佛羅是甚麼？原來是 Doctor of Law 的「通勝譯法」——德大為 Doctor，阿佛是 of，羅自然是 Law 了（馬建忠長期在李鴻章幕府工作，德大阿佛羅出自其手筆亦未可知）。按容閎於一八七六年（光緒二年）獲耶魯大學頒贈名譽法學博士學位，確為第一位中國人獲此殊榮；容氏時年四十六歲。

容閎為耶魯大學第一位中國留學生（一八五〇—一八五四），據吳相湘〈容閎欣見民國肇建〉一文（收在《民國百人傳》，台北，傳記文學出版社），容閎畢業後同年「十一月十三日乘帆船回國；大海小舟，逆風而行，顛簸殊甚，全航以一萬三千浬，行駛一百五十四日乃達香港；小作勾留訪聚舊友後即起返澳門省親」。

容閎留美八年（四年中學，四年大學），回國後赴廣州「以補習漢文為主，不來年又能重操粵語」。後得舊友香港《德臣西報》（*China Mail*）主筆之介薦，「入香港高等審判廳為譯員，並潛心研究法律，意欲取得律師資格，不意香港律師界以容閎兼通中英語文，深恐憑其壟斷華人訴訟，竟合羣力以排斥……，容閎因決心離開香港。」純粹英國背景、保護色彩濃烈的香港「專業團體」排斥留美學生，於古尤烈於今不罕見。

容閎二十歲才赴美，按照常理，留美時間即使長達八年，也不可能連粵語亦忘掉，不過當年情況有點特殊，以其在美八年講粵語機會不多，令母語荒疏，不足為奇。與容閎同時赴美還有黃寬（他們兩人是最早期的中國留美學生），但黃氏於一八五〇年中學畢業後「隨即赴蘇格蘭愛丁堡大學習醫」（一八五五年學成回國後主持廣州「倫敦教會醫院」，一八七八年〔光緒四年〕病故）。黃寬赴英後，容閎遂舉目無「親」，在美沒有可語粵語之人。

＊

高宗魯譯註的《中國留美幼童書信集》（台北，傳記文學出版社）所收一九三七年三月十一日〈容尚謙艦長對上海美國學校歷史班上的講話〉（容艦長與容閎非親非故），有云：「一八九四年『中日戰爭』時，已退休的容閎奉命由美回華，中國高級人士問的第一個問題是：『容閎博士，你認為復興中國之道何在？』容閎答：『開放學校，使中國女子與男子一樣接受教育。』……中國官吏面面相覷，旋即笑問：『先生不遠千里而來，即為這點小建議嗎？』容閎答：『假如你們不相信，我願舉一例證。設想一個外國孩子，其父母均受良好教育，假設父母一方僅遺傳百分之七十『智商』於其孩子，而孩子已繼承百分之一百四十的『智商』。如果同樣一個在中國的孩子，父親受過教育，母親毫無教育，此小孩即使繼承了其父親百分之百的『智商』，比起外國孩子仍少百分之四十。在這種情形下，中國的下一代如何能與外國的下一代競爭？……』」「咁都得」，妙論也。清朝眾大吏聽後，啞口無言，「最後張之洞說：『你說得很對，我們從未想到這一點，我們立刻去做！』」

從今而後，中國學府男女同校！

二〇〇〇年一月二十一日

解決失業提高增長的妙方

一九九九年十二月十九日《波士頓環球報》報導，波士頓大學大眾傳媒學系（Dept. of Mass Communication, Advertising and Public Relations）系主任舒爾茲（J. Schutz），日前對四百餘名學生講課，其中有共六十四個字的句子，被發現「抄」自《國家》週刊一篇文章，由於舒爾茲沒有說明出處，有剽竊之嫌，學生及同僚羣起而攻，迫使他辭去系主任之職。接受《環球報》訪問時，舒爾茲說時間迫促使他有此過失，然而，他雖非有意竊取他人的知識成果，卻承認這是「道德過失」（ethical lapse），必須接受處罰，因此辭去行政之職！

*

一九九九年十一月二十三日陳雲先生在《信報》撰〈唐君毅「與青年談中國文化」補篇〉，指唐氏「沒有引述《孟子》教人如何處理情感的『時』與『度』：『君子之於物也，愛之而弗仁；於民也，仁之而弗親。親親而仁人，仁人而愛物。』」（《孟子・盡心上》）。在時序上，君子先愛親人，後愛普通人，再愛萬物；在程度上，愛親人比愛普通人的情要強一些，愛人比愛物的情要強一些。孟子這幾句話，與亞當·史密斯先利己必利人之說相近；而「愛親人比愛普通人的情要強一些」，則與「家庭經濟學」中指家庭之內有利他主義（altruism），即家庭成員特別是長輩對後輩全心奉獻不圖回報（reciprocity）相彷彿。孟子推人及物說，似乎是西方經濟學所缺乏的。

*

讀台北《歷史》月刊一九九九年一月號有之寫的〈關於張學良的西安事變回憶錄〉一文，內引一九五六年十一月張氏得蔣介石指示撰寫《西安事變回憶錄》，他聞訊後馬上動筆，以十六天（十一月二十日至十二月五日）的速度完稿覆命。之文說「文中可見張氏誠惶誠恐，卻又帶幾分寵顧下難掩的興奮」。據說「那時候（張學良）眼睛已不好，故是四小姐抄的」。之文引錄張氏致「蔣總統鈞鑒」的短函，數百字竟有同音白字數處（如惱作腦、援作緣、露作錄等），這應爲原文出錯而非趙四小姐「手民之誤」。

筆者寫這段「逸事」，是有感於中文之難也。張氏該函有「良少讀詩書」之句，良是張學良自稱，「少」讀詩書，應有兩解，其一是多少的「少」，即讀詩書不多；其一是少年的「少」，即少年曾讀詩書。

看其白字連篇的函件，此「少」應爲多少的少。

*

解決香港失業問題不難，只要請無業之人齊齊擔沙填海，等於人人有工作，失業率下降GDP自然有可觀增長；事實上，汽車大排長龍和把大白象拆除重建，亦可壓低失業率及有助GDP增長（經濟效益如何，另當別論）。上述種種，早成「經濟學笑話」。然而，此說有所本，而此「本」是凱恩斯的傳世巨構《就業、利率和貨幣通論》（簡稱《通論》），在該書第三卷第十章第六節〈邊際消費傾向與乘數〉中，凱恩斯寫道：「如果財政部把鈔票裝在舊瓶子裡，深埋於廢置煤礦礦坑，上面以垃圾覆蓋；然後讓私人企業根據自由放任原則把它們挖出來，就不會再有失業……。」凱恩斯在本節之末，指出古埃及之修建金字塔，中世紀「建教堂、唱輓歌」（built cathedral, and sang dirges），亦有相同效果。凱恩斯認爲修兩座金字塔和建兩座教堂可收雙倍效果，但在同一路線上建兩條鐵路，效果肯定不是一加一等於二。當然，無論修金字塔、建教堂和築鐵路，都會創造就業，只是前兩者靈性受惠而後者才有經濟收益！

*

以反對亞當．史密斯的自由貿易、主張因爲「綜合國情」不同，美國不應盲從「古典經濟學的自由放任原則」的德國經濟學家李斯特（F. List, 1789-1846），可說命運坎坷，先後兩度被德國政府放逐，最後因財政問題而自殺。在學術建樹上，李斯特的貿易保護主義理論在十九世紀初葉（一八二五年他第一次被迫流亡美國）大受發展中國家（當時的發達國家爲英國）美國的企業界歡迎，令他聲名大噪，但現在學術界大都認爲他「名大於實」，「讀其書肯定會大失所望」（見M. Blaug：《在凱恩斯之前的偉大經濟學家》）。今天筆者不打算談李斯特學說，只引述他這段話語：「在經濟科學上，理論與實踐是分離的。經濟學家指責務實者（practical men）只曉因循苟且、蕭規曹隨，不僅不能理解經濟學家深奧有用（grandeur）的理論，還指斥經濟學家脫離實際，生活在他們想像的夢幻世界之中！」在經濟事務上，一般人以爲經濟學家和企業家互相依存，哪知事實不然，他們的說法和做法不一定相關！

*

經濟學由於門派多、主張雜，因此只有因時制宜，不宜一本通書「用」到老。經濟學的影響是應予肯定的，凱恩斯下面這段話極具代表性：「經濟學家以及政治哲學家之思想，其力量之大，往往出乎常人意料，事實上，統治世界者，就只是這些思想而已。許多實行家自以爲不受任何學理之影響，卻往往當了某個已故經濟學家之奴隸。狂人執政，自以爲得天啓示，實則其狂想之來，乃得自若干年以前的某個學人。我很確信，既得利益之勢力，未免被人過分誇大，實在遠不如思想之逐漸侵蝕力之大。這當然不是在即刻，而是在經過一段時間以後；理由是，在經濟哲學以及政治哲學這方面，一個人到了二十五歲或三十歲以後，很少會再接受新說，故公務員、政客，甚至鼓動家應用當前時局之種種理論往往不是最近的。然而早些晚些，不論是好是壞，危險的倒不是既得權益，而是思想。」（凱恩斯《就業、利息和貨幣通論》，徐毓枬譯，商務印書館出版）。這段譯文不太達意但可意會。

*

印度經濟學家巴蘇的雜文結集《經濟塗鴉》（K. Basu: *Economic Graffiti*，牛津，一九九一年），收〈經濟學與懷疑主義〉一文，開篇提及一位對經濟學持懷疑態度的英國政府部長，老是發表由經濟學家部屬草擬的講詞，部長大人的態度令這位下屬十分反感。有次部長演說，論「如何抑壓通貨膨脹、克服衰退和平衡預算」，部長照本宣科，眾人聽得懨懨欲睡（題旨如此宏觀，不瞌睡才是奇事），可是在結論部份，講詞上只有一行字：「你自己辦妥」（now you are on your own）。部長不知所措，其難堪其尷尬，不難想像。經濟學家當然可以解決這些大問題，但僅止於「理論上」，實際問題解決則不易；唯非經濟學家連如何自圓其說都不可能，遑論要開出治病處方！

二〇〇〇年一月二十八日

都是亞當・史密斯惹的禍

大部份寫「論說文」的作者，都會爲很難清楚地把所思的事寫下來而煩惱，這即是說，如何能使讀者，尤其是「外行」讀者（如股票經紀讀經濟學文章）看得明白，確非易事；而在「可懂性」上，以筆者所知，經濟學不算是最艱巨的科目，但翻譯的經濟學作品令不復照原文者如丈二金剛，則是常見的事，所以有些現象，相信與翻譯者對原著不理解或理解深度不足有關，當對原文理解有「故障」而在「忠於原著」的藉口下將之「直譯」時，讀者和譯者便攜手漫步萬里霧中。

*

近讀〈吳稚暉促進國家統一〉（吳相湘，《民國百人傳》，台北，傳記文學出版社），有這麼一段「頗得吾心」的話：「吳以爲外國書籍不能翻譯，中國書亦不能翻譯，只能研究，吳頗有意在上海創辦一機構進行這項工作，聘請如章士釗等著名學人專研外國書籍，即將其大意用中文寫出，不必直譯。同時聘外國人作顧問，遇有書中不明瞭之處，即請其加以解釋。」吳稚暉（一八六五—一九五三）於七、八十年前有此見識，令人佩服。

筆者相信這是最佳傳遞西方文化（及東方文化）的方法。囫圇吞棗式的直譯，大部份是人力物力的浪費！

＊

追求文章簡潔易明，本以爲是所有作者的共同努力方向，但昨日讀殷海光的邏輯學小冊子《怎樣判別是非》（台北，傳記文學出版社），其「前言」竟以這段話作結：「這本小冊子不是寫給人消遣的。如果有的地方寫得不夠詳明又不具體，而是爲了使讀者自己多費點腦筋思考思考。」換句話說，殷氏故意朦朧其詞，好讓讀者從中摸索出其中的「眞意」。妙哉斯言，筆者當然不敢懷疑大師級的殷海光對所寫的理論似懂非懂，因此「語意深奧難明」；但若說作者故意「模糊其詞」讓讀者瞎猜，未免太「高傲」了。

＊

Sorry的「通勝譯法」是「梳梨」，「投資者日記」的譯法是「鎖你」；近讀港人簡又文（太平天國史專家）主辦的《逸經》（《文史半月刊》第三十期，民國二十六年五月二十日出版，上海）

「東南風」專欄，有「誤會」條如下：「某君稍讀英文，日常言語習慣，多中西合璧，以示洋化，尤以『梳厘』（英文抱歉之詞）不絕於口，一次在路上誤踐車伕之足，彼即致『梳厘』之詞，車伕大怒曰：『既踏我足，還說蠻話。』隨即飽以老拳，蓋車伕以爲『梳厘』爲『鎖你』也。」

*

自從一八一五年六月十八日英國威靈頓公爵在滑鐵盧（港譯窩打老）大敗法王拿破崙後，英法淵源甚深的世仇更無法化解，雖然兩國不再有「熱戰」，但民間互相嘲諷甚至指著鼻子互罵卻司空見慣。不過在這些相互咒罵中，亦有張冠李戴的例子，最明顯的是拿破崙說「英國只是個小店主之國」（England is a nation of shopkeepers）。英國人素來自視甚高，自覺雄才偉略、稱霸天下，給拿破崙如此奚落，還不氣個半死？

以英國人深藏不露（understatement）的性格，是否給拿破崙氣個半死，我們不得而知；然而說這句話的，原來並非拿破崙，起碼他不是「原創者」，而是《信報》讀者耳熟能詳的亞當·史密斯。昨日翻閱《他們沒有說過》（P. F. Boller & J. George: *They Never Said It*, Oxford, 1989），一百頁便引《原富》這段話："To found a great empire for the sole purpose of raising up a people of customers, may at first sight appear a project, fit only for a nation of shopkeepers …, but extremely fit for a nation that is governed by shopkeepers."史密斯是「小店主之國」的原創者，殆無異議。不過據這本書說，拿破崙的確曾說過此話，話說在一七九四年六月十一日的一次國家安全會議中，拿破崙聽見有人

翻譯史密斯那段話，引爲「知音」，遂有斯說。

《他們沒有說過》考據甚詳，把許多「誤傳」一一按「原典」更正，喜歡尋根問柢者應將之列爲案頭書之一。

筆者多次翻閱《原富》，均未注意「小店主」之說，可見多麼粗心大意！

稍涉歷史的人都知道，威靈頓之能夠大敗拿破崙，完全是普魯斯的 Blucher 將軍帶領大軍馳援所致，在普魯斯大軍未至之前，威靈頓按兵不敢亂動，擔心被拿破崙軍隊反撲；可惜在英語世界，這個具決定性因素英文史書只輕輕帶過。

*

讀倫敦經濟學社出版的《熱帶雨林》（Philip Stott: *Tropical Rain Forest.* IEA, 1999），方知「熱帶雨林」此詞爲德國學者 A. F. Schimper 於一八九八年所創，其譯爲英文，則是一九〇三年的事。《大英百科全書》與《劍橋百科全書》對「雨林」記述甚詳，唯對此字的創造，俱無隻字提及。

*

讀《食貨半月刊》姬信之的〈中國經濟社會史論著索引〉（刊於第一卷第九期，民國二十四年四月一日出版），刊錄《北京大學科學季刊》三卷一號、陳翰笙著《最初中英茶市組織》的內容，內有一節論〈飲茶風氣如何傳至英國〉，引起筆者追讀意慾，可惜此刊物已不可得。讀過拙作《英倫采風》者，當了解何以筆者對陳翰笙文有興趣。

二〇〇〇年二月十日

普通話音譯粵語讀出的困惑

《壹週刊》五一八期（二月十日）〈龍年大贏家〉談及筆者，內容雖然有點誇張，總算有跡可尋，但提及內子，便離奇離譜，文曰：「（林）陪太太……到澳門蒲（葡）京遣興，他會自顧自看書去也。」這句話離奇處在我們根本不嗜賭（包括最大眾化的麻將及賭馬），從未涉足葡京，遑論在賭場「遣興」。我們最近一次前往澳門，是於回歸前和一班友好去新落成的歌劇院欣賞華格納的歌劇《漂泊的水手》（*The Flying Dutchman*），傍晚一眾往葡京參觀其擺在入口處的根雕（達摩雕像），與賭場的關係，如此而已。至於離譜處，則在指筆者「自顧自看書去也」，筆者雖常被指「不通人情世故」，但亦不致帶「輸」進賭場這麼掃興。有關帶書「出街」筆者有慘痛經驗，事緣若干年前與女朋友（即今之內子也）去試婚紗，作爲「陪同」，筆者竟不識趣地在旁看書，差點鑄成大錯，至今猶聞「誠意不足」之埋怨聲。

我們不曾踏足葡京，卻曾赴拉斯維加斯「遣興」，不過，數日夜出入「大檔」（賭場），筆者連吃角子老虎都未「撳」（扳動）過（昔年讀過一短文，指賭場略作調校，令擺放於通道旁邊的吃角子機有較高的「命中率」，因爲較易引起「路人」注意進而誘發他們「博彩」的興趣），當然更沒有「坐賭」。

筆者不喜歡賭博，個性使然，與「道德」和「道學」無關，過往確曾爲文，反對賭博，唯出發點是由於賭博沒有生產力（金錢過手而沒有增值），不值鼓勵；不過，「入世」稍深後，了解合法賭博既有稅收，看法便完全改觀，因此曾撰數文，力主香港賭博應合法化及在大嶼山新機場附近建賭城。葡京之於澳門經濟、馬會之於香港福利事業，俱見賭博的積極面。

筆者原本無意回應這段楊社長肯定沒有看過清樣（這非其職責範圍）的報導，因爲類似紕漏天天都有（包括《信報》），一笑置之可也；但近來竟有新相識的友人約內子「一齊去葡京玩」，令我們啼笑皆非，只好在這裡作個交代。

文章若根據事實平鋪直敘，難免枯燥乏味，不易引起閱讀興趣，加鹽加醋爲炮彈澆糖衣，大有必要，而加工程度深淺與文章的嚴肅性成正比；不過，不論怎樣寫法，都須據事實加工，不可無中生有。

《史記》便是典型例子。王夢鷗的《傳記・小說・文學》，有這段話：「項王渡淮，能騎者百餘人耳。項王至陰陵，迷失道，問一田父，田父紿之曰：左；左，乃陷大澤中，以故漢追及之。項王乃復引兵而東，至東城，乃有二十八騎。漢騎者數千人，項王度不得脫，謂其騎曰，吾起兵至今八載矣，身七十餘戰，所當者破，未嘗敗北，遂霸天下；然今困於此，此天之亡我，非戰之罪也。……是時，赤泉侯爲騎將，追項王。項王瞋目叱之，赤泉侯人馬俱驚，辟易數里……。漢軍不知項王所在，乃軍爲三，復圍之……。」王氏分析道：「這一段記載，神則神矣，但我們相信當時絕無一個像項王那樣勇敢的『隨軍採訪記者』，項王迷路，他也跟著迷路；項王被困，他也跟著被困……尤其落荒而逃之後，漢軍且不知其所在，我們不知道司馬遷從何處偵知之。他不但見其『人』，聞其『言』，且能知其『心』……。」（見《甚麼是傳記文學》，台北，傳記文學出版社）

王先生當然不是說太史公無中生有、胡說八道，他認為這是作者憑一點事實——項王兵敗烏江自刎——而衍化、鋪陳的藝術加工，是「眞材實料的藝術化，是詩一般的故事，也是小說的故事」。

司馬遷有生花妙筆，但若無所據而天馬行空，便成為有可讀性而無可信性的「大話西遊」小說了。

*

接不具名讀者函，對二月八日本欄把 Mannesmann 譯為孟納斯曼提出意見：「這又是一個南腔北調的例子。『孟』、『曼』在廣東話同音，『孟』字更似（是）一個姓氏；『孟納斯曼』粵音很貼近原名發音，但用普通話讀便不然。在普通話中，『曼』是 man，『孟』則是 meng；『內』是 nei，『納』是 na，譯為『曼內斯曼』才貼近原音。

現在 Mannesmann 未有官方中文譯名，譯名無妨百花齊放，但日後該公司要是制定一個正式中文名字，又是音譯的話，肯定會採用普通話而不會是粵語，『孟納斯曼』入圍的機會幾乎等於零。

一直覺得奇怪，《信報》人才濟濟，竟然好像沒有人懂普通話；《信報》視野廣闊，在譯名方面都以粵譯爲本位，十分之地方主義（Provincialism），眞是百思不得其解！」

這位讀者所說甚是，但「粵譯」自有苦衷，非「國語人」所能理解。首先應該聲明的是，本報歷來三位老總中，有兩位（榮退的沈鑒治和現任的邱翔鍾）以「普通話」爲第一語言，至於現在「從政」當中央政策小組成員的練乙錚，普通話亦朗朗上口。

我們並非沒條件以普通話發音音譯外國專有名詞，只是《信報》讀者多爲粵人，普通話譯名許多時——尤其以粵語讀出時，會引起不必要的誤會，且有令港人對世情愈陌生愈模糊之弊。

遠的不說，以當今印尼總統 **Wahid** 爲例，香港傳媒（包括《信報》）從國內譯法爲瓦希德，以粵譯讀出（電台電視）便與原音（印尼文）相去遠甚——粵音瓦爲「雅」，但原音近粵語讀音之「華」，瓦希德應爲華希德。又如不久前因美國使館大廈被炸而「成名」的肯亞（**Kenya**，國內似乎譯爲肯尼亞）首都奈羅（洛）比（**Nairobi**），國內以普通話發音譯爲奈羅畢，與原音符，但港人以粵音讀出，便成奈羅北，由比而北（與「畢」音近），和原名發音天南地北。其他如科索沃（**Kosovo**）亦從國內譯法，但粵語「沃」發音爲「郁」（「郁郁乎文哉」的「郁」，亦爲肥沃的「沃」），令不通原文的聽眾或讀者如丈二金剛，而通原文的粵人更莫名其妙。在香港以粵音作爲譯名基礎，的確是考慮本地因素的決定，雖然這種決定與「中國影響」日重有矛盾。

普通話譯名以粵音讀出造成混淆的例子不計其數，筆者曾就商於學院中人，可惜迄今未有答案；不過，此問題在港人通三語後自動解決。

二〇〇〇年三月三日

勞動節終於成為香港公眾假期

下週一是香港有史以來第一個國際勞動節假日。一九七九年五月一日，筆者在「政經短評」發表〈勞動節應定爲公眾假期〉一文，眨眼間已二十一年了！翻閱舊報，覺得當年的觀點並未過時，反證了筆者多年來並無進步。該文撮要如下——我們以爲，在香港許多莫名其妙的公眾假期中，其中一日應爲「勞動節日」所取代。紀念勞動節，對作爲一個強盛經濟地區的香港來說，是非常合適和有需要的。

國際勞工運動現在已經取得重大成就，共產黨國家「工人當家作主」、工人階級獲得最大的精神滿足固不待言，幾乎所有的非共產國家工人的利益亦受到最大物質保障，在精神上亦獲得充分的照顧，比如不少大企業已邀請工人代表當董事，此外，有些企業以「合理價」發股票給員工認購，令「資本主義大眾化」具體化。即使在勞工法例近年來才受重視的香港，受薪階級的福利亦受到當局的關切，當然，本港的勞工法例目前尚屬不夠全面，待改善之處仍多，但勞工已不再爲資本家奴役與剝削，是有目共睹的事實。

香港工人在爭取應得福利上，態度和手段都很溫和，負責工運的人似乎處處能以大局著想，甚少因要求改善工作環境或待遇而導致足以損害經濟發展和社會秩序的「工業行動」，這是香港官商所應額手稱慶的——我們現在最擔心的是公務員工會，由於公務員用不著投入職業競爭的市場，在無後顧之憂的情形下，他們的工作態度大體來說遠遠及不上私人機構的僱員，而爭取權利的呼聲及行動則遠遠過之，公務員隊伍的膨脹是香港社會的最大隱憂！

*

路旁等車，見報攤一疊齊腰的《星島日報》，上放一硬紙板：「每份一元！」有點意外，詢之報販，方知該報自去年十一月上旬降價至二元（所謂推廣價），迄今半年未改；現在一般報紙零售五元，扣除總代理及分銷商等佣金後，報社收回的不足三元，《星日》售二元，報社在「紙錢」上應無收入，因爲其售價爲報販全收，仍抵不上賣其他報紙之收入。去年以來，白報紙（newsprint）數度漲價，即使報社有貨倉存放加價前的白報紙，或以舊價訂購期貨後由紙商按期送貨，亦無改白報紙是不斷升值商品的現實，換句話說，不包括油墨、印刷等支出，每張白報紙價格應在一角八至二角之間（十五張未加油墨的白報紙重約一磅），《星日》屬新聞百科全書（除了沒有嫖妓指南）式的報紙，以出紙三十張計，單是直接成本已在五元水平，如今「白送」，加上內容及行政費用，開支不可謂小；至於能否無利多銷而達吸引廣告的目的——增加額外廣告收費以抵消「白送」的損失——相信只有其財務總監才全盤了解。

報社「白送」的報紙，肯定沒有「回紙」（若干報社收回當天賣不出的報紙），因爲「回收」

意味報社以現金收回當天賣不出的報紙，若非如此，便會出現銷數急升「回紙」同步激增的荒謬循環；可是，沒有「回紙」則令報販一過「旺市」——以中午十二時爲分水嶺——便割價求售（這亦是每天黃昏例有「拍拖報」（報攤將當天未賣出的不同報紙，兩份當一份低價賣出）的原因），因爲「收得多少是多少」，一元一份厚報的「不經濟」情況於是出現。在上面的例子中，報販是唯一受惠者，但他指著這疊「待售」的報紙：「賣晒亦得嗰十幾廿皮（全部賣出亦只有十多二十元），唔使氣力㗎？」這顯然是一場近乎「雙輸」的遊戲。

*

讀這一天的《星日》，最大發現是馬家輝「馬亂城狂」欄的〈你不可能一輩子做京官〉，馬博士（他在《信報》的專欄逢週三刊出）借題發揮，是佳作；筆者最有興趣的是「袁世凱讀假報」一節：「辛亥革命之後，袁世凱復辟稱帝，威風八面，京城報紙莫敢得罪……只剩日本人辦的《順天時報》仍偶作持平之論……袁世凱是小器之人，讀完報上反對復辟之論，氣憤不平……他的兒子袁克定受氣之餘，心生一計，不惜自掏三萬銀元購買報紙印刷設備，每天按照《順天時報》的固定格式印製一份『宮廷版』……把反對帝制的言論一律改爲歌功頌德，讓其父親讀後龍顏大悅，續作其復辟春夢！」

辦假報以取悅「領導人」的妙事，大概「古之罕見今則所無」吧。

馬博士所說之事，看似荒誕，卻完全是事實。鄺桂生編輯的《國家元首妻妾錄》（傳記文學出版社，一九九六年再版）收有〈袁世凱的家庭與妻妾子女〉一文，其第五節「從總統式皇帝夢的幻滅」說：「《順天時報》是當時在北京銷行數量比較多的日本人所辦的漢文報紙，我父親平時在公餘之暇，總是專門看它。這大概由於它是日本人辦的報，可是，也就因爲這個緣故，才使得他受了假版《順天時報》的欺騙而毫不自知。假版《順天時報》，是大哥糾合一班人搞出來的，不但我父親看的是假版，就是我們家裡別人所看的，也同樣都是假版，大哥使我們一家人和眞實的消息隔絕了開來。有一天，我的一個丫頭要回家去探望她的父親（這個丫頭是一個老媽子的孩子，是自由身子，所以准許她隔一些時候回家探望一次），我當時是最愛吃黑皮的五香酥蠶豆的，便讓她買一些帶回來吃。第二天，這個丫頭買來了一大包，是用整張的《順天時報》包著帶回來的。我在吃蠶豆的時候，無意中看到這張前幾天的報紙，竟然和我們平時所看到的《順天時報》的論調不同，就趕忙尋著同一天的報紙來查對，結果發現日期相同，而內容很多都不一樣。我當時覺得非常奇怪，便找二哥，問是怎麼回事。二哥說，他在外邊早已看見和府裡不同的《順天時報》了，只是不敢對我父親說明。他接著便問我：『你敢不敢說？』我說：『我敢。』等到當天晚上，我便把這張眞的《順天時報》拿給了我父親，我父親看了之後，便問從哪裡弄來的。我便照實說了。我父親當時眉頭緊皺，沒有任何表示，只說了一句：『去玩去吧。』第二天早晨，他把大哥找了來，及至問明是他搗的鬼，我父親氣憤已極，就在大哥跪著求饒的聲音中，用皮鞭子把大哥打了一頓，一邊打，一邊還罵他『欺父誤國』。大哥給人的印象是，平素最能孝順父母，所以他在我父親面前的信用也最好，我父親時常讓他代表自己和各方面聯繫。可是從這以後，我父親見著他就有氣，無論他說些甚麼，我父親總是面孔一板，從鼻子裡發出『嗯』的一聲，不再和他多說甚麼話，以表示對他的不信任。看起來，我父親對於帝制前途的不甚美妙，已經是有所覺察了。」

＊

上面所引，便是假《順天時報》故事的全部。本文以第一人稱撰寫，作者署名袁靜雪，自言是袁氏三女；查袁氏族譜，則見「三女叔禎；豪俠有丈夫氣，亦有參加幫會，適泗州楊毓一」。看來靜雪為叔禎的筆名。

十多年前，台北友人在寄筆者一大堆台灣書刊中，夾有一九八四年六月九日第八版的《聯合報》，整版幾乎只刊一篇文章：〈我的父親袁世凱〉，作者署名袁叔禎，找出一閱，原來這篇文章便是收在《國家元首妻妾錄》的那一篇，至於作者何以一用筆名一用眞名，此非筆者興趣所在，當然懶得去考證了。

從讀馬博士的短文，竟引起一段饒有意義的「掌故」；如今訊息靈通、資訊氾濫，編輯、印刷「假報紙」當不可能，但「下官」揑造、謊報資料蒙蔽上司，這類與假報紙有異曲同工之妙的事，則存在今之祖國大陸。今無假報紙卻有僞資料，是高高在上的當政者要注意的。

寫完本文，頗令筆者「沾沾自喜」的是記憶未衰，《妻妾錄》固是冷門書，讀之已久，仍清楚記得這段「妙事」，找出時毫無困難，而那份「歷史悠久」的《聯合報》，竟亦順利從舊報堆中找出，不亦快哉。

二〇〇〇年四月二十八日

《經濟學名人錄》與張五常

《經濟學名人錄》（*Who's Who in Economics.* Edward Elgar）已於去年底出版，和一九八二年初版比較，新書是「皇皇巨構」——初版四百三十五頁，新版近一千二百四十頁。

《名人錄》編者Mark Blaug（1927-），荷蘭人，向在英國任教，已是兩家大學的榮退教授，現在仍任荷蘭阿姆斯特丹大學訪問教授；Blaug的經濟學著作不少，不過，筆者是從他編輯的幾本工具書聞其名，除了《名人錄》、《凱恩斯前經濟學名家》及《凱恩斯後經濟學名家》，均爲涉獵經濟學者手邊的必備書。

這部《名人錄》值得推薦，以其把一七〇〇年至一九九六年間世界重要經濟學家一網打盡。初版包括一千一百名經濟學家，生死七四比；筆者沒有一九八六年版，看新版的介紹，一九八六年版已增加至一千四百名經濟學家，其中千名在世、四百名去世；在世入選的評選標準以在一九七二至一九八三年十二年內論文被引述次數多寡來衡量。經濟學界特別注重論文被行家引述的情況，而所根據的是Social Sciences Citation Index（SSCI），該指數由費城的科學資訊學社（Institute of Scientific Information）彙編，自從一九六六年以來，每年三次公布指數，其經濟論文指數擷取四十五國爲學界所重視的共約二百種學報、經濟學書籍及討論會論文的資料，絕對客觀，極具權威性，可說是衡量經濟學家在學界重要程度的最主要參考。

新版《名人錄》除了那四百名過世的經濟學家之外，在世的則共一千一百名，入選標準是他們的論文在一九八四年至一九九六年間被引述次數最多者（most frequently cited economists）。一九八六年，估計世界在世的經濟學家共一萬七千人，第二版《名人錄》收錄的經濟學家一千人，約爲百分之六；在此後十三年，經濟學家的人數倍增（以每年平均增幅百分之六計），令新版《名人錄》的一千一百位，只佔全球經濟學家百分之四！Blaug 因此說他在經濟學界的「敵人」愈來愈多——不入圍的都視之爲「敵人」。

華裔學者入選的，眞的寥寥可數。張五常（一九三五—）在第一版已入圍，新版的內容基本未變，只是「出版」欄下加進了數本書名譯爲英文的中文書，這部份據編者言是作者DIY的；*A Tangerine Seller Speaks*（《信報》出版）當然列在其中，《賣橘者言》一九八三年初版迄今已再版二十五、六次，幾乎三年兩次「重刷」，誠屬奇蹟！黃有光（一九四二—）則在一九八六年被選中。《信報》（和月刊）讀者有幸，因爲這兩名蜚聲國際的經濟學家替我們一報一刊撰寫大量有價値的文章。値得一提的是，黃教授爲馬來西亞客家人，其姓名的英文拼音爲 Yew-Kwong Ng，常被誤爲Y.K.吳，台灣的《經濟學百科全書》便如是，其實在潮閩語言中，王黃讀音迥異，吳更無論矣——吳在南洋多譯爲 Goh，如新加坡總理吳作棟及前財政部長吳瑞慶。黃氏現任澳洲墨爾本莫納什（Monash）大學私座經濟學教授，爲國際知名的福利經濟學家，英文著作甚多，其成名作《福利經濟學》早於一九七九年在英國出版（一九八三年再版）；黃氏中文近著有《經濟與快樂》

（台北，茂昌圖書，一九九九年五月，收錄多篇在《信報月刊》發表的文章），替本書作序的是台大經濟系教授熊秉元及北大的厲以寧教授，現在定期每週一次爲《信報》撰稿。黃氏治學、寫作甚勤，本行之外，尚寫過一本滲透經濟學的奇情武俠小說《千古奇情記》（北京，作家出版社）；對詩詞和對聯亦大有研究。

曾多次接受《信報》訪問的著名計量經濟學家鄒至莊（一九二九—），亦在《經濟學名人錄》初版之中，只是當時收在「生於澳門」項下，但新版則屬「生於中國」，澳門因此「除名」；尚幸張五常未「易地而生」。筆者以爲這個烏龍是編者不小心所致，如果澳門回歸令鄒教授「改籍」，則張五常沒有理由可以保留原籍。

中大、科大和港大有不少名學者，經常有論文在學報發表，大概是被引述次數不多而未上榜；不過，翻閱《名人錄》，見有講師、副教授亦榜上有名（當然是他們有論文被廣泛引述），眞要爲香港學者抱不平了。以筆者的看法，最低限度，曾替《保爾格萊夫金融學辭典》（*The New Palgrave Dictionary of Money and Finance*）撰文的饒餘慶（港大）和陳家強（科大），便不應成爲遺珠，因爲有專文刊於這部權威辭典上，顯示對該方面學說有一定成就，而且所撰文章必爲同業及評論者經常參考，沒理由不能入《名人錄》的。

*

張五常在四月二十七日《壹週刊》的「南窗集」三談他寫博士論文——亦是成名作——「《佃

農理論》的前因後果」，有一段提及杜瑪（Evsey D. Domar, 1914-1998），說「一九六六年十二月，我在長堤奇怪地收到 E. Domar 寄來的邀請信……」。杜瑪爲俄國人，在滿洲長大，一九三〇—一九三一年在哈爾濱大學法學院攻讀，後赴美國。杜瑪寫信給張氏時爲麻省理工經濟學教授，他因爲和英國經濟學家夏祿德（Roy F. Harrod, 1900-1975）共同發明（coinventor）經濟成長理論（經濟學界稱之爲 Harrod-Domar Model）而享大名；應該一提的是，夏祿德和杜瑪是各自研究的，前者是經濟成長理論的先驅，後者的立論與前者略爲不同，杜瑪以達成充分就業所需的長期條件爲研究目標，終於找尋出滿足此條件的經濟均衡成長率，這是根據凱恩斯的有效需求理論衍化而來。夏祿德和杜瑪均爲凱恩斯學派的大師級人物。

杜瑪對張五常的論文十分欣賞，張氏之能赴芝大讀一年博士後，可說完全是杜瑪居中穿針引線之功。

張五常寫及杜瑪部份，點到即止，其實他們的交往，張氏不妨「和盤托出」。不久前讀杜瑪的論文結集《資本主義、社會主義和農奴制》，中有一文〈瞎子摸象：論主義〉（註），在註三十三中提到美國體育賽事的門券定價問題，便說「供不應求令濫用權力的情況隨處可見……，門券價格不能配合需求，令決定門券該賣給誰的組織者可以以之作爲和獲配售門券者交換一些他們想得到的東西」。杜瑪接著註中加註，指出：「這是張五常的觀察。」筆者多年前讀過張氏一篇論 Rose Bowl 門券定價的短文（這篇短文沒有列入《名人錄》的出版欄下），他是否曾和杜瑪討論過這個問題？體育盛事的門券定價，其實與餐廳東主及一九九七年前的香港地產商保持「相對低價」（第一期樓花〔預售屋〕必比第二期廉宜）以吸引長龍、製造供不應求效果有異曲同工之妙。張氏寫了多篇「經濟學掌故」，不妨把他和杜瑪這段「佳話」寫出！

註：E. D. Domar: *Capitalism, Socialism, and Serfdom* 第一卷第三章：“The Blind Men and the Elephant: an Essay on Isms”（劍橋大學出版社，一九八九年。）

二〇〇〇年五月三日

不足百頁的《笑話的哲思》

年初閱芝加哥大學哲學教授的《笑話的哲思》（T. Cohen: *Jokes-Philosophical Thoughts on Joking Matters*，芝大出版社，一九九九年），開心不已，擬把「心得」寫下，但轉念一想，笑話可笑之處，不僅不是放諸四海而皆笑，而且以經驗看，不少乍聽之下令人絕倒的笑話，未必禁得起時間考驗，這即是說，想深一層，便覺其笑料純屬人造，是所謂 synthetic fun，勉強牽強，笑意驟失，因而便擱下「偶拾」的念頭。這次北美西岸之旅，不思政經之事（只看CNN——CNBC似未普及——連報紙亦免了），山光雲影，目不暇給，腦中少有的空白，於是回味這本《哲思》的笑話，依然印象深刻，並「從心裡笑出來」的，仍有數則，茲意譯與讀者同樂——這當然是筆者的主觀願望。

《哲思》內文只有八十六頁，附錄及索引十三頁，全書不足百頁，眞正是小冊子，不過，作者是學究型學者，書小格局大，除每則笑話都註明來源外（這不能保證笑話屬「原創」，因爲來源之外可能另有來源），幾乎每頁都有蠅頭小字的註解，且內文解釋多笑話少，而解釋內容深刻，不少要一讀再讀才讀出味道，因此和普通笑話書籍「得個笑字」不同，讀這本小冊子是相當費神的。

尚幸筆者有看笑話看得天旋地轉的經驗，多年前囫圇吞棗、「擇要細讀」列民的兩冊巨構（共二千三百多頁《黃色笑話的理論基礎》〔G. Legman: *No Laughing Matter-Rationale of The Dirty Jokes.* Granada Publishing〕），雖然不少笑意連綿，令人解頤，但若追隨作者尋根問柢，墮入其文字迷宮，便笑不出來。當年筆者身兼數職，深宵回家翻閱此書，目的只在解悶，果然常有不亦快哉之感。事實上，列民在黃色笑話上所下工夫之深，和錢鍾書之於《管錐編》，簡直不相伯仲。這種比擬雖有點不倫不類，但絕非「說笑」（月前遇黃霑兄，閒談中知他對此書大有研究，也許可在其網站上談談心得以提高香港黃色笑話水準）。

筆者不知道「同好」是否有這種困擾，便是論笑話特別是考證其來龍去脈以至風土習俗、社會因素的文章看得多了，對在公開場合聽到一些「有備而來」（有營造氣氛拉近感情隔核目的）的笑話，便不覺得「好笑」，對於黃色笑話，尤其如此。因此，許多時候筆者對說笑話者以爲「好好笑」的笑話木然無反應，初識者還以爲筆者「假道學」，其實是筆者既然大概知道這些所謂「笑話」的根源，便覺其創意不足，哪裡還笑得出來。

表過閒話，且說笑話。

其一

沙皇時代有猶太青年被徵召入伍，他怕得要死，求教教中賢者；賢者說，這有甚麼可怕，在規定日子到軍營報到，你便會心安理得。

青年問，你怎能這樣肯定？

賢者答，請聽我抽絲剝繭的解釋。你從軍後有兩種可能，若非被編入戰鬥部隊，派往前線，便是被編入沒有作戰任務的後勤部門，若屬後者，在火線外工作，何憂懼之有。

如果你被送往前線，亦有兩種可能，第一種當然是和敵人開戰，但戰線無戰事的可能亦存在，若屬後者，你可視上前線爲遠足或體格鍛鍊，有益有建設性，何須愁眉苦臉。

如果你的單位捲入熱戰，和敵人槍來炮往，那又有兩種可能，即你可能受傷亦可能絲毫無損，若是後者，你一點損失都沒有。

如果你作戰掛彩，亦有傷勢可能致命和輕傷兩種可能，若屬後者，你可能會升級加薪得勳章，成爲人民英雄，喜歡還來不及哩。

如果你受重創一命嗚呼，升天堂和下地獄的可能都存在，若屬於前者，你便得謝天謝地，感謝神恩浩蕩。

如果你被貶落地獄，可能亦有兩種，即那班牛頭馬面們可能受賄亦可能廉潔自持全力整人，不過，小兄弟，你千萬別怕，因爲不論天上地面地下，我長了一把年紀，尚未遇過一個不貪財愛名的人！

聽完賢者的分析，青年心情輕鬆吹著口哨從軍報國去也。

其二

大雨成災，水浸教堂，消防員坐橡皮艇逐家逐戶救出被困屋內的災民，當他們抵達教堂時，見傳教士跪在十字架前祈禱，救災人員勸他隨艇離去，教士說上主自有安排，不必勞煩大家。雨繼續下，大水幾乎淹沒大堂，傳教士爬上閣樓，仍然跪在地板上唸唸有詞，這一回警察坐摩托艇嘩啦嘩啦而至，說山洪暴發，大水湧至，勸傳教士隨艇離去，但他仍不爲所動，堅信耶穌會搭救他。過了不久，連閣樓亦無立椎之地，教士於是爬上屋頂，跪在屋脊向上蒼祈告，這一趟軍隊乘直升機飛來，用擴音器陳以利害，並且放下繩索，要把教士救出險境，但他仍無動於衷，說上帝必會保護他……。這個傳教士終於被淹死，其靈魂冉冉直上十三重天，見到上帝，歡喜若狂，說，主啊，我終於來到你身旁了；哪知上帝氣得臉色鐵青，一巴掌刮過去，罵道：「你這個老頑固，爲何不聽我的吩咐，我連派三隊人馬去救你，你卻不聽命令，自作主張！」

「笑話」至此完結，不過，筆者以爲應加如下一句，「意義更深遠」——上帝怒氣未消，罰傳教士落地獄傳道！

這句續貂的狗尾是否「可笑」，要看各人的理解而定。

其三

《哲思》第七頁錄一則十行字的「笑話」，筆者讀之再三，覺得一點都不好笑；看解釋，眞的給他笑死（其實是「爲之氣結」、「俾渠吹脹」〔廣府話的「爲之氣結」〕）。原來，作者說美國作曲家 John Cage 既可譜出四分三十三秒（4'33"）這樣的鋼琴曲（六〇年代末期筆者在倫敦「聽」過他的演奏），他寫這個完全沒有笑料的笑話，有何不可？

這則笑話的笑料在 Cage 這首鋼琴曲無聲無息（silent throuhout）：當年警方播貝多芬第五號交響曲以掩蓋抗議者的聲浪，輿情大嘩，認爲警方犯了滔天大罪，「投資者日記」遂建議警方改播《四分三十三秒》，識者當然會心微笑。

其四

八五老人向同儕誇言雄風仍在：「我現在幾乎天天做愛！」「眞的？」「眞的，比方這個禮拜，週一我幾乎做愛、週二亦然……。」筆者承認這笑話不好譯，因爲原文 I had it almost on Monday, almost on Tuesday ……非常精采。

還有一則根本不可譯（？），只有兩句，錄之以待名家出手——

An exhibitionist was thinking of retiring, but he decided to stick it out for one more year.

二〇〇〇年六月二日

光說不練必癡肥

現在大家天天翹首以望美國連串的經濟統計數字，而它們顯示的經濟現狀愈差則對股市愈有利，因爲這意味聯儲局必須採取較寬容的貨幣政策，換句話說，經濟環境惡劣聯儲局必會減息，因爲若不如此，經濟便可能陷入衰退——通貨收縮；如經濟又呈升勢，則必須加息，以抑制經濟過熱——通貨膨脹的循環。兩者都對民生不利，政府爲免生民受苦，遂設法微調財政政策，只是財政政策的主要工具爲稅務，不僅需要國會通過，而且從稅務調整落實到在現實經濟上反映，需時較久，因此，頗能收立竿見影效果（其實最快亦要在半年後）的利率操控，便成干預經濟最便捷的工具。

美國經濟由消費帶動，因此，留意與消費有關的指數，可以預見經濟的盛衰。現在大家常見的是兩種與消費者有關的指數，一是「消費者信心指數」（Consumer Confidence Index），由會議局（Confrence Board）每月公布；一是「消費者情緒及消費者期待指數」（Indices of Consumer Sentiment and Consumer Expectations），由密西根大學負責。這兩項指數大體上顯示出消費者對其本身財政狀況以至總體（宏觀）經濟前景的看法，同時亦可窺見他們對短期經濟前景的預期。

＊

「會議局」（這個譯名不大恰當）是所謂「非牟利的改進商業運作組織」，成立於一九一六年，一九六七年開始編製「消費者信心指數」；它每月從已選出的十二萬個具代表性家庭中選出五千戶，寄問卷給他們塡回，問卷甚簡單，僅要他們在當前商業環境塡上正面、負面、中性，及在對未來六個月的期待、目前的就業情況、對六個月後工作情況的預期以至目前家庭總收入和預期六個月後收入增減等欄寫下看法；去年每月的表格回收率達百分之六十五。目前指數的基年爲一九八五（以是年爲一百）；一月的指數爲一一五點七，是持續第四個月下跌；一月的跌幅爲一九九〇年八月以來最大；消息剛剛傳來，二月的指數爲一〇六點八，是一九九六年六月以來的最低水平。

「消費者信心指數」在二〇〇〇年一月及五月，同爲一四四點七；最低點爲一九七四年十二月的四三點二。

＊

密西根大學在一九四六年開始對消費者進行調查，它的方法是電話訪問（每月五百個家庭），問題共五十條，從他們的個人收入至他們會否購買耐用物品（比如電視、雪櫃、洗衣機和汽車）等；「消費者情緒及消費者期待指數」在二〇〇〇年一月達一一二的歷史性高點，低點則創於一九八〇年的五三點；今年一月爲九四點七，二月中旬跌至八七點八，持續跌了七個月——和一九八〇年及一九九〇年衰退前相仿。

＊

「會議局」和密西根大學向受訪者提供甚麼「誘因」令他們樂於回答問題及塡表（沒有「誘因」，誰願塡表和接聽電話），筆者查出後將在這裡報導。筆者現在收到一些要求塡回的問卷，不是附有一些有當地特色的郵票，便是夾上一美元或一鎊的現鈔，收了人家即使物輕的「茶禮」，在大多數情形下，都會勉爲其難塡表寄回的。

香港即將進行「普查」，政府花了五億多元，但要人民盡「如實道來」的義務而缺乏適當誘因，估計「普查」工作因此不會很順利！

相信是受好萊塢電影和電視影集的潛移默化，一般人以爲美國人特別熱愛體育運動，其實並不盡然；大家知道，美國學校的確重視體育課程，學生爲此荒廢學業者亦不在少數；學生熱中於體育運動，其中一項現實理由是，若出人頭地或被認爲有潛力，很容易獲得大學獎學金。

*

以筆者的觀察，美國人只愛欣賞運動（特別是球類及拳擊）比賽，同時有購買戶外、室內運動器材的嗜好，因爲這和帶高爾夫球桿上酒吧、帶網球拍逛超市一樣，都是炫耀性消費的行爲。筆者每年總有一兩次機會路過北美，每次都見電視推介不同功能、不同款式的健身器材；嘗問當地友人是否熱中於運動，答案是「一般」，卻承認一見新產品便有擁有的衝動，雖然地下室擺滿這類玩意，「但愈來愈提不起勁做運動了」，即使如此，新產品仍照購不誤，以示運動健身不甘後人。大多數美國人均是如此，加上對「垃圾食物」上癮，是美國癡肥率高列世界之冠的兩大因素。

*

透過電視欣賞運動節目，是美國家庭特別是男性最普及的消遣，爲此他們找出諸般理由，以求能夠心安理得坐在電視機前。剛隨柯林頓政府解體而去職的財長、著名經濟學家森瑪斯，是典型的欣賞運動迷（看他的身材，除了偶爾打打網球——他在大學時有時和葛林斯潘較量——肯定運動量不足），有次夫人叫他幫忙掃庭院的落葉，他說要他做這種低薪工作，以他的「機會成本」，損失太大了，「請人代勞更划算」。他的夫人還以爲他在寫論文，哪知關在閣樓看電視球賽！

美國家庭電視機幾乎一房一台，何以票價高昂的體育賽事仍擠滿觀眾，理由可以找出一大籮，除了「熱愛戶外運動」，最根本的一項，筆者認爲是運動賽事的入場券可以扣稅這種沒有「運動迷」會宣之於口的理由！

資料顯示，自從一九九一年至去年底，美國的職業運動（professional sports）的入場券價格漲升百分之八十，爲期內的消費者物價指數升幅的四倍。平均而言，美國最熱門的美式足球賽入場券期內由二十五元二角一（美元）升至四十元九角，其他如籃球、曲棍球和棒球的門票增幅亦相若——大體來說，現場欣賞職業運動賽事的門票在三百到四百港元之間。

對開銷精打細算的美國人，何以還擠滿入場費昂貴、可以容納數萬人的運場場？扣稅的優待起了重大作用，持有這類門票存根的人，只要說明「在賽事之前、進行中及賽後與同伴洽談商務」，票價之半可以扣稅！

體育賽事門票本來可以全數扣稅（此例始於何年，待考），一九八六年國會認爲漏洞太大，但不可能完全防堵（這樣做是財政正確但「政治不正確」），只有把扣稅率減至百分之八十（票價一百元中八十元可申請扣稅），一九九三年再通過法例，把扣稅率降至一半；而包廂費用享有相同扣稅率外，期間的酒水小食以至大餐的開支，亦可當商業應酬費扣稅。

在提倡職業運動的前提下，美國政府對有關體育運動的鼓勵，可從反壟斷（antitrust）法不包括職業運動團體及地方興建運動場館可以申請州政府甚且聯邦政府的補助獲得證明，加上對門票的扣稅優惠，美國政府促進體育運動眞是不遺餘力。

二〇〇一年二月二十八日

抹香鯨物盡其用

《華爾街日報》資深編輯克羅仙女士的新書《財主如何得償所願》（C. Crossen: *The Rich and How They Got That Way*. Crown Business, 2000），詳記歷史上十大財主如何致富、如何投資及如何運用他們的財富。在作者生動、簡潔而又充滿趣事逸聞的描述中，我們可清楚看到致富的手段隨「時代進步」而演變。在公元一〇〇〇年以前，攻城略地搶劫被征服者的財產，是致富捷徑；公元一二〇〇年至一四〇〇年間，發動戰爭掠奪他國財富風險太大，貿易成爲發財之道；十五至十六世紀，資本家和銀行家最容易賺錢；而十八至十九世紀，是商人和工業家的天下；到了二十世紀，滿足羣眾需求，令消費者視其產品爲「必需品」的企業家創造了驚人財富——微軟的蓋茲便是典型例子。代表財富的媒介亦隨時代變遷而不同，比如「古代」是耕地、奴隸、黃金和珠寶代表財富；「現代」財富的象徵則是貨幣。

《信報》讀者應該記憶猶新的希臘船王歐納西斯（A. Onassis）榜上無名，其財富雖多卻未足以使他躋身歷史十大；不過，他揮金如土的生活方式，令他有被提名的「榮譽」，在本書的〈引言〉中，作者記若干財主的揮霍如建華屋，訂購特別設計的汽車、遊艇、飛機以至買下價值三百萬美元的「鑽石胸罩」等，無奇不有，不一而足；不過這些均未能使筆者「拍案驚奇」，令筆者瞠目結舌的是歐納西斯那艘舉世聞名的遊艇，其酒吧間高腳凳子的座墊竟然是用雄性抹香鯨（Sperm Whale）生殖器的包皮造成！

曾在 Discovery 頻道的紀錄片看過抹香鯨交配的鏡頭，「所見者小」，怎麼亦想不出「此皮」竟大至可以做椅墊；和老朋友「分享」這點奇聞時，眾人除對歐納西斯的庸俗品味嗤之以鼻，對抹香鯨的物盡其用，均嘖嘖稱奇。

*

眞是無巧不成文，在發現歐納西斯遊艇上的「祕密」後兩、三天，筆者便在開創時傳媒大肆宣傳如今已在艱苦經營的網上雜誌《沙龍》（www.salon.com）讀到題爲〈Show Me Yours〉一文，這個題目雖語帶雙關，但吸引極少在網上瀏覽與經濟金融無關的文章的筆者讀下去的是其副題「世上唯一一家雄性生殖器博物館館長避而不談的問題」，引起筆者興趣的當然是世上竟有如此這般的博物館，而讀畢這篇七頁長文，方知館長（其實是館主）不想聽到的是「你是不是同性戀者」這個問題，館長對雄性生殖器官著迷，好奇的記者難免有此問，哪知在同性戀非常流行的冰島，人們是絕對不願談及個人性傾向的。

「雄性生殖器博物館」位於冰島首都，爲了方便讀者（去冰島旅遊者不妨前往參觀，因爲他處所無也），這裡寫下這家 Icelandic Phallological Museum 的地址——在首都雷克雅未克舊城

Laugevegur 大道的一條小巷；該博物館面積甚小，外觀如街角雜貨舖，入場費約三十五港元，每一個工作天開放三小時；時間這麼短的原因是館長 Sigurdur Hjartarson 爲當地一家中學校長，搜集雄性生殖器是他的「業餘嗜好」，館長當然是兼職，因此每天只能開館三小時。

有關該館展品種種，有興趣的讀者可上網看個痛快。引起筆者關注的是，它提及數具約三呎長的雄性「抹香鯨生殖器」，有此龐然大物，歐納西斯凳子皮墊的原料不成問題。至於這些展品之獲得，則是從困死（自殺）沙灘的抹香鯨身上割下來的；看情形這種「皮革」不會太昂貴，因爲冰島每年都有多條在沙灘擱淺的死鯨，而每當有抹香鯨「上岸」，電視便大肆報導，館長聞訊，馬上驅車前往「出事地點」，在大多數情形下，均能順利取得「展品」。想來此物除了做椅墊，沒甚麼商業價值吧。

*

上書的十大財主中，中國人只有一位，名叫 Howqua（一七六九—一八四三），以做外貿（包括經銷鴉片）致富，據作者考證，這位原名 Wu Ping-Chien 的財主積累了值二千六百萬美元——時價約三十億美元——的財富，是中國第一富翁。筆者不知道 Howqua 是何許人（他的兒子曾爲林則徐扣捕），實在慚愧；讀者若有所見，請示。

作者何以選中 Howqua？筆者莫名其妙，因爲他肯定並非中國歷史上最有錢的財主；筆者的揣測是他與東印度公司關係密切，英文著作中有大量紀錄，以英文寫作者因此有「順手拈來」之便。

＊

筆者沒有考證中國歷史上大富翁的能力和時間，不過，想像中當以鄧通爲首富（鄧通爲「潘驢鄧小閒」中的鄧），原因是他獲皇帝授權鑄造錢幣。《漢書．佞倖．鄧通傳》說鄧通是漢文帝的寵臣，似是個庸吏，卻深通拍馬阿諛之術，「謹身以媚上而已」，皇帝被拍，十分舒服，鄧通遂升官發財。漢文帝患癰瘡，鄧竟用嘴巴吸吮血膿（莊子早已痛斥「舐痔吸癰」以「博取高車駟馬」的無恥之徒），因而「上」對他寵倖之極，不僅賜官上大夫，且賞錢「巨萬以十數」；但他之能鑄私錢，有御准「印鈔機」，另有奇遇。《鄧通傳》說：「上使善相人者相通，曰：『當貧餓死。』上曰：『能富通者在我，何說貧？』」於是「賜通蜀嚴道銅山，得自鑄錢。鄧氏錢布天下，其富如此」。在封建帝皇心目中，臣民之富貴貧賤，皆出於「上」意，這即是說，皇帝要他富他便富，要他窮他便窮，如今相術家斷定鄧通將來會窮病而死，漢文帝硬是不信邪，索性送鄧一座四川的銅山，讓他可以私自鑄錢，鄧通因而富甲天下！可惜好景不長，文帝死後，太子劉啓登基，是爲景帝；景帝看不起鄧通吮癰的醜行，「免其官、抄其家」，鄧通最後果眞窮困而死。相術家認爲命由天定，皇帝雖操人民生殺大權，但不能勝天，不能「逆天行道」，鄧通的下場便是相士津津樂道的例子。

＊

月初查閱《聖經》七隻肥牛七隻瘦牛的故事（見三月二日本欄），發現中譯十分難解，教會有的是錢和人才，何以不思「改進」把中譯現代化？

記「七隻牛」〈創世紀・四十一節〉的一段，把Chiefbutler譯爲「酒政」（《辭源》有「酒正」而無「酒政」，「酒正」爲「官名，周禮天官之屬，爲酒官之長」。《辭海》則有「酒人」而無「酒正」亦無「酒政」）；Chief baker譯爲「膳長」（《辭海》只有「膳夫」）；「投獄」譯爲「下在……監裡」。俱莫名其妙。最不可思議的是把問吊（and him he hanged）譯爲「被掛起來了」。筆者每次都以嚴肅、虔誠之心打開《聖經》，可是這類翻譯實在太富娛樂性了。

二〇〇一年三月三十日

中國科學史家戈革

丹麥駐華大使館將於今天（丹麥國慶次日）中午十二時至二時舉行一項授勳儀式，把「丹麥國旗勳章」頒贈戈革先生，以褒獎他對丹麥物理學家玻爾（Niels Bohr, 1885-1962，一九九二年諾貝爾獎得主）學術成就的推廣，全面介紹給華文讀者。北京《科學時報》六月一日對此有詳細報導，稱戈革教授爲「我國科學史專家，在物理學史領域很有影響」，並指戈氏「有很多愛好，舊體詩詞絕佳，尤善篆刻，治印數以萬計……」。

戈革窮半生之力的工作，豐富了國內的科研領域，對促進中國的科學進步，大有貢獻，中國政府應對這位「曾陷身於各種奇特的『運動』之中，爲此而耗費了大部份的生命」及遭當權「白卷英雄」張鐵生型的無知小輩欺侮的學人，作出一點表示。給予有成就的黨外學人一點榮譽，正好顯示中共的自信與眞正尊重知識。

戈革在一九九〇年撰〈十年辛苦自家知——談談拙譯《尼耳斯．玻爾集》〉時，自稱「研究玻爾，適三十年，但在國內受到封鎖和排擠」，作爲「牛棚諸賢」之一，這種遭遇是平常事；《玻爾集》的出版，更可說歷盡艱辛，他在這篇短文中透露：「當我寫信向某一個很大的出版社探詢

（出版）條件時……，他回信說，按照當時的行情，出版一卷書需成本共二萬七千元人民幣……，實在把我嚇壞了。」這套書其後得以陸續出版，大都由丹麥提供資料，現在已出了十卷，據《科學時報》那篇報導：「……第十卷二千年出版；十多年來，這十卷分兩、三家出版社出版……。第十卷爲香港一家出版公司出版。」筆者對於玻爾在物理學上的貢獻，連一知半解都稱不上，不過，作爲華東石油學院的物理學史教授，戈先生說玻爾的「地位絕不下於愛因斯坦」，可見這位量子物理學家在科學界的地位！

筆者當然沒資格談玻爾，相信大部份讀者亦沒興趣——今天「偶拾」的是戈老的非物理學史的大作，「觸機」是他獲丹麥女王授勳。對於皇室的賞賜，香港人早已司空見慣，回歸前每年有兩回（女皇壽辰及元旦），香港有「配額」，年年不落空，回歸後香港人獲「冊封」的「配額」大幅滑落已至近零，但獲法、日、比、泰諸國「荷蘭水蓋」（獎章）者則時有所聞。不過，《信報》向來對此沒甚興趣，少有報導，今寫戈革，並非因其受勳，而是筆者敬重他的道德文章！然而，戈氏成爲「丹麥騎士」，內心必欣喜莫名，因爲在〈哥本哈根見聞〉（戈書二九〇至二九一頁）中，他以羨慕的心情不厭其詳地介紹了丹麥兩種最高榮譽勳獎，其一便是他今天獲頒的「丹麥國旗勳章」。

＊

去年年底，筆者在十二月號的《萬象》月刊（遼寧教育出版社主辦，在海內外「讀書界」有一定知名度〉上讀到署名戈革的長文〈海雨天風夢蜀山——閒話中國的劍俠小說〉，私意以爲是論還珠樓主《蜀山劍俠傳》（王度廬和還珠是害得筆者初中時物理化學數學等「術科」經常不及格的「禍首」）兼及劍俠小說的登峰之作，除向讀友（喜歡讀書的朋友）推薦外，適台北遠景主人沈登恩君過港欲訪大陸，知他神通廣大，求才若渴（爲他的出版社尋覓作者），便順口託他「有機會找戈君聊聊」，筆者之意當然是若找到戈君，也許可約他替《信報》撰文……。沈氏果然不負所託，在北京找到已退休患眼疾的戈老並交上朋友；戈氏的文章亦首度在海外（《信報》文化版，稍後在台北《中國時報》）刊出。今年三月，戈氏寄贈其自費出版的《史情室文帚》（香港天馬圖書，二〇〇一年一月），初以爲是戈革論玻爾及物理史學的中、英文論文結集，「隔行如隔山」，遂不敢觸動；五月上旬放假歸來，把「無處不有」的新書舊書「上架」，順手翻閱此書，竟然 unputdownable，原來戈先生博學多才、識古通今、特立獨行，現實生活迫得他渾身是刺，文章多棱角，讀起來便「趣味」盎然（想起來便有物傷其類的辛酸）；因此，除了諸如〈玻爾和他的對應原理〉之類「重頭」文章不敢碰之外，竟花了十多天「耕餘」（筆耕之餘）時間讀遍全書。本篇所引各文，除另外註明出處，皆取自這本近六百五十頁的皇皇巨構。

*

書名《史情室文帚》，必須稍作解釋。該書〈自序〉有云：「……故知愛恨分明，原是史學最基本的原則。魯迅不云乎？『無情未必眞豪傑』。清人亦有句云：『無情何必生斯世？有好皆能累此身。』……吾故曰，歷史是有情的（或多情的），這就是『史情室』一名的由來了。」至於「帚」字，戈老竟「長篇大論」寫了「三義」，但我們知道文人總喜歡謙稱窮畢生功力寫就的文章爲「敝帚」便夠了。

*

據《諾貝爾獎》（B. Feldman: *The Nobel Prize*. Arcade, 2000）一書附錄D的記錄，家族中有兩人獲諾貝爾獎的只有「十對」，其中有四次爲父子所得，而且都是物理學獎——一九一五年是Braggs父子（分享）、湯吾遜（Thomson）父子（John及G. Paget）分別於一九〇六年及一九二七年獲獎（時老湯吾遜尚在世），「偉大的玻爾」一九二二年得獎，一九七五年其子Aage（生於乃父獲諾貝爾獎之年，戈革亦於是年在河北獻縣出生）獲此殊榮，最後（迄今爲止）一雙父子獲獎的是Siegbahn——Karl Manne於一九二四年、Kai Manne在一九八一年。

*

愛因斯坦和玻爾是好朋友，兩人時相過從，切磋學問，但前者的諾貝爾獎是「補發」，戈氏在〈尼耳斯·玻爾和二十世紀物理學〉中指出：「在宣布玻爾獲獎的同時，宣布了補授予愛因斯坦以一九二一年的諾貝爾物理學獎。當時愛因斯坦正在去日本的途中，玻爾寫信把獲獎的消息告訴

他，並表示能夠在愛因斯坦獲獎以後獲獎，他的心中才能坦然……。」（戈書七四頁）

*

在〈關於玻爾幾件小事〉一文，戈氏說他訪丹麥時聽了幾個有關玻爾的「小故事」，其三是：「愛因斯坦曾在一九二二年訪問過哥本哈根（此說不知確否，待考），玻爾到火車站接他。他們兩個坐電車回家，一路高談闊論，一直坐到了終點，才知道坐過了站。於是……結果又回到火車站，不過我想這個故事也許屬於『演義』。」

戈先生的「懷疑」有其道理，然而，在《諾貝爾獎》中，筆者發現玻爾面對「行家」，有談個不停以致渾然忘卻對方舟車勞頓疲累不堪的情況，書上（一四八—一四九頁）說，「碰到玻爾的人都會被帶去散步、遠足、滑雪、騎電單車，但談話的題目永遠是物理學。當 Schrodinger 於一九二六年發現 Wave Quantum 理論時，玻爾邀他去哥本哈根，住在他家裡，同時不停聲地和 Schrodinger 討論他的新發現——事實上，此事從玻爾去火車站接客人時已開始——可憐的 Schrodinger，神情委頓，坐在床沿，連打呵欠，快要昏睡了，但同坐床沿的玻爾鍥而不捨，誠懇直率地說出他的看法；玻爾夫人不斷送來茶和小食……。」由此觀之，玻爾和愛因斯坦「遊電車河論道」的可能性是存在的——如果愛因斯坦曾訪問哥本哈根的話。

玻爾與原子彈製造，大有關係，但廣島之後，他便「脫離了核能的軍事研究……大力推行核能的和平利用」。「一九五七年，美國福特汽車公司基金會設立了『原子爲了和平獎』，獎品包括一枚金獎章和七萬五千美元，評審一致推選了玻爾作爲第一屆獲獎人。」「經過那麼多的曲折艱險之後，玻爾的和平努力終於得到社會的承認。」（戈書三〇頁）。玻爾之被稱爲「偉大的」，相信與推動核能和平用途有關！

＊

戈先生「尤善篆刻」，據他自述：「余學印凡四十餘年，刻印數以萬計，但從未得到任何名家或非名家之傳授與指點，僅據向琉璃廠、隆福等處搜得之數百印譜及論印之書，照貓畫虎，閉門造車……。」他曾刻過《紅樓夢人物印譜》總共約五百印；又曾用一年左右，把金庸武俠小說主配角以至「閒雜人等」一千二百餘人，連題目共刻一千六百餘印，完工後他頗有「提刀四顧，躊躇滿志」之慰。

＊

*

戈革爲貓癡，蓄有「黑背而白腹，俗稱烏雲蓋雪」的貓，「余每出國，渠輒奔走呼號，夜不能寐，須十餘日始安。」此貓「後患腎衰竭，重金求醫而不獲，終致殂謝」。「是日北京感受輕微地震」（張家口地震）；人貓幽明永隔，戈革因寫「水調歌頭」（兩首），以誌哀思。其一云：「信得洋傳說，魔鬼寵黑貓。哪及烏雲蓋雪，黑白更諧調。不識鼠爲何物，自有豬肝當飯，斗室樂逍遙。興至練腳爪，地氈任抓搔。懶垂綸，羞彈鋏，況吹簫。但解床頭高臥，四體未勤勞。最擅投懷送抱，博我輕憐密愛，兒女遜其嬌。七世修行後，福比主人高。」的是好詞。

*

《史情室文帚》可記之物事尚多，戈氏談「好古」論《易經》，都有發人所未發的見地，可惜篇幅所限，只好留待今後了。

二○○一年六月五日

焚燒手稿的亞當・史密斯

投資顧問、經濟學家史高仙月前出版的《現代經濟學的形成》（M. Skousen: *The Making of the Modern Economics*. M. E. Sharpe, 2001），象牙塔學界並無好評；不過，這本書點綴著從十八世紀以來經濟學家——主要是英法語系——的趣事逸聞，端的是夏日消暑妙品。本書有一項筆者前所未見的特點是，每章都有「伴樂」，即作者認爲讀那一章時可以／應該聽的音樂，比如第一章〈一切從亞當開始〉，配英國當代作曲家 Arron Copland 的"Fanfare for the Common Man"。

作者在〈介紹〉中指出，早於一九八〇年，有感於著名經濟家海布隆納那本至今已譯成十五國文字的暢銷書（據說一共賣了四百多萬本）《入世哲學家》（R. Heilbroner: *The Worldly Philosophers*. Simon & Schuster, 1975。以後多次修訂再版）充滿偏見，對馬克思和有社會主義傾向的凱恩斯等人過分抬捧，論及自由市場經濟學派時則粗枝大葉、輕輕帶過，他因此出高價（分期預支版權費二萬美元）請奧國學派名家羅思伯（M. Rothbard, 1926-1995）另寫一本經濟學史；羅思伯答應後並未如期交稿，卻寫成一套皇皇巨構（《亞當・史密斯之前的經濟思想》及《古典經濟學》，第三卷未寫成便去世）。史高仙見羅思伯「食言」，遂自己動筆，可惜他這本詳細記述「大思想家的生活和意念」的書，未獲學界青睞！

羅思伯是當代奧國學派「掌門人」，力主小政府，把監獄、貨幣發行、警察甚至法庭私有化，他又主張單一稅制，甚且提出「稅制學香港」的口號，可惜這些「過激主張」不見容於主流學派。羅思伯逝世時，筆者寫〈學識淵博特立獨行的羅思伯溘然去世〉一文紀念（一九九五年三月二十五日，收在《死撐到底》一書，台北・遠景出版社）。

*

亞當・史密斯的《原富》於一七七六年三月九日初版，印了一千套（兩卷，一說七百五十套），版稅五百英鎊，在當時是一筆不少的財富，可是，不知甚麼原因，史高仙說史密斯「大概爲了財政理由」，在《原富》出版後積極「走後門」，終於獲委任爲蘇格蘭海關總監，年薪六百英鎊，也許因爲高薪的吸引，他在這個職位上一幹十二年——他於一七七八年上任，一七九〇年死於任上（一七八八年母校格拉斯哥大學有意聘他出任校長，他感滿意，可惜因身體孱弱未赴任），終年六十七歲。

作爲海關總監，史密斯主要職責在於落實「進口法例」及緝私，這些都是他職權範圍內的工作，卻與《原富》的主張大相徑庭；在《原富》中，史密斯高度讚揚走私，認爲走私者抗拒「非自然立法」（Unnatural Legislation），是大勇的行爲！

史密斯有焚燒私人物品「明志」的習慣，他曾燒衣物和燒手稿！

當上海關總監後，史密斯細讀海關條文，驚覺他曾購買從非法途徑偷運進口蘇格蘭的衣物，因此一把火把它們燒掉之餘，還寫信給英國海關總監，希望他採取相同行動，以示以身作則。

*

在海關總監任內，史密斯與兩名友人（一爲化學家、近代化學開山祖師J・布烈克，一爲地質學家）長期在週日晚於愛丁堡一客棧（tavern）聚餐。在他死前數月，他要求這兩位友人把其全部手稿——「除了少部份值得出版的」——燒燬，這種請求其實已重複多次，均爲友人所拒。到史密斯逝世前一週，他以「快郵」通知這兩名友人到他的居所燒手稿（爲甚麼他不自己動手？），這一次，他終於如願以償，十六卷手稿付諸一炬；令人不勝駭異的是，這些手稿，原是他在大學教書時的講義，當年有位學生源源本本地記錄下來，這份記錄在一九五八年被發現，一九七八年以《法學講義》之名出版。

焚燒手稿之後，史密斯好像償了夙願，在接著的週日晚，這兩位友人如常去接他晚膳，但史密斯心灰意冷，無意外出，他說：「我非常樂意和你們共同進餐，但我相信我將往極樂世界。」在跟著的七月十七日週六，史密斯「無疾而終」。

＊

史密斯自言有三大愛好，第一是母親（亞當爲遺腹子，一生陪伴母親，六十一歲時她以九十高齡病故）；第二是朋友；第三是書籍（這使筆者想起大經濟學家熊彼德的「三願」——成爲大情人、出色騎師和偉大經濟學家）。他終身未娶，傳與無法和青梅竹馬女友結婚有關；實際上這也許是他的外貌平庸、經常心不在焉，對異性缺乏吸引力所致。

研究史密斯的學者，認爲他當海關總監這段日子被繁文縟節的官僚體系搞得頭昏腦脹，以致在學術上未能有新的建樹；不少論者甚至認爲他當官之日，學術生涯便告終結。史密斯本來有意寫一本有關政治學和法學的哲學性著作，作爲《道德情操論》及《原富》的續篇，可惜公務使他不能專注於寫作，這也可能是他後來把手稿全部燒燬的原因。

＊

在〈古書有價〉一文（收在《經濟門楣》一書，台北，遠景出版社），筆者據有關統計列出「一七七六年初版《原富論》（及一七九一年初版《約翰生傳》）拍賣成交價」，顯示一九八〇年至一九八九年年初，轉手的《原富》共十四套（兩冊，書業稱爲 quartos，初版定價每套三十六先令），平均價八千七百六十三鎊三先令，以一九三〇年該書成交價爲指數一百，至上述年度指數達三萬五千三百三十五點九，其漲幅之驚人，概可想見。一九八九年十一月，一套全新（unopened）《原富》初版書竟以四萬五千美元的「天價」成交；據史高仙的資料，目前每套初版《原富》價格在五萬至七萬美元之間。古籍業人士認爲《原富》價格之被炒高，主因是自由市場經濟在八〇年代蔚然成風及日本「藏家」（炒家？）入市的結果。

*

《原富》初版在六個月內售罄，一七七八年再版，德文、法文、義大利文相繼譯出，美國版於一七八九年在費城發行；嚴復的中譯本於光緒二十七年（公元一九〇一年）出版。

版權期滿之後，《原富》成爲公共財，版本多不勝數。至於初版是否值那個價錢，藏書家和「讀書家」有不同看法——前者認爲物有所值，但他們購入的目的大多是期待有人出更高價購入——根據投資學的「大傻理論」（Theory of Greater Fool），賣不出書主便成「大傻」；其實購買現代版本更易「上手」，亦不必擔心把書弄毀。筆者有一套共七冊的光緒二十七年版的嚴譯，紙質發黃易碎，眞是「吹彈得破」，翻閱時戰戰兢兢、心驚膽跳。古書的紙質大都如此，不久前筆者路過倫敦，前往位於黃金廣場 Lower John Street 規模甚大的古籍店 Bernard Quaritch 找一本書，學者型的店員稱那本紙質非常「乾」、「脆」的書爲 crisp and clean copy。專業售貨員眞有一套。

*

研究亞當・史密斯的書汗牛充棟，一九九三年美國科羅拉多大學經濟學教授 F. R. Glahe 出版《〈原富〉重要詞語索引》（*Adam Smith's Wealth of Nations: A Concordance*），據其統計，a字在《原富》出現過六千六百九十一次、「需求」二百六十九次，「供應」一百四十四次……。

二〇〇一年六月二十一日

海耶克拋妻棄子　馬克思一窮二白

一向以來，人們認爲經濟學奧國學派重鎭海耶克（F. V. Hayek, 1899-1992）一九四九年突然辭去倫敦大學經濟學院教職赴美，是因爲他與凱恩斯學派結怨及戰後英國社會主義思潮興起，令他無法在LSE立足所致（筆者在〈一代大儒海耶克〉便持此看法；該文收在《原富精神》一書），可是，實情並非如此，據史高仙在其《現代經濟學的形成》（有關資料見〈焚燒手稿的亞當·史密斯〉）引述一份未出版手稿的分析，海耶克是爲了愛情，不惜犧牲LSE講座，遠赴美國阿肯色州沒沒無聞的同名大學任教！

七〇年代中期海耶克來港出席飄利年山會年會並接受《信報》訪問時已垂垂老去，他身高六呎，曾在軍中服務，碧眼棕髮蓄小髫子，年輕時是「萬人迷」的「雄姿」猶在；惟他情有獨鍾，暗戀表妹 Helene Bitterlich，可惜她在雙親安排下嫁了人，不是新郎的海耶克於是移情別戀，看中經濟學系（維也納大學）的祕書 Helen von Fritsch，並於一九二六年結婚，他們育有一子一女，表面上婚姻美滿，海耶克亦說「她是好妻子」，但LSE的同事知道他們經常爲小故大吵大鬧。

戰後海耶克回維也納探親，與表妹海倫重逢，她「已快樂地離婚」，兩人很快重墜愛河，海耶克決定與髮妻仳離，爲她所嚴拒，海耶克一意孤行，他的離婚官司令同情其妻子的LSE同仁「不和他交談」，因爲他們認爲海耶克寡恩薄義，對不起太太。這種不友善的環境，令海耶克把心一橫，辭職赴美，他選擇阿肯色大學，是因爲該州離婚法甚具彈性。海耶克在該大學教了一年書，離婚證書到手後便攜同居多時的新娘赴芝加哥大學任教。

LSE的經濟系主任、著名經濟學家羅賓斯（L. Robbins, 1898-1984）三〇年代初期親赴維也納，「甘詞厚幣」，把海耶克請去該校任教，但因離婚一事和海耶克「見面不點頭」；直至海耶克在芝大任教十年後，他們才「和解」。

*

最近的西北行，乘坐了兩次「夕發朝至」的火車，漫漫長夜，正好閒讀——讀畢（第二部份讀了兩遍）馬克思夫人的傳記《紅色珍妮》（H. F. Petters: *Red Jenny: A Life with Karl Marx*. Allen and Unwin, 1986）。這本不足二百頁（花了作者七年時間寫成）的書，令讀者對馬克思的另一面有深刻認識。

馬克思熱愛妻子、溺愛子女，與「荷蘭表妹」調情、和婢女偷情；另一方面，他不事生產、不善理財，經常囊空如洗、債主（業主、肉商之類）盈門，當《資本論》寫就時，寄往德國出版商的郵資都付闕如，馬克思夫人張羅家計的苦況，眞的使人讀來感慨萬千。本書是絕佳的電影題材。

和誤會海耶克因意識問題去國（他早入英籍）一樣，人們亦以爲馬克思長年在大英圖書館閱讀、寫作，是他的研究精神過人，其實是爲了避債而不得不爾！他逃進圖書館，把一切「庸俗世界的煩惱」，交給夫人應付。

馬克思夫婦生了七個孩子，四名或因營養不良或因無錢適時就醫而夭折（馬克思夫人比他大五歲，出身富裕家庭，沒有做家務遑論帶小孩的經驗；他們的第一個孩子出世時，因爲不懂替她洗澡弄出大病）、兩名自殺（這深受馬克思的影響，他的「自我毀滅」傾向甚深，一八三五年僑居比利時時，曾寫過一本鼓吹自殺的小冊子〔見 **E. A. Plant and A. Kevin:** ***Marx on Suicide*** ，西北大學，一九九九年〕），在父母相繼去世後，和母親同名的女兒珍妮也謝世。

馬克思一家的生活費由恩格斯餽贈、先人遺贈（馬克思和珍妮的父母與叔伯都留有遺產，馬克思曾和寡母爭產而鬧得極不愉快）及馬克思替美國報章寫歐洲通訊的稿酬維持（但爲時甚短）！「紅色珍妮」一生坎坷，她的最大福氣是能夠死於夫前（兩年），她病故時馬克思奄奄待斃，無力送終；葬禮由花花公子恩格斯主持。

一九八一年九月二十六日，筆者第一次在這裡論馬克思炒股，所引資料來自《馬克思書信集》。從馬克思的書信，筆者知道恩格斯晚年把祖業紡織廠賣掉後曾當股票經紀（馬克思因此修書致賀），而「馬克思則曾在一次股票投資中賺了大錢」。《紅色珍妮》只寫恩格斯賣掉乃父留給他的紡織廠股票，利用部份資金替馬克思成立一個退休金戶頭，使他免去爲經常三餐不繼發愁；但只提恩格斯和女人鬼混而沒說他當經紀。至於馬克思炒股，書信中透露他賺了四百鎊，《紅色珍妮》（頁一三八—一三九）亦有相同的記述。事情的經過是，馬克思失望地獲得七百鎊遺產（他預期更多），尚幸一名在曼徹斯特的信徒把全副家當七百餘鎊送給他，使他一共有一千五百鎊，這在十九世紀八○年代是一筆可觀的財富。馬克思不但開始過小資產階級生活，搬新居，在家開舞會（ball），同時「在美國和英國股市投機（speculated）」。他說：「投機十分省時，這是把敵人的資金據爲己有的最佳方法！」初嚐甜頭，他對股市的想法十分浪漫。馬克思此後再沒有投機的紀錄，估計是「慘敗」，因爲僅僅在兩年後，馬克思夫人又要上當舖……。

一扯扯遠了，本來打算寫馬克思的「風流史」。馬克思與夫人是鄰居，眞正是青梅竹馬，她第一次見到他時他不足一歲，「在母親懷裡吮奶」；馬克思小孩時已有霸氣，是猴子王，珍妮一家人都喜歡他又有點怕他，十多歲時便常和珍妮的父親辯論政治問題……最後他們在家人反對下成親。同時暗戀馬克思的是珍妮家的婢女 Helene Demuth，當珍妮「生完又生」，被家務纏得失魂落魄時，她母親派這名侍婢前往「救駕」。從《紅色珍妮》選刊的相片，這位婢女確有幾分姿色，有次珍妮前往荷蘭親戚家求援，空手失望回倫敦時，竟發覺婢女懷孕，她矢口不說誰人經手，馬克思亦推得乾乾淨淨，但孩子的相貌和馬克思「雷同」；在馬克思央求下，這名孩子爲恩格斯所領養，馬克思一家從此對他不聞不問，這位婢女亦一直守在他們身旁；恩格斯是著名的登徒子（philander），對馬克思的「風流」視爲正常。

*

張五常教授的文章文采斐然，而且通常有益有建設性；刊於今期《壹週刊》的〈有賭本的經濟研究〉，亦不例外。然而，在一些非學術性小節上，張教授大而化之，筆者「小心眼」，一看便知道不對勁。張文中說「經濟學鼻祖史密斯因爲替一個大富貴族（Duke of Duccleuch）的兒子補習了兩年，獲得非常優厚的終身退休金（每年五百英鎊，是二百三十多年前），用了十二年的時間寫成了《原富》。這是經濟學之幸」。便有不少錯漏。

這位大富貴族 Duke of Buccleuch（張文顯然是「腦民」之誤〔仿從前檢字工人有「手」民之誤，指如今電腦輸入者的疏忽爲「腦民」之誤〕），是史密斯的學生，並非「大富貴族的兒子」；其繼父下議院議員 Charles Townshend 是史密斯的好友，娶多金貴族遺孀，連帶這名繼承生父貴族銜的兒子亦歸後父教養；一七六四年，Townshend 出高薪請博學多才的史密斯帶公爵赴歐遊學，薪津優厚（見張文），但史密斯在巴黎與伏爾泰、昆內等這些法國思想家交遊，大樂，無心當「教習」，辭職不幹，把學生遣回老家，專心收集資料寫書——這便是一七七六年初版的《原富》。

亞當．史密斯一七七八年當上蘇格蘭海關總監（有關情況見〈焚燒手稿的亞當．史密斯〉），年薪六百鎊，他生活儉樸，與老母相依爲命，晚年有餘資做善事（他嚴格遵守「爲善不欲人知」的古訓，其行善的事是二十世紀九○年代才爲人所知的）。結集成書時，張教授也許可稍作修正。

二○○一年七月六日

孟格創唯心經濟學

七月六日寫亞當・史密斯當「陪讀」，即日有讀者指出「不確」之處，及後又有「象牙塔諤諤一士」傳書，指出奧國學派開山祖師孟格（C. Menger, 1840-1921）亦曾當「家教」，並示以文名，查之果然。此文〈孟格及其經濟學遺產〉，收在現任維也納大學經濟學教授 E. W. Steissler 編輯的《德國經濟學對孟格和馬歇爾的影響》（Duke U. 1990）。奧國學派從理論上徹底推翻馬克思學說，以預言共產主義因爲沒有私有產權及沒有市場計算而必敗的米賽斯（L. V. Mises, 1881-1975）、以寫《到奴役之路》把奧國學派深奧的理論普及化並預言共產主義必亡的海耶克（F.V. Hayek, 1899-1992），可說是孟格的徒子和徒孫——雖然米賽斯與海耶克沒有師弟關係。

孟格讀法律及政治學，出道時寫短篇小說在地方性報章連載，稍後（一八六七年）獲法學博士，入奧國內閣政府新聞處任職，負責股市報導和分析，在這類例行的枯燥工作中，他開竅、「悟道」——價格由主觀因素來決定，推翻馬克思和恩格斯的「唯物主義」哲學立論基礎。這種發現，成爲日後他建立一門新經濟學說的中心思想。

孟格利用任職公務員的公餘時間，於一八七一年寫成《經濟學原理》（*Principles of*

Economics，至一九八一年英文全譯本才面世）一書，爲學界賞識，被維也納大學授以講師執照（*Privatdozent*，非大學成員，有資格開課但沒有薪給），一八七三年大學以他學養豐富、教學有方，聘任爲「特命教授」（Extraordinary Professor），等於美制的副教授（講座教授在歐陸稱爲Ordinary Professor〔似可譯爲常任教授〕），孟格三十三歲便獲教授銜，被視爲奇蹟，因爲在十九至二十世紀之交，教授在歐陸具有無上的學術地位，在一般情形下，那些在各自的學術領域內有創新的學者，都要等待其學說爲學界普遍接受後才能獲此殊榮，而這通常已快屆退休之年。據德國教育制度，講座教授有國師級地位，不但薪俸優渥，而且學校必須據其學生數量即以「人頭」支付數額可觀的「講學費」（lecture fee），似有以物質誘因鼓勵教授重視授課技巧及不斷提高「學術水平」之意。一八七九年孟格獲講座教授銜，至一九〇三年六十三歲，已做了三十年教授，但正常退休年齡應爲七十歲；何以孟格六三而退，「努力」查書，終於發現原來孟格終身未娶，但與其管家有染，並生下一子Karl Menger（1902-1985，是對經濟學有貢獻的數學家，《保爾格萊夫經濟學辭典》中其傳在乃父之後）。這位管家爲離婚婦女，且爲猶太人，與孟格爲天主教徒「格格不入」，他們只能暗渡陳倉，不能入教堂成婚；卡爾出生，令此事東窗事發，孟格無顏見同事、學生，遂於翌年退休。

孟格退休之年，年收入折合四千美元，以二十世紀九〇年代後期的購買力計，在五十萬美元左右；在德國制度下，講座教授眞正是「位高多金」。孟格除了讀書寫書藏書，似無嗜好，其二萬餘冊藏書現在存於日本國立市（東京近郊）一橋大學（Hitotsubashi Daigaku）；國立市爲大學城，一橋爲國立大學，除「孟格圖書館」，該校尚有「亞當．史密斯圖書館」。相信大學與大學城在收藏孟格及史密斯藏書上都有「故事」可記，唯此已非時間所能容許了，收藏及研究有關熊彼德研究的書籍，亦以日本大學（一時之間記不起哪家大學）爲最。日本這種「崇洋風氣」，值得國人深思！

*

由於經濟學上有創新之見，孟格於一八七六年獲奧地利國王約瑟夫聘爲太傅，教導十八歲王儲魯道夫大公（Archduke Rudolf）以「經國之學」。有趣的是，孟格的唯一教材爲亞當・史密斯的《原富》，上課的方式亦頗奇特，師徒一講一聽，不作筆記，下課後學生要憑記憶把乃師所說記下，作爲功課，魯道夫「天資聰穎」、「好學深思」，三個月便把《原富》讀得滾瓜爛熟，其筆記則由孟格批改、編輯，後來成爲《孟格的魯道夫講義》（*Menger's Rudolf Lectures*. Edward Elgar, 1994），是宣揚「放任自由」的最佳解讀。室內課程完畢，奧王派孟格帶領魯道夫周遊歐洲列國凡兩年之久；奧王對此遊學顯然十分滿意，歸國之後不久的一八七九年，孟格被御批爲維也納大學的法律及政治經濟學講座教授，在當時這是至高無上的學術泰斗，論者咸認奧王有意讓孟格出任首相。

哪知人算不如天算，魯道夫王子於一八八九年一月在維也納森林的狩獵駐蹕之所梅耶林（Myerling）槍殺情婦後吞槍自盡；奧王有否暗責孟格「教導無方」，筆者不清楚，但此後孟格絕了仕途……。昨蒙好友詹德隆告以此事曾拍過兩部同名電影，其一爲一九三六年法國製作，主角爲查理士杯亞（Charles Boyer），女主角名字已不復記憶；其一爲七〇年代初的好萊塢製作，由埃及明星奧瑪雪瑞夫飾魯道夫、法國明星凱薩琳丹妮芙演其情婦……。

亞當·史密斯和孟格一樣，在初出道時均曾任「補習先生」，而兩人的教習生涯亦有雷同之處，史密斯陪巴克魯赫公爵歐遊回國一年後，公爵的繼父時任財相的 C. Townshend 病故，早萌去意的史密斯趁機「另謀高就」；孟格的仕途則因學生自殺而中斷。

沒想到談孟格「陪太子讀書」竟拉雜寫了近二千字。

*

一九九八年一月十六日本欄有這樣的附註——多位讀者「飛鴿傳書」，問牛頓「投資法」，由於未讀過《牛頓傳記》，對此筆者不大了了，只知他於一七二〇年四月二十日曾經賣出其投資額七千英鎊的股票，獲利一倍強；近三百年前，萬餘英鎊是一筆巨大財富。牛頓沽貨後，南海公司股價開始下降。事見 John Carswell 的《南海泡沫》（*The South Sea Bubble*，一九六〇年初版，一九九三年再版，倫敦 Cresset Press 出版）。證券分析者常以「牛頓亦在股市吃大虧」來形容股市升降無常，連聰明睿智如牛頓亦曾虧損，凡夫俗婦因此不應爲在股市「損手爛腳」而長嗟短歎甚至自尋短見；事實不然，牛頓是股市大贏家。十四日本欄所引牛頓的原話（以第三人稱出之）如下：He could calculate the motions of the heavenly bodies, but not the madness of the people.（一〇八頁）。牛頓急流勇「沽」，在大眾瘋狂時，他無法理解股民的心理狀態和市場現象，唯有退出市場！

讀六月二十五日摩根史坦利首席投資策略員畢格斯致客戶通訊，指聰明才智與投資盈虧無關，並以牛頓爲例，說：「（一七二〇年）五月二十八日，牛頓以三倍價錢購回其於四月二十日出售的股票，結果虧損二萬鎊！」再查上引《南海泡沫》，果於一六五頁見此記述，顯見此前讀書囫圇吞棗。據同書記載，當時牛頓在牛津大學的同事，在南海公司股票上輸個四腳朝天者，頗不乏人。日後有機會當記之。牛頓的故事，證明第一次決策的重要性，而牛頓即使天縱英明，亦是貪念未泯的凡人，股價在短短數天內翻兩番，他以爲機不可失，入市「追貨」，終於一敗塗地。香港股民應引爲殷鑒。

二〇〇一年七月二十三日

附記：

上週五拙文有關史密斯帶學生歐洲遊學一段，有一「想當然」的誤失，筆者指他「辭職不幹，把學生遣回老家」，有讀者「飛鴿傳書」，指出不確，查書果然如此，「辭職不幹」在歸國之後。事實是史密斯「師徒」一七六四年二月十三日抵達巴黎，二十四日赴西南部土魯斯（Toulouse），之後曾往波爾多（Bordeaux），但他們前後在土魯斯住了一年多，一七六五年十二月上旬，經日內瓦回巴黎，在那裡過了十個多月愉悅的社交生活，與多名政治家與學者成莫逆之交；一七六六年十一月回倫敦。外遊近三年，巴克魯赫公爵（Duke of Buccleuch，俗名 Henry Scott）是否學而有成，筆者不太了解，只知道史密斯帶回大量資料，豐富了其後出版的《原富》。

順便一提，巴克魯赫公爵的繼父 C. Townshend（1725-1768），是引起美國脫離英國獨立戰爭的「禍首」；他在財相任內的一七六七年，英國國會通過進口美國殖民地五類貨物的課稅，其中四項於一七七〇年被撤消，只餘第五類茶稅，這便是導致一七七三年「波士頓茶會」（Boston Tea Party，美國人反對繳交進口稅，把從英國進口的茶葉倒入海灣），最終引起獨立戰爭！（七月九日）

盛夏吃鰻魚及其他

「紅蟲」（「代號紅色電腦病毒」The Code Red Worm）七月十九日被發現，八月一日是「高危險期」，於未來數天（直至八月二十日）擴散；至昨天爲止，全球大約有十二萬個網址——大部份在美國——中毒。

病毒由誰傳播？元兇是誰，現在未有定論；不過，究竟是誰發現病毒，則有根可尋。

美國聯邦政府有「國家基建保護中心」（National Infrastructurs Protection Center,〔NIPC〕），其功能在協調各政府部門如警察、軍隊、中央及地方政府以至民營企業，旨在追查在美國境內進行的電腦罪犯勾當，其任務在阻遏、偵破所有可能入侵電腦破壞網際網路正常運作的活動，特別是保護一些重要基本設施如電訊中心、電力廠、金融體系、石油開發、汽油分銷網及食水供應系統等。NIPC於一九九八年十月由柯林頓總統下令成立。

NIPC設於聯邦調查局總部之內，但不屬FBI管轄，直屬司法部指揮。它把電腦病毒分爲三大類，第一是非結構性威脅，主要指惡作劇者如所謂「駭客」（hacker）漫無目的的搗亂；第二是結構性威脅，這是來自犯罪集團及恐怖組織對網際網路有計劃的滲透與破壞；第三是國家安全威脅（National Security Threats），是來自外國政府的干擾。「代號紅色」屬於哪一類威脅，昨天仍無定論。

＊

熱浪侵襲日本，昨天報載七月一日以來中暑入院者已達四百六十七人；在東京西南九十四里的佐久市，更測得攝氏四十．一度。日本歷史上最高溫是山形市於一九三三年七月二十五日測得的攝氏四十．八度！

日本人消暑方法，除了多飲冰凍飲料，還有大吃鰻魚的「奇風異俗」。其理由妙不可言，據說因爲天氣太熱食慾不振，而鰻魚含有大量蛋白質，吃之可以補充正餐不足營養不良之弊。

據昨天Tokyo Crier.com報導，日本人這種「飲食習慣」，始於江戶時期（一六〇三—一八六八），十八世紀享大名的草藥學家（博物學家）平賀須內（一七二八—一七八〇），見其友人的東京鰻魚店於夏天門可羅雀，遂想出這番「道理」，崇拜權威的日人竟奉爲綸言，「排隊吃燒鰻魚」，終於打破了鰻魚在夏季滯銷的傳統！

查《插圖日本百科全書》，原來平賀須內晚年精神大有問題，他於一七七九年以武士刀刺斃一名學生，被捕，翌年瘐死獄中。吃鰻魚可滋補沒有胃口導致營養不良之說始於何年，不可考，不過，他說這番話時已「癲癲地」（有點癲狂）亦未可知。按照常理，鰻魚（廣州人因其腹呈白色而稱白鱔，潮州人則因其雙耳烏黑而稱烏耳鰻）在秋後才肥美；夏季顯然並非吃鰻魚的最佳季節。

*

形容放高利貸者是「大耳窿」的出處，詢諸友人，無人能予圓滿答覆；查詹憲慈（番禺人，專精小學音韻；光緒癸卯恩科舉人，留學日本；教育學家）撰的《廣州語本字》（中大出版社，一九九五年），亦無所得；但在詹氏所寫《鐵城土語之原考序》中，有意外收穫：「廣東語言之難猝明者，爲代語，爲倒文，爲古今字。何謂代語？口中之舌無異名，而廣東多謂舌爲利（引按，今人多作脷）。以利代舌者；商賈營業忌虧蝕，舌蝕同音，故以利代之也。」稱牛利豬利而非牛舌豬舌，原來如此。至於鴨舌而不鴨利，相信與這款菜式由北方傳來有關。廣州話代語之多，「罄竹難書」，書與輸同音，「通書」因稱「通勝」，又是一例；但書改勝則無法普及化。多年前有雜誌社招徠訂戶，送換「勝」（換書）券，設想甚合港人口味，可惜反應並不熱烈。買書因爲與香港人最「悼忌」（忌諱）的買輸同音，也許是香港讀書風氣無法盛行的底因。

*

微軟公司經營的網上雜誌 Slate.com ，免費，甚受歡迎（曾嘗試收費，eyeball 便雞飛狗跳；網路收費難，令此業甚難發展），七月九日「刊」出以寫《閒情經濟學家》（*Armchair Economist*）聞名的蘭斯堡（S. E. Landsburg ，羅徹斯特大學教授）所寫一文，論「美醜的市場價格」，所據者原來是筆者早於一九九九年十一月三十日在這裡評介的那篇論文（見〈以貌取人因實惠　平等機會係咁先（就此打住）〉，收在《千年祝願》一書，台北，遠景出版社），仔細拜閱，筆者所寫遠較具體深入……。香港非象牙塔讀者較世界網上讀者得聞此資訊（經濟學家以實證方法證實美麗有市場「貼水」（溢價））早近兩年，思之不亦快哉！

*

大約一年前，筆者在這裡爲文，指出如今體育運動尤其是球類健將，已非由出身貧民窟者所壟斷，麥可・喬丹便來自專業家庭，沒想到此一「新發現」，已見於近百年前的丹麥。戈革《史情室文帚》論〈尼耳斯・玻爾和二十世紀物理學〉一文，提及「一九〇八年在倫敦召開的奧林匹克運動會上，丹麥足球隊獲得銀牌，當時最出風頭的隊員就是哈若德・玻爾」。哈若德爲尼耳斯的弟弟，爲名數學家，比乃兄早一年獲博士學位。

原來英式足球是玻爾的父親引進丹麥，他們兄弟俱爲「足球健將」，弟弟且入選國家隊。足球賽本爲奧運項目之一，一九三〇年才獨立進行世界杯賽（首屆在烏拉圭舉行），玻爾家族是書香世家的中產階級，可見足球並非窮孩子的專利，自古已然。

*

讀七月二十六日《壹週刊》「壹新發現」，介紹一種尚在「概念階段」的新科技馬桶：「閣下如廁時，連接馬桶的電腦便會自動分析大小便的狀況（成分），並透過網際網路，知會家庭醫生作分析。」憶多年前讀法國退休「特務頭子」所撰回憶錄，提及六〇年代末期「蘇酋」訪法，住於巴黎酒店頂樓，法國特務在下層收集其糞便，以了解這位獨裁者的健康狀況……糞便的爲用大矣哉。本想介紹法國特務的「偷糞」工作詳情，可惜書欲用時方不見，此「單幹戶」（沒有助手的獨立工作者）的苦惱也。

二〇〇一年八月三日

悠長假期和代理孕母

小布希總統決定八月放假一個月，回德州 Crawford 牧場休息，「吸吸戶外新鮮空氣」；此事在美國引起不少閒言閒語，人們為總統應否放長假而說三道四，好不熱鬧。

總統放假，是所謂「工作假期」（working vacation）而已，意味他不必西裝革履定時上班而可著牛仔褲甚至穿睡衣辦公；事實上，很多國家大事仍須向他彙報由他拍板，比如他在牧場仍發表聲明譴責在耶路撒冷餐廳引爆「人肉炸彈」的恐怖組織哈馬斯，又「執到正」（穿著整齊）在鏡頭前就「複製人」表態，一反他在競選時的承諾──「允許由聯邦政府資助的研究機構，在受嚴格限制的基礎上，對胚胎幹細胞進行試驗。」這些決定均須有關官員向他彙報並與幕僚人員開會磋商，可見他的長假不是「優閒假期」。

據今年三月二十一日（當時副總統心臟病發入院）Slate.com 的解釋，憲法對總統和副總統的職能規定得一清二楚，唯對他們的例假、病假、工作時間等，則採取「放任自由」的態度（亦可能是立憲時沒想得這麼周全），這即是說，總統不一定要天天上班，上班亦不必「朝九晚五」，一切隨意。不過，總統當然不能過分，如果放太多假、請太多病假又或經常遲到早退，以致國事蜩蜡，敵人飛彈來襲時找不到他發出還擊令，那麼，國會既可彈劾，選民更可在下屆選舉中不投他的票——上週三《華盛頓郵報》民調中百分之五十五受訪者認爲總統離開華盛頓休假一個月太過分（美國受薪者的有薪年假平均爲九點六天）。現在離大選雖然還有三年多，小布希不會因此改變主意，然而，他藉口要處理突發急事中斷假期趕回首都的可能性絕對存在。

內閣部長的「福利」亦無明文規定，他們並非民選，不懼選票流失，但他們必須對權力來源察言觀色，看總統的臉色行事，如果他們大放其假，且假期與同僚的不能協調，「老闆」有事找不到人，麻煩便大；因此，除非不希罕內閣職位，不然部長們不會隨便放假——錢尼副總統入院動手術翌日銷病假上班，便是一例——錢尼如「在野」，這種手術令他在療養院住上十天八天是平常事。

現在「老闆」放假一個整月——小布希上任至今，連此假期，已一共在德州牧場度假約兩個月——內閣部長的假期料亦相應加長。

*

特區政府上週宣布委任顧問公司調查各國部長年薪，以作爲未來推行部長制參考，趁談美國總統放假之「便」，看看美國總統等高官的收入；不過，大家「得個知字而已」，因爲他們收入太低，對官俸屬世界前列的特區政府肯定沒有參考作用。

一九九九年九月，前總統柯林頓簽署法案，由二〇〇一年起，總統年薪由二十萬（美元，下同）倍增至四十萬；柯林頓長期鬧窮，何以他不仿效香港公僕給自己加薪？原來美國憲法明文規定在任內不得加薪。「先小人後君子」，總統即使需款孔殷，亦不能「自我加薪」。

美國有二百多年歷史，但總統薪金只加過五次。一七八九年，華盛頓總統的年薪二萬五千（估計時值約二十四萬五千至四十萬，當年沒有相關統計數字，因此「測不準」；文獻顯示華盛頓要以私蓄津貼公務開支）；一八七三年，格蘭總統增至五萬（時值六十七萬八千）；一九〇九年，塔虎脫總統七萬五千元（時值一百三十六萬）；一九四九年，杜魯門總統十萬（時值六十八萬五千）；一九六九年，尼克森總統二十萬（時值九十萬）。一九四九年開始，總統每年的「公務開銷」五萬元，這些年來，似未增加；總統的薪金要納稅，開銷不入稅網。

副總統的年薪，去年爲十八萬一千四百元，今年是十八萬六千三百元——與最高法官及眾議院議長同。和聯邦政府僱員一樣，從一九八九年起，副總統薪金指數化（Indexation），即隨通貨膨脹率升幅而增加（通貨收縮則減少）。以今年的薪金，副總統的約爲總統的百分之四十六．五，若未來五年通貨膨脹以百分之三年率上升，假定總統薪金不變，到二〇〇五年，正副總統的年薪將差不多。

內閣部長、國會多數黨及少數黨領袖的年薪俱爲十六萬一千二百元，兩院議員年薪均是十四萬五千一百元（都要納稅而且沒有諸如物業津貼等福利）——和香港立法會議員不相伯仲，然而，美國議員是全職工作（絕對不能在大學或企業兼職，連專業如律師、醫生等都要暫停執業），而且稅率遠較香港爲高，顯而易見，他們的實際收入較香港議員大有不如。總統的退休金與內閣部長年薪同（如部長加薪，退休總統的收入亦水漲船高），這即是說，柯林頓現在每年可領取十六萬一千二百元退休金。

*

昨天消息傳來，二十六歲的英國代理孕母懷雙胞胎，「物主」毀約，要代理孕母墮其一，不然「不收貨」；「物主」或有經濟問題，即無法負擔養育兩名嬰兒的財務支出，有其苦衷。此事已引起法律訴訟。

代理孕母原來並非外國獨有，遼寧教育出版社的《萬象》雜誌今年四月號刊我國法學前輩周劭先生《法苑舊譚》，中有〈妻子可以租賃的中英風俗比較〉一節，提及「……浙東漁民出海捕魚是非常危險的職業，一遭颱颶，歸骨不能是常見的事，當地婦女不肯嫁給漁民，而漁民也想延宗接代，免作若敖之鬼，便想出『典妻』的辦法，典的時候，雙方訂明須爲『丈夫』生育一個男孩才算完成條件而雙方退人和還退款，光生女孩還不算完成『典』的契約……」。

當然，如今科學昌明，母體雖同，「延宗接代」的方法則異。在科學未倡的十九世紀，英國的代理孕母類似浙東漁村所見；一九九八年的電影《心火》（*Firelight*，法國靚女 Sophie Marceau 演瑞士籍家庭女教師；故事發生於一八三八年），描述的便是英國鄉間紳士爲無後發愁，經人介紹「租賃」一名女人「同居一室，生女嬰，「代理孕母」完成任務，雙方貨銀兩訖，「租賃」關係結束……。故事曲折，惟非本文要旨，從略。然而，從此事可見英人亦早爲夫婦不育而絞盡腦汁，代理孕母是古今中外皆有的。

*

八月三日本欄提及不知「大耳窿」出處，幾天來接獲不少讀者（何永輝、郭文龍、陳強及林生等）「報料」，其中尤以「一讀者」先生考據甚詳，令人折服。茲將有關資訊縷列如下——

⑴楊子靜編著《粵語鈎沉》（廣東高等教育出版社）一六一頁「大耳窿」條的說法：「香港澳門放高利貸的，被稱爲『大耳窿』，乃『大耳窿鬼』的略稱。原指從前活動於上海的猶太富人，一般戴一大耳窿作飾物（耳窿即耳環），多以放高利貸出名。」

⑵吳昊著《俗文化語言・港式廣府話研究I》（次文化有限公司出版）九八頁的「大耳窿」條有兩種說法。第一種與《粵語鈎沉》的說法大同小異，只是上海猶太富人換了港澳的「白頭摩囉」（林按：摩囉指印、巴籍人士，他們多纏白色頭巾，故稱「白頭」；據說摩囉爲回教教士Mullah的音譯，但巴、印並非回教徒，此處可能是「張冠李戴」），他們「扮相古怪，愛戴一隻大如銅元的耳環，所以耳朵要穿耳窿，港人覺得可憎，就稱他（們）爲大耳窿」。第二種是那些活躍於街市果欄放高利貸的人，喜歡在耳朵塞一枚銀元作記認，所以如此，皆因「當時放貴利，都是小額款項如三幾角錢……一個銀元已大過天了……每一毫子每天利息要收一錢，非常犀利，時人就叫（他們爲）大耳窿」。

「一讀者」先生說據陳伯煇的《論粵方言詞本字考釋》（中華出版社），「窿」字本來當作「窿」（該書一四八頁），按《康熙字典》，「窿」字爲「良中切，音隆；穹窿天勢」。而「窿」是「魯孔切，音籠；孔竉，穴也」。大概因爲兩字音近，遂被「借用」。

八月十日整理本段資料時，見《信報》有〈穗副局長澳門狂賭遭大耳窿上門追數〉的新聞標題，可見「大耳窿」現在仍是流行語。

二〇〇一年八月十三日

「美食節」、「食神」和「催情物」

筆者在這裡多次提及的《萬象》，爲一本趣味雜陳的雜誌，經常發現一些可以細味的好文章，它已成爲筆者的主要消閒讀物。一九九九年三月號，該刊有署名晨楓的文章〈饞之罪——布萊斯城話美食〉，描述作者隨作家陸文夫於一九九〇年赴布萊斯參加美食節之旅：「這次活動叫做『饞之罪』，是一次美食文學節，旨在紀念布里亞・薩瓦蘭、格特魯德・斯特因和阿麗絲・道格拉斯，弘揚布萊斯城的美食傳統。」薩瓦蘭（Jean-Anthelme Brillat-Savarin, 1755-1826），筆者一向譯作沙華利，其他兩人爲美國名作家 G. Stein 和其室友 A. B. Toklas，這兩名美國同性戀者在二次大戰前計劃去法國南部找大畫家畢卡索，途經布萊斯（Bresse，晨楓稱此爲薩瓦蘭生地，不確，其生地爲里昂之東八十公里的 Belley，布萊斯爲近鄰，以盛產家禽及廚師出名），爲其美食及鄉間美景所吸引，一住十七年，至於她們後來是否去找畢卡索，便非筆者所知了。斯特因和道格拉斯，一個寫作一個學烹飪，各有所成，爲這個小城「留下不少美文和美食（食譜）」。

筆者有興趣的是晨楓大作提及的「食神」沙華利，這位律師、法官、提琴家（流亡美國時擔任當時美國唯一職業樂團的首席小提琴手）、政治經濟學家和美食家，顯然有多方面成就，但以死前兩個多月出版的《廚房的哲學家》傳世。按此書法文名的英文直譯爲 *Physiology of Taste*，晨楓譯爲《味道生理學》，杜杜多年前在《明報週刊》（日期漏記）談「松露」一文則譯爲《味覺的剖析》。顯而易見，這兩位名家皆未讀其英譯 *The Philosopher in the Kitchen*（一九八一年，企鵝）。

*

今年八月號的《羅伯報告》（*Robb Report*）在題爲〈不雅的珍饈〉（Indelicate Delicacies）長文中，舉出西方歷史上有名的催情食物爲巧克力及鵝肝（拿破崙和性虐待始祖薩德都以爲此物可「提高性能力」）。對豬隻而言，催情物爲松露（truffle，更常見的譯名是黑蕈）——傳統上歐洲人（主要指義、法）以豬隻尋找埋於泥土中的松露，然而一聞此物，豬隻十分興奮並有吞食之圖。對於人類而言，據沙華利的說法，此物「能使女人更爲溫柔，使男人更爲愉悅」，爲了避免人豬爭奪此別名黑鑽石的「補品」，近年已改用狗隻代勞，而毒死鄰村狗隻以圖獨占黑蕈的新聞，這幾年常有所聞。黑蕈（和白蕈）近年在香港大行其道（四川雲南皆有出產），價格奇貴，原來除了美味之外還有其他誘因。

*

八月三日筆者在本欄提及日本人當鰻魚爲滋補之物，原來歐洲人亦如此。沙華利在其飲食聖經描述一七九一年他與友人共享一條三呎多長巨鰻，他這樣寫道：「鰻魚一端上來，不一會連魚帶汁被吃精光（It disappeared, body and sauce）。」有人還用麵包「洗碟」。食客之一的神父翌日發誓不再吃這道菜，因爲它有催情作用；沙華利和其他食客當然「甘之如飴」，還想再來一次，可惜提供食譜的布烈吉夫人不肯公開配料的祕方……。但鰻魚是「男性恩物」已遠近皆知。

二〇〇一年八月十七日

佛利民看字　凱恩斯相手

爭產案漸入高潮，決定勝負的一個關鍵是筆跡專家對相關文件上簽名眞僞的鑑定，筆者當然不能亦無法對此案「說三道四」，唯此事令筆者想起經濟學大師佛利民是個無師自通的筆跡專家——也許說研究筆跡是他的業餘嗜好比較恰當；這種嗜好，是他在哥倫比亞大學（一九三三—一九三四年）求學時養成的。

佛利民夫婦合作（就同一時期、同一事件「各自表述」）的自傳《好彩鴛鴦》（*Two Lucky People*，芝大，一九九八年），在述說他於一九五三—一九五四年以 **Fulbright** 訪問學人資格（不必教學不必作專題研究）「遊學」劍橋大學時的一些瑣事。話說有一天佛利民拜訪英國經濟學名家鮑爾（**P. Bauer**，一九一五年生，長期在倫敦經濟學院任教；一九八三年被冊封爲勳爵），他剛收到他的匈牙利老鄉、凱恩斯的入室弟子簡理察（**R. Kahn, 1905-1989**，以發展乘數理論出名；他繼承凱恩斯的遺缺出任劍大英皇書院的司庫，一九七四年被封爲勳爵）一封信，不知何故，鮑爾展讀後滿臉不高興，把信交給佛利民；後者說他一看，對簡理察的字跡發生興趣，連信內容都「不知所云」了（該書二四五頁），於是對鮑爾說：「老簡肯定是個極度悲觀的人，因爲他的每行字都是向下傾斜……。」鮑爾有何反應，佛利民沒有記載。第二天，佛利民與簡理察有約，他們在城中心大衛廣場的「藝術劇院」（有一個時期筆者每週五天中午都在這裡的自助餐廳開餐）午膳，談話的焦點是凱恩斯在世時管理英皇學院校產的成績，由於涉及投資事務，簡理察說凱恩斯是不可救藥的樂觀主義者（inveterate optimist），而他剛好相反，是天生的悲觀者。佛利民說他對談話的內容突然失去興趣，忙問凱恩斯書寫的「行氣」是否向上傾斜（upward-sloping lines），簡理察說他沒留意；數天後他出示一疊凱恩斯的手稿，其書寫竟如佛利民所料。

*

當佛利民對筆跡有研究的消息傳開後，可說迄今爲止最出名的女性經濟學家羅賓遜夫人（Joan Robinson, 1903-1983）要他分析一份手寫稿，佛利民一看便斷言：「此爲外國人（指非英美人士）所寫，因此我無能爲力；不過，幾乎可以肯定的是，此人有很高的藝術天分但智力有限（not much intellectual talent）。」

原來「字主」是凱恩斯夫人——教育程度不高的俄羅斯芭蕾舞名家 Lydia Lopokova！佛利民果然有一手，他對此顯然引以爲傲：「這是我在劍橋的最大成就！」

*

佛利民善「看字」，凱恩斯則擅長「相手」！以「夏祿德—杜瑪成長理論」（Harrod-Domer Growth Theory）聞名象牙塔的夏祿德（R. H. Harrod, 1900-1978，一九七五年獲爵士銜），所撰的《凱恩斯傳》，多次指出研究手掌形狀及大小，是凱恩斯「終身學習」的迷戀（enamored）對象。據凱恩斯的弟弟在紀念乃兄的一篇文章上回憶，凱恩斯之所以對手發生興趣，極可能是小時候（沒說多大）騎單車跌倒令左手一指斷骨所致，當然，這說法極不科學，凱恩斯對手有興趣，也許是與生俱來的。

凱恩斯第一次「論手」，是在十六歲（一八九九年）所寫的一封家書，其中提及喬治・達爾文爵士（《進化論》作者查爾斯・達爾文的弟弟）的手：「他的手看起來眞像他是從人猿進化而來！」

夏祿德的那本傳記多次指凱恩斯和陌生人見面，首先引起他注意的是那人的手，因此，當他遇見法國的老虎總理克里孟梭時，大失所望，因爲他手套不離手。對於幾位美國總統，凱恩斯都發表過「手的評論」。威爾遜總統的手「長且有力，是能幹的人，但稍欠圓滑手段和敏感性不足」。羅斯福呢？一九三四年凱恩斯去美國和他談「國際金融問題」，但「羅斯福總統對銀價、財政預算和公共工程完全沒興趣」；羅斯福不當凱恩斯是一回事，凱恩斯對他則十分失望，至於他的手，凱恩斯的評論是「穩定和有力，但不夠聰明亦不會耍手段；他的指甲既短且圓，活像個營營役役的小商人」。

*

夏祿德的傳記於一九五一年出版，此後有關凱恩斯多姿多彩生活的文章愈寫愈多，直至八〇年代，突然出版兩種大型傳記，其一為《凱恩斯全集》編者莫格列德（D. E. Moggridge）的《凱恩斯——一個經濟學家的傳記》；英國華烈克大學經濟學教授史基戴斯基勳爵（R. Skidelsky）的凱恩斯傳分三巨冊（第一冊寫成於一九八三年，第三冊去年才出版；為撰此書作者甚至搬住凱恩斯在英國南部的舊宅），在第一冊《救世主的經濟學家 1920-1937》，作者引傳主寫給未婚妻介紹他當英皇書院司庫工作的信：「最令我有興趣的是會見一名過去七年老與書院過不去的佃戶（按英皇書院的校產中有大量耕地），此前我未見過他，但他的口碑極劣；我邀他昨晚共進晚餐，當他出現時，我一看他雙手，便知過去對他的觀感完全錯誤；他和善可親、誠實能幹，他的唯一缺點是壞脾氣，但你不去撩撥他便可相安無事。我因此很快便和他達成互利互惠的協議。手！手！手！除此之外，甚麼都不必看（Hands! Hands! Hands! Nothing else is worth looking at.），在短短十秒之內，（看了他的手）我對他的觀感完全改變！」（該書二八六頁）

凱恩斯並非看掌，他沒學懂我們中國人這門高深學問，他看的只是手相——他不相信史密斯「無形的手」，看的當然是有形的手！

二〇〇一年九月七日

道在屎尿

現代人不論「先進」、「落後」，似乎都不直接提及大、小便及其所產生的「東西」，因爲這些「東西」污穢不堪入眼，遑論入文。英語世界的男性有「三急」時問：「何處可洗吾手？」（Where can I wash my hands?）女性則說：「哪裡可爲吾鼻補粉？」（Is there a place to powder my nose?）而學生無分男女，都會舉手問老師：「我可否出去一會？」（May I be excused?）當然，各地風俗不同、俚語互異，「上廁」的委婉說法，千變萬化、錄之不盡，「外行人」聽後可能一頭霧水。

筆者在《英倫采風》（林行止作品集第十冊，台北，遠景出版社）收一短文——〈英國的廁所文學〉，記二「上廁所」妙事，其一是「去向人致敬」（to pay my respect），因爲「水廁」（抽水馬桶）的英文縮寫W.C.與溫斯頓·邱吉爾（Winston Churchill）同，而邱吉爾是英國（也許是英語世界）人所景仰的偉人，此語雙關，既虐且謔，盡顯英國人的幽默本性。另一有時間性（現今已不合適）的妙語是有人直奔廁所，問之，說要去「會占士先生」。在二十世紀六、七○年代，占士先生便是占士邦（編按：詹姆士·龐德），英國人稱廁所爲「老」（Loo，仿窩打老之譯法），Loo的倒寫爲007，故有此令人莫名其妙之說。說起莫名其妙，筆者近與晚輩聚餐，有人突然離座，說要去「O.L.」，筆者與內子瞠目結舌，不知所云，眾小輩則咭咭而笑，詰之，方知是廣州話「痾尿」洋涇浜英語發音簡稱！

作爲五千年文明古國，我們中國人之於廁所，則坦蕩蕩無所隱蔽，毛坑、茅廁、上廁所、如廁以至大小便、大小解等等，不一而足，都是一語中的，直截了當，乾脆爽快。可是，解放後甚麼都變了，廁所變成「衛生間」，筆者相信這是委婉名詞的極致，因爲不管從哪一角度、哪種水準觀之，中國的「衛生間」是世界上最不衛生的地方！

*

筆者讀書甚雜，然而，西洋人以實用觀點視糞便的文章，並無所見，在這方面，他們和國人的態度有天壤之別。在西洋「廁所進化史」上，最早發現旱廁（Latrine）的是位於蘇格蘭東北角內海的奧克尼羣島（Orkney Islands），時人爲了處理糞便，建成水管引水洗廁，而爲了方便汲水，人們便在水邊搭蓋簡陋小屋聚居，這是考古學家發現的最早期的「室內廁所」。他們亦發現公元前二千年克里特島的希臘人（Minoan），已有用石管的水廁（flush toilet）；埃及的類似設計（以銅管輸水）則遲至公元前一千五百年……。英倫和歐陸有水廁，是十八世紀的事，此前用「夜壺」及「馬桶」，而且各家各戶都於夜闌人靜時把糞便往街外潑，巴黎倫敦當年都臭氣沖天，而這種做法經常引起糾紛；後來遂改把糞便倒在街道旁的陰溝裡，如今紳士讓女士走在人行道近建築物而非近馬路一邊，便是恐怕女士的長裙沾染陰溝的污穢物，當然，這種遺風現在仍存，但目的在避免汽車捲起的沙塵與污水，早與糞便無關。

＊

一五九六年，英國伊麗莎白女皇的教子約翰・哈靈頓爵士（Sir John Harrington），爲了討好他的教母，設計了一種有水塔（從繪圖所見，水塔內還養魚以示清潔）、有手掣讓水沖去排洩物、且有水管駁至下水道的水廁；女皇大悅，但由於「化糞池的臭味令女皇不敢常用」，加上約翰爵士爲「傳世」，寫了一篇詼諧幽默的〈水廁讚歌〉，女皇因隱私暴光而老大不高興，水廁遂被棄用，其發展亦因此中斷。直至一七七五年，英國數學家兼鐘錶製造師甘明（A. Cumming）設計一款新型水廁，有水池隔絕廁所與化糞池，是爲現代水廁的雛形……。

＊

國人對糞便的態度完全是另一回事，長久（殷商時期）以來，它不僅是種植的最佳肥料，而且「道在屎尿」，不是鬧著玩的。《莊子・知北遊》記莊子與東郭子的對話，有「東郭子問於莊子曰：『所謂道，惡乎在？』莊子曰：『無所不在。』東郭子曰：『期而後可。』莊子曰：『在螻蟻。』曰：『何其下邪？』曰：『在稊稗。』曰：『何其愈下邪？』曰：『在瓦甓。』曰：『何其愈甚邪？』曰『在屎尿。』東郭子不應」。

這段話的「疏義」，以唐代成玄英說得最清楚：「大道無不在，而所在皆無，故處處有之，不簡穢賤。東郭未達斯趣，謂道卓爾清高，在瓦甓已嫌卑甚，又聞屎尿，故瞋而不應也。」糞便既有如此高深的「哲學內涵」，又有實用性，用水廁將之沖走，便是暴殄天物了。

*

國人對糞便的重視，可從聶其傑寫於民國十四年六月五日的《大糞主義》這本小冊子可見（一九六八年十二月香港龍文書店影印）。聶氏說他寫此文時「正遇著五卅上海慘殺學生的風潮」，這篇主張中國病「需要灌大糞汁方能解毒」的文章有「治本病」之功能。說到底，聶其傑是要中國人腳踏實地苦幹實幹，唯如此方能振興民族救國家。

在農業社會，在「化肥」普及之前，「大糞主義」有其作用，但現在中國已富起來，不但GDP在年年大幅增長，而且上有衛星導彈，下有電腦手機，城市已躋身先進國家之列。筆者近月數度回大陸旅遊，眞正體會到甚麼是錦繡河山，與歐洲北美南美洲的景點不相伯仲、各擅勝場，可惜到處都是金玉之身臭不可聞其內的廁所，連眞的稱得上美輪美奐的政府辦公大樓以至豪華裝飾的飯店亦莫不如此，令人敗興掩鼻疾走。筆者與同行友人不勝駭異的是，所有收費廁所無一不臭氣熏人，那些賣票「承包商」的唯一工作是收錢而不做任何清潔工作！大陸目前尚興「蹲廁」，本來這只是習慣不習慣的問題，不必抱怨，但滿坑滿地「道在其中」，女性已不敢穿裙子回大陸！

事實上，大陸早有生化廁所，亦有太陽能廁所，以中國的技術水平，製造一些化糞劑、去臭粉之類的藥水藥粉撒落廁中去垢辟臭，料非難事；而在現行制度下，在這些逐臭之藥未普遍使用之前，衛生部門亦應編制清潔廁所手冊、守則，定期派員檢查，以大陸之重刑，必可收宏效，何苦不爲？大陸廁所之髒之臭，早已聞名遐邇，台灣的大陸旅遊團還編寫打油詩，以提醒台灣人須做好萬全準備工作才好在大陸「上廁所」；「無知識」的西洋人當之爲取笑對象。「有修養」者多不願提，一提及便面呈惶恐厭惡之色、作嘔之態。大陸已大步走進現代化社會，趁迎接二〇〇八年辦奧運，請衛生部成立「廁所管理局」，把全國廁所「搞上去」吧！

*

成文時，好友來電說新加坡總理吳作棟先生剛發表「中國遊觀感」，指北京和蘇州廁所遠勝新加坡……。吳氏之言當然可信，但料他所去的都是「重點廁所」，而且事前曾全面清洗、消毒。又有台北友人周前遊周莊，因財長會議期間有「國際友人」要去遊覽，地方政府漏夜把繞城小河消毒、清理。因此，國賓看到的與港澳同胞看到的，可能是根本不同的兩回事！

二〇〇一年九月十一日

斯坦不同伊斯坦

中亞很多國家的名字，因美國爲追緝賓拉登、圍剿塔利班，天天見諸冷熱傳媒而家喻戶曉；這些國家的名字有一共通點，是英文國名都以 istan 或 stan 殿後，比如 Afghanistan（阿富汗）、Pakistan（巴基斯坦）、Uzbeckistan（烏茲別克）、Kazakhstan（哈薩克）、Kyrgyzstan（吉爾吉斯）、Tajikistan（塔吉克）和 Turkmenistan（土庫曼），除了巴基斯坦，其他的「斯坦」，中文均沒有（毋須）譯出（比如烏茲別克斯坦），筆者不知此中道理，料想與全部譯出國名太長有關，但何以巴基斯坦不簡化作巴克（Pak）或巴基（Paki）？

「斯坦」在波斯文是「土地」（land）之意，以之加在國名之後，說明其爲內陸國家，但這種習慣僅限於中亞及南亞地區。歐洲國家有「土地」者亦不少，如 England（英倫）、芬蘭（Finland）、格陵蘭（Greenland）、冰島（Iceland）以至愛爾蘭（Ireland）皆是；有趣的是，和 stan 或 istan 一律譯爲「斯坦」不同，land 的譯法互異，唯以「蘭」最普遍，「冰島」則屬意譯，格陵蘭和英倫是音譯，唯英倫之 land 不譯「蘭」而爲「倫」，未知是百數十年前翻譯前輩一時興之所至還是別有玄機？

「阿富汗斯坦」的意思是「阿富汗人的土地」，以此類推；巴基斯坦是唯一（筆者所知）例外，因其意爲「潔淨之土」（Land of Pure）。

*

「斯坦」亦有附加於地名之前的，如 Istanbul（土耳其東部橫跨歐亞的名城伊斯坦堡），不過，此「伊斯坦」不同那「伊斯坦」，因爲伊斯坦堡的「伊斯坦」屬希臘字源，希臘文 Stin Poli（斯坦保利）是「通往城市」（to the city）之意，此或有此城是歐洲進入亞洲或亞洲進入歐洲（必經之地）的含意？

*

塔利班（Taliban）雖在非回教國家成爲過街老鼠，但論知名度，現在比米老鼠不遑多讓，此皆拜冷熱傳媒疲勞轟炸有以致之。

Taliban 是甚麼？原來在阿富汗兩種官方文字之一的巴什圖文（Pashto，巴什圖族語言；另一爲波斯語）是「宗教學者」（religious student）之意；Talib 是單數，加 an 成爲複數，如此簡單而已。

九月十八日筆者指 Taliban 爲阿拉伯文「回教運動知識追隨者」，是據美國人將之意譯成

Student of Islamic Knowledge Movement 而來。筆者所知有限，遂愈譯愈複雜。

*

阿富汗突然冒出一個遜王查希爾，令該國的情況愈加撲朔迷離。

查希爾是有二百多年歷史的巴什圖（Pashtun）王朝最後一位君王，一九三三年十九歲登基，至一九七三年被奪權，名義上統治阿富汗垂四十年；巴什圖族約佔阿富汗四成人口，如今執政的塔利班亦爲該族人。

在法國接受教育的查希爾，是文學的「發燒友」，對政治權術則爲外行，他在位最初三十年，是他的叔父及其侄兒達烏德（Mohammad Daud）的傀儡；一九六三年查希爾重整內閣，兼任首相，掌管國政，達烏德在極不甘心的情況下退隱。

查希爾掌權後，推動種種「民主化」改革，一九六四年，立法把阿富汗變爲君主立憲國家，進行普選，組成有部份民選議員的國會，同時允許女性外出工作和有「學習自由」（可選讀任何科目）；可惜這些與保守的伊斯蘭教教義相左的改革，不久後便無疾而終。在基本教義派的攻擊下，查希爾漸被孤立，一九七三年，達烏德捲土重來，趁查希爾在義大利那不勒斯的名勝伊斯基亞（Ischia）島泡溫泉時，發動宮廷政變，奪去王位。查希爾自此在羅馬一間豪華別墅做寓公（一九九一年遇刺大難不死，但皇族中有多人被暗殺），今年八十六歲，身體仍甚健朗。

達烏德不當皇帝改做總統，一九七八年爲極右派推翻，接著便是蘇軍入侵……。

現在，查希爾的機會又來了，他的兒子 Prince Mir Wais 前天出示一份「民意調查」，顯示百分之八十六的阿富汗人民歡迎遜王「回朝」！查希爾亦一再表示要回國趕跑「外國恐怖分子」，重建「民主阿富汗」，這意味他首先要召開全國地方酋長會議，由他們投票選出新領袖。作為非塔利班的巴什圖人，查希爾有資格出任聯合政府（包括大部份為非巴什圖人的「北方聯盟」成員）有名無實的總統。

不過，上述種種能否成立，要看這場反恐戰是否打得成，如果大打出手則要視持續多久而定。

＊

白宮昨天宣布十月一日撥款五億美元，以資助航空公司增強駕駛室艙門安全性（飛行中不易被打開）等設施外，還會接管機場保安（主要監督對乘客及行李的檢查，目前這項工作由航空公司外判給保安公司）及出動各州的國民警衛軍在機場執勤（經費由聯邦政府負責），同時每機派駐一名空中警長（air marshal）；但政府不肯承諾負起機場安全檢查之責，亦拒絕機師攜械的要求。

在「九．一一慘劇」前，美國民航機每天班次達六千五百多次；目前美國警察七十餘萬、聯邦調查局探員十一萬五千、可以越州辦案的警長四千多，他們已「疲於奔命」，如今「每機一警」，必須招聘大量人手，這種額外費用將由納稅人支付。

一九九三年有兇徒在開往長島的火車上開槍亂射導致二十六人傷亡後，紐約警察出示證件便可上車，這有利警方監視疑人及進行突擊搜查；美國密探現在乘搭飛機，當然要付錢買票，如果攜械還必須通知機長。不過，對在飛行中的飛機來說，機艙發生槍戰，如開槍射擊對付持刀或武功高強的歹徒，作爲第三者的乘客，風險一樣大，因爲「流彈」若射中油缸，一切完蛋。

尚幸美國現在已有一種只傷人體不會破壞機艙的特殊子彈（Glaser Safety Slugs），今後的「空中警長」當然會攜帶這種「彈頭」。由於「九．一一慘劇」令航空業一蹶不振，班次已減兩成，但每班機平均滿座率只有三成半，爲了宣傳乘搭飛機已很安全，前總統老布希從波士頓飛休斯頓亦要在機場開記者會，表示他「冇有怕！」（不害怕）。機場及機艙保安工作，不論要付出多大代價，美國政府一定會妥善安排。在乘客少機位多的情形下，這些費用相信會由納稅人和股東承擔。

二〇〇一年九月二十八日

從「支那地」說起

回應九月二十八日本欄有關「斯坦」原義的解說，不具名讀者寄來《西北史地》兩篇論文，其一爲刊於一九九八年第一期彭海先生的〈漢語佛經中華夏國稱的兩大音系——「震旦」與「脂那」〉，其二爲該刊一九九八年第二期廖楊先生的〈試論中亞、突厥斯坦和土耳其斯坦的含義〉。「斯坦」已從泛泛信筆淺談進入學術討論境界。

廖文主要從「中亞」的概念論及「突厥」和「土耳其」的分別，非常專門，所引的資料和推論，非筆者所能了了，唯廖氏說「斯坦」一詞，在俄文裡的意思是「國家、家園或草原地帶」，清楚明白，顯然較波斯文的「土地」更多義更具體。

彭文指古代波斯語稱中國爲 Sin（秦），阿拉伯語稱中國爲 Cinj，吐火羅語區和粟特語、波斯語區互相影響，或稱中國爲 Synstn, Cnyatn 以至 Cinastan（支那地，不譯支那斯坦），這亦是中國古稱「震旦」、「振旦」、「眞丹」、「眞旦」的由來；至於稱中國爲支那，則源自印度梵語的 Cina，音譯是「指那」、「脂那」、「支那」或「至那」（唐三藏玄奘的譯法）。

*

在一般人——包括筆者——的印象中，伊朗是阿拉伯回教國家，事實不然。Encarta Online 對此有很簡潔的解釋，它指出同宗、同文、同教和同文化的國家，不論是否位於阿拉伯半島，皆稱阿拉伯國家；阿拉伯聯盟便有二十三國（包括未正式立國的巴勒斯坦），她們分布在中東、北非和中亞。

伊朗不屬於此跨地域的政治組織，因爲她雖曾在中世紀被阿拉伯人征服，但仍保留波斯語文（亦爲阿富汗兩種官方語文之一，波斯文在阿國稱爲 Dari），伊朗是回教徒，屬什葉派，與大部份阿拉伯國家是遜尼派有別，由於語言及宗教有異，因此地雖處於阿拉伯半島，卻不是阿拉伯國家。

*

阿富汗人的英文是 Afghan，該國的貨幣爲 Afghani，這已是約定俗成的稱謂；但這幾天在電視上聽阿富汗駐巴基斯坦大使扎伊夫（Abdu Salam Zaeef）以英語發言時，口口聲聲說 Afghani 不會屈服於美國的強大軍力、交出賓拉登，顯而易見，Afghani 爲阿富汗人。扎伊夫的言論，非回教徒也許不同意，但他應該知道阿富汗人的正確英文稱謂，對此大家不能否定。可是，這可把筆者弄糊塗了。於是上網「追尋」，在 www.afghangovernment.com（反塔利班政府的網址）上，的確看到稱阿富汗人爲 Afghani 。然而，《美國語言字典》指 Afghani 是貨幣單位，CIA的 *World Factbook* 稱阿富汗人爲 Afghan 。

有i和無i，關係到「阿富汗人的土地」（見九月二十八日本欄）是 Afghan 的 istan 或 Afghani 的 stan 。關注這種芝麻小事，只是閱讀有關新聞引起的一點興趣而已。寫到這裡，翻閱十月六日的《經濟學人》，其報導阿富汗財政狀況一文有這一句話："when they need dollars, they just print more afghanis"（六十九頁）。顯而易見， afthani 指的是阿富汗紙幣；阿富汗政府如此這般的貨幣政策，難怪一綑 afghani 才能兌一美元了。

*

同樣有趣的是，巴基斯坦人是 Pakistani 而不稱 Pak ，這又得從頭說起。據三〇年代劍橋大學一班學生（相信多爲巴籍）的「考證」， Pakistan 這個字是反映了該國的多民族現實，在巴基斯坦聚居的主要有 Punjab（旁遮普）、 Afghania（阿富汗尼亞）、 Kashmir（克什米）、 Iran（伊朗）、 Sindh（信德）、 Tukharistan（圖赫里）、 Afghanistan（阿富汗）和 Baluchistan（俾路支）這些不同族羣。 Pakistan 便是由這些族名各取第一個字母而後一字取最後一字母組成。

＊

在競選期間，喬治．布希接受時尚雜誌《魅力》（*Glamour*，二〇〇〇年六月號）的訪問，記者問他對塔利班的看法，被認爲歷屆總統中智商最低的小布希（最高爲柯林頓）一時答不上，「眼定定望著記者」，記者以爲這是他對「殘暴的塔利班政權壓制女權」的「沉默抗議」，哪知布希答曰：「不，不，我以爲 Taliban 是支流行樂隊。你是說阿富汗的塔利班，那絕對是高壓政權。」這支「樂隊」現在令布希大感頭痛，不過，由於他聽從高人指點，行人道先行、兇兵隨後之計，令他有機會成爲偉大總統之一。

＊

回教什葉派至高無上的聖職是 Ayatollah，其意爲「上帝的標誌」，當年推翻伊朗王朝的柯梅尼，便是「資深的回教領袖」（一般英漢字典的譯法），柯梅尼是伊朗什葉教最高的政治和宗教領袖，阿拉伯國家的什葉派則不用此稱號。

*

有豐富石油蘊藏的 United Arab Emirates，一向譯阿拉伯聯合酋長國（編按：台灣譯「阿拉伯聯合大公國」），酋長一詞頗值商榷，因爲 Emir 在阿拉伯文中與英文的 prince 同義；Emir 亦稱 Amir，譯爲統帥和領導，大體是正確的，傳媒上常見的 Amir-ul Momineed，直譯「虔誠教徒的領導」，庶幾近之。

*

另外一個常見的名詞是 Sheik 或 Sheikh，字典譯爲阿拉伯的酋長，令人聯想起紅番的 Chief，亦有商榷餘地，因爲其原義爲「賢人」（wise person）或宗教領袖（religious leader），「酋長」似乎不合適。

*

什葉派稱穆罕默德的後代爲 Iman，教徒相信他們是天生的統治者；不過，對遜尼派來說，Imam 只是「回教寺院中祈禱時的領導人」——英漢字典多取此義而少說明什葉派的不同用法；阿富汗塔利班所稱的毛拉（Mullah），既是「祈禱領導者」亦是神學教師。

＊

Mufti 是英文，字典均有解釋，不贅；不過，在回教國家，它指的是有權解釋伊斯蘭教義者，是「伊斯蘭法典解釋者」，其職責有如「最高法官」。

＊

俄羅斯皇帝稱爲沙皇（Czar 或 Tsar），有人把伊朗皇帝 Shah 譯爲伊朗沙皇，似誤；伊朗國王的官式稱謂是「萬王之王」（Shan-en-Shahs）。不過，Shah 並非僅爲伊朗王所用，阿富汗遜王查希爾（King Zahir）的全名是 Muhammad Zahir Shah。

最早的 Shah 是十六世紀初征服印度的回教莫臥兒（Mogul）皇帝 Shah Jahan，這位權傾一時的大帝，以爲他的皇后修建大理石陵墓 Taj Mahal（泰姬瑪哈陵）而爲人津津樂道。

二〇〇一年十月八日

米賽斯料事如神

上週寫香港公務員應該削減薪酬問題，提及米賽斯的《官僚機構》，其後信手翻閱一些米賽斯的有關著作，頗有可堪一記之事。

*

奧國學派一代宗師米賽斯（1881-1973）在生時鬱鬱不得志，他在維也納大學師事曾任奧國財長的著名學者龐巴衛克（Bohm-Bawert, 1854-1914，奧國學派開山祖師孟格的得意門生），二十五歲取得博士學位後，馬上被維也納商會聘爲經濟顧問，可謂少年得意，一九一二年三十一歲時出版《貨幣與信用原理》（*The Theory of Money & Credit*，中譯本出台灣銀行經研室出版，譯者楊承厚），在貨幣理論上有所創新，爲歐洲經濟學界推崇，多家大學採用作爲教科書，連乃師龐巴衛克亦以之爲「討論教材」。可惜他無法獲得母校全職的教職，只能當無薪給的兼任講師（Privatdozent）。米賽斯很快當上商會的首席經濟學家，直至一九三四年去國爲止。

米賽斯後來分析他無法在維也納大學當教授的原因有三。第一是他爲猶太人，當時奧國反猶太之風正盛；第二是他極力鼓吹亞當・史密斯式的放任自由，而當年國家主義抬頭；第三是他太執著太坦率以致經常「得罪當道」——最後這項理由，亦令他移居美國後無法獲一流大學聘約。

爲了逃避納粹德國，米賽斯接受日內瓦國際事務研究所（Graduate Institute of International Studies）的聘約，期間德國席捲歐洲，身處中立國的米賽斯亦感安全受威脅，在洛克菲勒基金及《紐約時報》經濟專欄作者赫思力（H. Hazlit, 1894-1993，暢銷書《經濟學入門》的作者）的協助下前赴美國定居。

在維也納時，米賽斯每兩週在商會開一次講座（Private Seminar），以補大學教學時間之不足，此講座吸引了不少精英學生，其中後來不少成爲獨當一面的學者，如筆者經常提及者有海耶克、麥立甫（F. Machlup）、赫伯拉（G. V. Haberler）、摩根斯坦（O. Morgenstern）、熊彼德（K. Schumpeter）以至羅賓士（L. Robbins）等，這些人赴美後都在精英大學當講座教授（羅賓士則終身在倫敦經濟學院任教），獨米賽斯成爲紐約大學長期的兼職「客講教授」，要由 William Volker Fund 捐助才能領取教授全薪。他在紐約大學的講座學生中有很多後來成大名，《信報》讀者熟識的大學者有企管大師杜魯克和奧國學派巨擘羅思伯（M. Rothbard, 1928-1995）。

*

米賽斯的堅持與執著，可從下述兩件小事窺見。他的學生麥立甫（八十年代筆者數度在《信報》評價他的《獨佔政治經濟學》）是他在維也納大學時的助教，課後經常陪伴他步行回家，途經「國家信用銀行」（當年歐洲大銀行之一）時，米賽斯屢說「這家銀行遲早倒閉」，麥立甫在〈向米賽斯致敬〉（*Tribute to Mises*）一文這樣寫道：「從一九二四年開始，我每週三都陪他（米賽斯）步行回家，他均作出同樣的預測……。一九三一年這家銀行果然倒閉，可惜我不聽老師的話，仍持有這家銀行的若干股票，它們的價值當然於一夕間化爲烏有！」

*

這裡還有一段插曲。據米賽斯夫人憶述（《和米賽斯一起》，Margit V. Mises: *My Years with Ludwig von Mises*. 1929），「國家信用銀行」有意請米賽斯「擔任高職」，作爲未婚妻，Margit 大喜過望，因爲銀行的薪酬遠勝商會，但米賽斯不爲所動，他說：「這家銀行即將倒閉！我不想我的名字和此事連在一起。如果你要的是有錢人，別和我結婚。我的興趣是研究金錢（貨幣）而不是賺錢！」米賽斯夫人爲演員，離婚並有一女；其後他們分別逃難至瑞士，當異國重逢時，米賽斯失聲痛哭，據她回憶，這是米賽斯成年後唯一的一次流淚。

華爾街大崩潰後不久的一九三一年五月，這家歐洲大銀行破產，其惡性連鎖反應席捲整個歐洲……。

*

米賽斯預測「國家信用銀行」有難，理由只有一項，便是該行印刷過量紙幣，造成惡性通貨膨脹，通脹最後會拖垮整個金融業，這家執牛耳的銀行必然首當其衝。

海耶克晚年回憶二十世紀二〇年代的維也納生活時，提及通貨膨脹，他「以身作則」，說明當時通脹惡化的情況：「一九二二年十月我的月薪爲五千克隆尼（**Kronen**），十一月增至一萬五千，一九二三年七月飛升至一百萬……。」（***Hayek on Hayek***，芝大，一九九四年）。通脹率暴漲之快，概可想見。

問題這麼嚴重，有一個時期米賽斯期待政府會請他「出山」收拾殘局，哪知政府並無此意，只有一位財政部高官私下請教他「抑制通脹之法」，米賽斯說，這還不容易，請於今晚十二時來政府印刷局門外找他；這位官員滿腹狐疑，但仍於約定時間和米賽斯會見。見面時當然問米賽斯有何「黑夜妙計」，米賽斯說：「這裡的印刷機擾人清夢，把它關掉通脹自然消失。」時人對增發鈔票導致通脹的學說也許仍未清楚，今人對此則十分明白，印鈔局廿四小時開工印刷鈔票，通脹哪有不惡化之理。據海耶克回憶（見上書），奧國政府不久後眞的把印刷機關掉，通脹率遂直線下降！

＊

經濟學史家諾斯（G. North）有「厚書理論」（Fat Book Theory）的「發明」，這是他在《支配的工具》（*Tools of Dominion.* 1990）一書中提出的，他認爲「足以引發革命（revolution）的書都是厚書」。諾斯說所有具革命性影響的書均卷帙浩繁，亞當·史密斯的《原富》兩卷共一千零九十七頁，馬克思的《資本論》三卷共二千八百四十六頁，熊彼德的《經濟分析史》一千二百六十頁，羅思伯的《人、經濟與國家》兩卷共九百八十七頁。諾斯說得不錯，筆者可再舉米賽斯的《人的行爲》九百零九頁，佛利民和舒華茲女士合著的《美國貨幣史》八百六十頁，上引諾斯那本書一千二百八十七頁。不過，這是以偏概全的推斷，事實並非全部如此，比如列寧、史達林和毛澤東的著作均爲「小冊子」（全集選集是另一回事），而凱恩斯那部震古鑠今、影響至今未衰的《通論》只有四百八十六頁，被譽爲有史以來影響力最大的《共產黨宣言》，竟是六十二頁的小冊子！

二〇〇一年十月二十四日

那話兒說來話長

劉錚先生在八月號《萬象》所寫的〈閒話那話兒〉，是《那話兒小史》的書評，劉君旁徵博引，十分精采，然而，這本書許多趣味盎然的細節，卻於有意無意間漏掉了——不寫細節是書評的準則之一——讀者未能窺其堂奧，未免可惜：筆者幾度攤開稿紙，想就本書「略抒己見」，但「繞室彷徨，不成文章」。《那話兒小史》作者大衛・弗里曼（D. Friedman，佛利民爲 Milton 專用：有趣的是，大衛亦爲佛利民獨子的名字，子繼父學〔不是子承父業〕，著有 *Law's Order* 及 *Hidden Order* 等冷門書），原名 *A Mind of its Own: a Cultural History of the Penis*（The Free Press, 2001），劉先生的譯名，頗爲傳神，讀者很容易會意，然而，卻未能盡顯原名妙韻神髓；向有學問的友人請教後，筆者把它譯爲《卓然而立——說來話兒長》。

*

幾度攤開稿紙而無隻字，原因是提起筆來方感力不從心，不夠資格寫書評，有關「那話兒」

的書，僅西洋文獻，從弗里曼所開書目和研究報告，眞是車載斗量，不下二、三百種，隔行如隔山，筆者絕大部分聞所未聞（僅知佛洛依德的數本著作的書名），《卓然而立》是筆者唯一讀過的一本專著，「學識」便這麼多，如何評論？然而，本書對此「符號肌肉」（symbolic muscle）的考據周詳，描述細膩、生動，極富啓發性和引人入勝，筆者廁中睡前翻閱，螢光筆痕跡處處，棄之可惜，因而擬作「文譯公」，列爲題材不拘一格的「閒讀偶拾」，寫些筆者認爲有趣甚至有建設性的物事，供各位週末消遣，也許還有增廣見聞的副作用。

*

十月四日邁克先生在《信報》「文化版」寫〈二手性器官〉，文短意長，其中對男性「性器官」的稱謂，五花八門，不過，筆者仍以爲劉錚借用《金瓶梅》的諱飾語「那話兒」較含蓄蘊藉。

現在「知書識禮」的人很少談論「那話兒」，可是，有誰想到古希臘時期它（？）被視爲「神授權力」（divine power）的象徵，人們既敬畏又珍寶之；羅馬時期更進一步，軍方以「那話兒」的短長，作爲軍士升遷的標竿，在羅馬人的認知中，其長短與力氣大小成正比；不過，羅馬人的見識未免膚淺，因爲其所重視的，在現代人尤其是西方性學家看來，只是有勇無謀的匹夫！

*

談起「那話兒」的尺碼，當以「那話兒」有大腿那麼長的普里阿普斯（Priapus，羅馬酒神與愛神的愛情結晶）爲最；說來有點不可思議，普里阿普斯以天平秤其「那話兒」重量的壁畫，筆者今年連續三見——年初得《卓然而立》，便爲此圖震懾，普里阿普斯倚門而立以天平自秤「那話兒」，有如街市小販秤蓮藕，令人不勝駭然；復活節遊龐貝廢墟，即在「Vettii 之家」壁上依稀見之；九月參觀阿姆斯特丹的「性博物館」（據說爲世上第一家），此圖亦赫然在目（論尺碼，普里阿普斯的「那話兒」，惟倫敦幽默半月刊《冷眼》那個手持「那話兒」策驢而行者可堪比擬）。普里阿普斯是小亞細亞 Lampsacus 人，以縱慾出名，其母爲他容顏醜陋及畸形的下體而感羞恥（弗里曼指壁畫上即現在大家所見的普里阿普斯有「英偉之氣」，是其「淫名」遠播後藝術家美化之的後果），但普里阿普斯大受當地女性歡迎，以致不久後該市妒恨交織的男性聯合起來把他放逐至羅馬；奇怪的是他離去之後，當地男性集體染上性病，而能治病者惟普里阿普斯，因此，Lampsacus 人把他請回來，他們果然不藥而癒，爲了感恩，該市市議會把他尊爲花園與草藥之神，後來普里阿普斯重回羅馬，「亦因其『那話兒』與眾不同而大受歡迎」，並且成爲財富保護者……。

*

先民崇拜陽具，還反映在幾乎所有創教者的「那話兒」都碩大無朋上。印度神濕婆騎於牛背，其勃起的「那話兒」上達肚臍；佛祖的則伸縮自如，「伸」時有如馬「鞭」；《舊約》沒有這類記載，因爲希伯來人認爲神「非肉身」，因此並無任何器官；穆罕默德的「那話兒」是否足以與「祂」的同輩一比短長，本書則未見記載。

傳說九世紀時出現過一位女扮男裝的教宗（約翰七世，亦稱 Pope Joan，英國人，死於難產），爲防範「歷史重演」，加上《舊約》指明「凡睪丸被毀或生殖器（male member）被閹割者不得進入神殿」，因此被立爲教宗者均須由一名紅衣主教「驗明正身」（神父亦要經驗身手續，由何人執行則未見說明），其法是準教宗坐於一椅面有小洞的「便椅」（dung chair）之上，負此重任的主教從下面觀察……。這種方法相信因「醫學日益進步」而作廢；不過，在古時候，這的確是辨男識女的有效辨法（註）。

*

十九世紀醫家一致認爲兒童天眞無邪、不通性事，即使到了今天，醫學界對此問題仍眾說紛紜，哪知「人小鬼大」是常規，歷史文獻顯示，年紀小小的兒童對性徵已有興趣。法王路易十三（1601-1643，1610-1643 在位，以他爲招牌的白蘭地，酒國無人不識）的政績遠遠不及他的兒子「太陽王」路易十四（高跟鞋經他大力推廣而發揚光大），小時無心向學但極富好奇心；御醫 Heroard 的日記記一歲的路易十三「要所有的人吻他的小鳥（cock）」，三歲時有勃起之象，勃起時便對他的女教師說：「你看我的小鳥能升能降，有如吊橋（drawbridge）。」路易生於有護城河的皇宮，因有此貼切的譬喻，妙不可言；他甚至當著廷臣之前稟告父王：「爸爸，我的小鳥有時有骨有時無骨！」「令亨利四世十分尷尬幾至無地自容」。史家指出這是十七世紀兒童生活的最忠實紀錄，若非御醫「有一說一」記述內廷所見，日後弗洛依德研究兒童性生活便會困難得多了。

*

「那話兒」受人膜拜的崇高地位，至聖母瑪麗亞不必和它接觸而生耶穌，才從高峰回瀉，因爲人類可以無性繁殖，傳宗接代的事已非非君莫屬，用弗里曼的話是，基督教令「那話兒」從神物淪爲「摩鬼之根」（*the demon rod*，第一章篇名），奇妙的是，在十三世紀，那些曾被魔鬼（神祕男性）強姦（或和姦）的女人，因爲見識過其「奇形怪狀」的「那話兒」而成爲巫婆，一律被處死（斬首或火刑）；義大利文藝復興（十四至十六世紀）時期興起對「那話兒」的研究（最有名的也許是達文西的解剖和素描，他畫〈蒙娜麗莎的微笑〉前後在這方面用功甚勤），可視爲破除迷信的舉措，經過「科學分析」之後，時人才知道「那話兒」不過是男性人人有的「再生產工具」（instrument of reproduction）。被還以本來面目後，「那話兒」繼續發揮「再生產」功能，人類從數億而至今天的數十億，它眞是功不可沒！

*

十六世紀歐洲探（冒）險家在非洲發現「新大陸」，引致不久後歐洲帝國主義者在非洲的殖民活動；白種人（Caucasian）在非洲所獲財富無數，但有一事令他們感到沮喪，那是他們發現非洲黑人「那話兒」粗且長；不少性學家作過多次「驗證」、多方比較，均確認黑人有過人之長；不過，詳細數字這裡便不引述了（見 *The Measuring Stick* 一章）。和誣說女性胸大腦小一樣（女性當然不相信，不然不會去隆胸），白人指黑人的「那話兒」與他們身體不相稱，是一種負累，又指黑人「那話兒」大腦子小（信者顯然不多，這是何以加長擴大「那話兒」的手術古已有之），白人的情況反是；不但如此，有動物學家甚至認爲黑人因此更像四腳獸（beast）。非常明顯，這種「指控」帶有種族歧視，不談也罷。

*

談「那話兒」自然免不了涉及精液，古人對之另眼相看，並非毫無所本，據說幼發拉底河河水便是人類恩人、天照大神英奇「以手淫創造宇宙、生命」（lifegiving, universecreating masturbations of Enki）的精液溉注而成，有詩爲證：「（Father Enki）Lifted his penis, ejaculated./ filled the Euphrates with flowing waters」，劉錚先生信雅達的譯文是：「……端起那話兒，一直傾泄。／活水湧流，注滿了幼發拉底。」精液既爲孕育生命之源，予以重視十分合理。

精液如此神乎其神，雖與十九世紀的「留精運動」（semen retention movement）沒有直接關係，但它們之間有「隱性聯繫」，幾可斷言。主張「把精液留在體內」的人，深信一八六六年森斯（J. M. Sims）醫生的「研究」——八分之一盎斯精液等於五盎斯鮮血，這和我國道家的看法類似，只是道家沒這麼「科學化」罷了。精液如斯珍貴，男人便不可「胡亂使用」，而這包括性交時射精要有節制。一八七〇年，當時美國的性學權威嘉納醫生（**A. K. Gardner**）建議做愛時「妻子不要有所動作」（**wives to lie still during the act**），以免丈夫流出太多精液而傷害身體；而由於女性是引發男性射精液的「載體」，因此被視爲對男性有害的「危險動物」！

精液在交媾時不可盡出，手淫（**self-pollution**）便等同自殺，當然是不可恕饒的惡行，在一八五〇年前後，教男性們如何「根絕」手淫的「科學論文」數以百計，不過講者煞有介事而聽者藐藐；應該一提的是，現在仍享大名的《無比敵》（編按：台灣譯《白鯨記》）作者梅爾維爾、以《草葉集》傳世的詩人惠特曼，以至無人不識的大文豪馬克．吐溫，俱爲反對「留精運動」的健將！

爲了打消手淫習慣，有醫生還想出斬草除根但讀來令人毛骨悚然的辦法。本書舉了一個典型例子——有醫生犯上不能自制手淫病，被關進瘋人院達七年之久，此病案爲尿泌（台灣稱爲泌尿）科醫生馬歇爾（**J. H. Marshall**）發現，替其治療，累醫無效後，在病人同意下，把他「去勢」（把睪丸割掉），結果病人「重新做人」，雖然「文靜溫順若處子」，但已能重新執業（頁一〇二）。

*

在羅馬時代，奴隸都被閹割，以供紳士們玩樂；荒淫無道的尼祿（Nero, 37-68，54-68 在位），甚至把男童史波魯斯（Sporus）「除根」後讓「他」男扮女相和他結婚，婚禮隆重盛大，既有嫁奩，新娘穿婚紗有伴娘，而且所有大臣、將軍都奉命出席觀禮。寫《古羅馬帝皇傳》（*The Lives of the First Twelve Caesars*）的羅馬政客、傳記名家（失意政壇後爲帝皇作傳）Suetonius（全名

Gaius Suetonius Tranquillus, 75-160）說得妙：「如果尼祿的父親亦娶這樣（不能生育）的新娘，天下太平矣！」

閹割古已有之，唯不知究竟是我國還是古埃及「先進」。羅馬的閹人只供男性宣洩，回教蘇丹後宮已用太監……。閹割的英文 castrate，有說源自希伯來文或梵文，較有趣的解釋來自羅馬的「民間傳說」，據說此字源自拉丁文 castor 即水獺（beaver，海狸），其睪丸是男性「壯陽大補品」，因此二百多萬年前已被人類大量捕殺，雄性水獺被圍時，咬下睪丸擲給（toss）獵戶，希望救回自己一命；而當已「自我去勢」的水獺再被圍捕時，便作「仰泳」，腹部向天，以示「下面沒有了，殺之無用、得之無益」，希望獵人因此高抬貴手。曾在電視上見某地動物園有以「仰泳」取悅遊客的水獺，未知與此古老傳說是否有關？

*

本書提及「柯立芝效應」（The Coolidge Effect，按：（柯立芝 1872-1933，1923-1929 任美國總統），令人聯想起目前在國內流行一些有關領導人的笑話，其中一則刊於今年八月號《信報月刊》，作者爲留美學人蔡元豐，笑話如下：「……二〇〇〇年訪美之行××和夫人也在其中。××伉儷參觀的是養豬場。豬場老闆介紹說，他養的公豬一般每年都可交配一百八十次。夫人碰了××的手：『看看人家！』××裝作沒聽見。走了一段，老闆吹噓他們面前新來的種豬每年能交配三百六十五次之多。夫人又碰了碰××的手，正欲開口，××舉手問老闆：『那麼，一隻公豬每次都是跟同一母豬配呢，還是與不同的母豬配呢？』『當然是不同的母豬嘍！』××回過頭去對夫人說：『看看人家！』」

這則笑話的「政治含意」，蔡文已有剖析，筆者想指出的是，此笑話的「始祖」顯然是「柯立芝效應」。據《卓然而立》的描述，柯立芝夫婦前往農場參觀，抵達後夫婦分頭「視察」。總統夫人經過雞場時不由自主地見雞隻交媾，問主人：「公雞一天能做多過一次？」主人答：「當然，有時一天十二次！」夫人說：「請把眞相告訴總統先生！」柯立芝知道後，反問：「同一母雞每天十二次？」主人回話：「不，每次不同母雞。」柯立芝說：「別忘記把事實告訴總統夫人！」（頁二一八）。

*

有關「那話兒」的記述，相信我國更多，尤以道家的著述爲甚，可恨《卓然而立》無隻字提及，不過那也許是這類書籍缺乏可讀性高的英譯所致。本書對印度的《欲經》（*Kamasutra*，本爲兩字，Kama 爲愛神，Sutra 爲評述；亦譯《愛經》）有關「那話兒」的剖析亦視而不見，以筆者之見，料亦爲譯文令人生疑以致作者不敢引述之故。由於本書並無序言、後記，作者有否故意放棄古代東方性學資料，遂不得而知。

梵文《欲經》大約寫於三世紀（公元二二五年之後），作者 Vatsyayana Mallanaga，英國殖民時期最後一位冒險家（是化裝成女性進入回教聖城麥加的第一位西方人，譯有《天方夜譚》等中東名著二十餘種）、語言學家（通二十多種語言）、外交家、軍人（上校）、劍擊家、道德家及間諜李察・波頓爵士（Sir Richard F. Burton, 1821-1890）於一八八三年譯出（合譯者爲F. F. Arbuthnot），唯波頓以維多利亞價值觀自作詮釋，大事增刪，與原著相去遠甚，誤導蒼生過百年，此書至一九六二年才首度在美國出版（曾再版數次，最後的一次應該在一九九九年六月）。波頓譯文的缺失促使一名芝加哥宗教史教授及哈佛一位印裔世界宗教研究中心資深研究員合作，經數年努力，譯出全新版本，配上若干西方讀者前所未見的圖片，於今年初面世，爲英美書評界一致推崇，頓成暢銷書。新版《欲經》（牛大出版社，二〇〇二年）第一卷第二章（頁二八）把「那話兒」分爲三大類型——「野兔」（hare）、「公牛」（bull）及「（配種的）種牛」（stallion），形象鮮明，不說自明，可補《卓然而立》之不足。

*

《卓然而立》絕非淫書，連色情文學亦說不上，讀本書，若對神學、希臘哲學及神話、羅馬史、宗教史、弗洛依德心理學、人類學以至二十世紀女性主義（書中對男女同性戀有相當深入的分析）沒有一點皮毛的認識，不僅讀不出趣味，還可能因爲太枯燥而讀不下去；弗里曼當過記者，現任自由撰稿人，他通過大量閱讀和研究，把人類對性行爲特別是「那話兒」看法的流變，以史實、民間傳說及科學報告爲本，娓娓道來，絕無半點猥瑣淫褻下流的感覺。把「那話兒」從遮遮掩掩不得見光的地位堂堂正正公諸於世，弗里曼功不可沒！

本書最後一章寫的「威哥時代」，尤具啓發性，作者指出「威而剛」之類藥物的發明，是醫學界褫奪了人類本身控制「那話兒」的能力，亦是泌尿專家令臨床心理學家失去治療「不舉」（erectile dysfunction）專利的醫學成就；弗里曼還對「勃起工業」（erection industry）的藥物研究及其股票波幅有頗詳盡的記述。

這是本題材嚴肅筆觸輕鬆且時帶幽默的「良書」，筆者估計不久後有人會據此拍攝紀錄片；這類著作直譯爲中文，可讀性有限，若意譯須有高手，可惜高手也許「不屑」改寫這種題材的書！

二〇〇二年十月十八日及二十五日

註：二〇〇四年五月校閱本書時，見 Julie Horan 的《瓷神》（*The Porcelain God*）亦記此事，不過，作者指創「驗明正身」者爲俄羅斯的彼得大帝，他聽聞 Pope Joan 的故事後，在宮廷由彼得親自驗 Pope Buturin 的下體。

從阿拉伯譯名到留鬚剃鬚

「九・一一慘劇」發生後，無論在電子或印刷媒體，我們接觸的阿拉伯名字愈來愈多，細心的人的確愈看愈糊塗，比方說，賓拉登（丹）的英文名字便有兩種「正式」的譯法 Osama 和 Usama，其他阿拉伯名字的英譯更莫衷一是，究竟是怎麼一回事？

首先我們要了解阿拉伯文有二十八個字母，英文字母只有二十六個，阿文轉化爲英文時，已有「先天不足」的缺陷；其次是翻譯有照字音直譯（Transliteration）和拉丁化（Romanization）兩種方法，在沒有官方認可哪種方法的規定之下（作出硬性規定的國家似乎不多，中國是其一，它規定音譯漢字以拉丁化的拼音方案爲準，因此北京是 Beijing 而非 Peking），政府、學界和傳媒便各有主張，譯名因此頗爲紊亂，奧森瑪和烏森瑪，不過是個近例而已。

根據字音直譯，賓拉登的英文名爲 Usama ibn Ladin，由於 ibn 太不像英文，因此便寫爲與海灣地區方言同音的 bin；流行於波斯灣的阿拉伯方言中，bin 是「某人的兒子」（son of）之意，但在其他地區，「某人的兒子」的發音則爲 ibn；換句話說，Usama bin Ladin 是奧／烏森瑪爲拉登之子，拉登之子當然便是奧／烏森瑪；奧／烏森瑪如有多子，他們怎樣起名，便非筆者所知了。

*

八〇年代中期利比亞強人卡扎菲（編按：台灣譯「格達費」）因與美國對幹而「大紅大紫」，他的英文名字在西方傳媒則變幻莫測，常見的便有 Gadafii / Gaddafi / Gathafi / Kadafi / Kaddafi / Khadafy，非語言專家都讀爲「卡達菲」，語言學家的讀音當然略有不同；在卡扎菲的英文譯法百花齊放的當兒，主人翁寫了一封信給美國學童和一名牧師（這是他的公關活動的一個環節），在阿拉伯文簽名之下寫了一個拉丁化的 Moammar Gadhafi，至此，卡扎菲的英文名才定於一尊。

*

阿拉伯名譯成英文的「隨意性」，可從約旦故王 King Hussain 和伊拉克獨夫 Saddam Hussein 看出，他們的阿拉伯文是完全相同的，英文故意有一字母之差以區別之；最妙當然是他們的中文名，前者一般譯爲胡辛（編按：台灣譯「胡笙」），後者則是侯賽因（編按：台灣譯「海珊」）。不懂英文的人一定以爲他的名字互異；沒有看過阿拉伯文專家解釋的人，當然不知道他們根本同名。

*

「鴨都」（**Abdul**。編按：台灣譯「阿布都」）是最常見的阿拉伯名字，其意爲奴隸、僕役，此字是阿拉伯文 **Abdal** 的拉丁化譯法，因此「鴨都拉」（**Abdullal**。編按：台灣譯「阿布都拉」）之意爲「神的僕人」；另一經常可見的是阿拉伯名爲 **Abdul Rahman** 或 **Adb al-Rahman**，意爲「仁慈（上主）的僕人」。

*

電影《沙漠梟雄》（*Lawrance of Arabia*。編按：台灣譯《阿拉伯的勞倫斯》）的梟雄 **T. E. Lawrance** 著有 *Seven Pillars of Wisdom* 一書，其序言中解釋了何以書中的阿拉伯人名及地名經常前後不連貫的原因。首先是，阿拉伯文的發音可以譯爲不同的英文（如賓拉登的凱達組織可譯爲 **al Qaeda** 或 **al Qaida**，上舉的胡辛與侯賽因亦然），這顯示了英文的「靈活性」；其次是，各地方言、土語發言略有不同，除了一些著名人物和地方已有約定俗成的英文名，其餘「自便」。

阿拉伯名的拉丁化令出版勞倫斯大作的出版社的校對大感頭痛，爲此出版社負責人寫信和他討論——勞倫斯回答了所有的「錯譯」，結論是他「錯得有理」，而理由已如上述。

＊

英國人統治阿富汗時，板球成爲時髦運動，由於這項英國人發明的遊戲，運動員著白衫白褲，一度爲終日白袍的阿富汗人認同；可是，塔利班掌權後，下令禁止運動員著白色球服，一定要穿寬大的「民族服裝」（Shalwar）上陣比賽，運動員亦不准剃鬚，儀容與打球無關，但大袖闊袍的「球衣」顯然會影響成績；由於板球已成「國技」，運動員多方爭取後，今年年初才獲准穿白色長袖的上衣及長褲出賽。

無視美機的轟炸，十月十五日阿富汗國家板球隊曾赴巴基斯坦比賽，目的在向世界人民展示「我們是運動員，不是恐怖分子」。

＊

回教徒滿面于思，加上美國前副總統高爾突然「留鬚」，令鬍鬚成爲「熱門話題」。論者對高爾留鬍子的評價是負面的，比如《紐約時報》說他看起來像個「在逃（逃避國稅局追緝）的會計師」；《波士頓環球報》則說他此舉目的在掩蓋他落選後暴飲暴食而臃腫的面頰；只有《今日美國》有隱含一絲幽默的讚詞：「這使高爾看起來輕鬆自在，同時令他能不那麼木口木面（less wooden）。」

「剃鬚」在古代是「大工程」，因此古文明的希臘和羅馬時期，人們都滿面鬍鬚甚至長髯垂胸（我國的古聖賢幾乎都如此），可是，長髯成爲無鬚敵軍最「就手」的「把柄」（handholds），這即是說，鬍鬚很容易爲對手抓住，而一入敵手，「大鬍子」便甚難逃脫……。因此，羅馬將軍下令軍士上陣前「割鬚」；事實上，如果人人長滿鬍子，由於掩蓋了眞面目，在戰場上很難分敵我，便易殺錯同袍，因此「割鬚」上戰場，大有必要。

百多年前寫《有閒階級論》的韋白龍，認爲「留鬚」——當然是天天「修剪」的——是「炫耀性有閒」的一種形式，即使在「鬍刨」花款百陳及「電鬚刨」流行的現在，此說仍甚有說服力；而人類學家指無鬚「青靚白淨」有三大優點——⑴看起來較年輕（嬰孩無鬚）；⑵比較易於表達友善，在鬍鬚覆蓋下微笑有誰知道；⑶在清潔劑如肥皀、洗髮精等未發明或未普及使用前，鬍鬚是病菌淵藪，因此宜去之而後乾淨。去年競選倫敦市長的候選人之一杜森（F. Dobson）留一臉落腮鬍（Whisker），引起不少爭論，有人指出他的大鬍子「帶菌」，有人說他不從眾剃鬚（民意建議他去鬚），顯示了他的獨立精神。杜森最後落選。心理學家則指出女性認爲無鬚的臉孔有稜有角較性感，鬍鬚蓋面則過分陽剛（hypermasculine，陽剛得近乎野蠻？）；此外，女性傾向爲一名有權威性及友善的男性生育後代，而這唯有在一張剃得乾乾淨淨的面上求得。

*

長久以來，看壞經濟前景而有「末日博士」之稱的投資顧問麥嘉華，有一段時間長頭髮、束馬尾，「誓言」港股不跌他不剪髮，後來股市以倍數計上升，此事亦就不了了之；他的「馬尾」是否剪掉已不重要，因爲他已在泰國過半退休的生活。美國亦有類似例子，八〇年代初期眾議員羅利（M. Lowry）「發誓」不刮鬍子，除非雷根總統平衡財政預算，他才「動刀」，但雷根治下財政赤子如滾雪球，而長鬍子的羅利被傳媒稱爲美國的阿拉法特，當年阿拉法特仍是巴游領袖，地位與如今的賓拉登相捋，這種「輿論壓力」迫使羅利食言，剃得光光競選連任，失敗後絕跡政壇。

＊

現存林肯總統的相片，顯示他是個大鬍子，但他於一八六〇年參選時是清癯無鬚，其顧問建議他留落腮鬍（及著硬領恤衫），一名十一歲小女孩寫信請他留鬚，因爲這會使他更好看，「女性會因此請她的丈夫投你一票」。無鬚的林肯當選後才留鬍子。

＊

在一般人想像中，滿面鬍鬚有禦寒作用，但熱帶地區有鬍子的人不在少數，他們顯然不認同這功能，而冷得要命的阿拉斯加，其土著愛斯基摩人卻長不出鬍鬚，這大概與營養有關，最需要毛髮蓋面禦寒的人竟赤面無毛，造物弄人，莫此爲甚！

二〇〇一年十一月二日

馬克・吐溫「出門找三元」

我們現在可說生活在百分比的時代。對官員工作能力的認同與否，通過民意調查的百分比表達；港人性愛能耐的進退，亦可從對房事調查的百分比得之；至於經濟成長或衰退，又有甚麼比百分比來得更直截了當。

可是，大家看到的只是整數，它的後面還有許多「小數」，而它們十分重要，比如第四季GDP負百分之一，在電腦程式的複雜計算中，那極可能是負百分之一點二或一點三，當局爲了「唱好」，遂說負百分之一——比實際數字少了百分之二十至百分之三十！若電腦程式計算出來的數字爲負百分之零八或以下的數字，只要當局認爲「看壞」有利政策的推展——比如迫公務員減薪（？），便說是負百分之一。換句話說，這類百分比的隨機性很重，由於政府隨心所欲操縱，因而只能說與經濟現實有蛛絲馬跡可尋的關係，絕對不是百分之百地反映實際情況。

對於這類「齊頭數」的百分比，大文豪馬克・吐溫（1935-1910）可能是始作俑者，在其自傳*The Autobiography of Mark Twain*（Perennial Classics，一九一七年初版，現在仍不斷翻版）開篇便說他生於一個一共有一百人的小農村，他的來到人間，爲該村增加了百分之一的人口。以吐溫嬉笑怒罵的文風，筆者揣想他這個百分之一是「塑造」出來的，因爲那個小村不可能是「齊頭」一百人！這既可能是文人的「誇張」說法，亦可能在和數學家與經濟學家開玩笑。

相信現在沒有多少人對馬克・吐溫這位十九世紀美國現實主義文學代表作家、有「現代美國小說之父」之稱的小說家有興趣了，讀《湯姆歷險記》（*Adventures of Tom Sawyer* 的台灣譯名）和《哈克貝里・費恩歷險記》（*Adventures of Huckleberry Finn* 的國內譯名）的人固然日少，同名電影似乎亦沒有DVD，馬克・吐溫遂沒沒無聞了。

*

馬克・吐溫開一代風氣，爲立國後深受英國文學影響的美國文學，開出一條至今不衰的「金光大道」（這與克拉克〔J. B. Clark, 1847-1938〕開創有美國特色的經濟學一樣；現在每兩年頒授一批沒有獎金的克拉克獎便是紀念他對「美國經濟學」的貢獻）。不過，馬克・吐溫現在少人聞問，並不重要，筆者最近重新翻閱他的自傳，仍然看得津津有味——他是否當紅對筆者來說並不重要。

當筆者幾乎天天在報上讀到多如牛毛的百分比數字並看出其中的荒謬性時，便想起「小時候」讀過的這本自傳，可惜一如大多數時候，書欲用時方不見，經過數月間歇性的搜尋，終於在近天花板的書架上找到這本殘舊不堪的平裝書，信手翻閱，不少有趣的記憶一一重現。筆者讀此書時「瑩光筆」尚未普及（仍未發明？），加以此書的「索引」粗枝大葉，要找回記憶中可資一記的篇幅便非常費勁。不過，幾晚睡前閒讀，終於有「我找到了」的感覺。

*

馬克・吐溫曾爲唐人打抱不平而被報社老闆「炒魷魚」的事——這是吐溫一生中唯一一次被「炒」——就筆者所知，近百年來中國「讀書界」似未曾提及，該書一五五至一五八頁詳細記述此事本末。

吐溫出道不久，在三藩市社區小報 ***Morning Call*** 當記者，由於人手嚴重不足，他的工作因此十分繁重，早上九時，吐溫通常要到警署「採訪」，當時幾乎天天發生的新聞是愛爾蘭人和愛爾蘭人、中國人和中國人之間的紛爭，有時甚至羣毆（中國人在街頭巷尾、愛爾蘭人在酒吧），吐溫去警署看報案紀錄，有時再去訪問當事人，然後寫成新聞。至於晚上，他則要「訪問」五、六家電影院，每家停留五、六分鐘，了解當晚上演的戲的「本事」，然後寫成「娛樂新聞」。百餘年前地方小報的記者生涯，大概便是如此。

一個週日下午，吐溫看見一羣愛爾蘭流氓光天化日在街上追逐痛毆一個揹負一袋衣物的中國洗衣工人（是洗衣店老闆亦說不定），在現場，一名白人警察（也許是愛爾蘭人的老鄉）袖手旁觀，並無「維持治安」的打算。吐溫把所見所聞寫成新聞，對這名中國人寄以同情，並譴責警方沒有盡保護市民之責，對白種暴徒的兇殘更十分反感、大加撻伐。對於這段有血有肉的新聞（和「採訪」警署及戲院完全不同），吐溫非常重視，寫得特別用心。

可惜報社老闆不敢刊登，因爲，「若得罪愛爾蘭人，我的報紙會在一個月內關門，愛爾蘭人是報紙的支柱（讀者和廣告），他們仇視中國人！」吐溫據理力爭無效，老闆認爲留用他遲早出麻煩，便把他辭退。這段中國人被侮辱欺負的新聞亦從未見報，而吐溫這次見義勇爲不惜失掉差事的事，似乎從未引起國人的注意。

馬克‧吐溫並無片言隻字寫他這樣做是爲了公義、正義感、打抱不平或同情少數族羣，他只用他獨特的口語化幽默筆觸交代事件經過，令人清楚了解「開荒時期」美國白種人歧視有色人種的醜態。從這件小事，筆者相信馬克‧吐溫後來寫出多本洋溢著人性與溫情的小說（如上述的兩本），並非矯揉造作，而與他的性格有關！

*

馬克‧吐溫對投資笑中有淚的「雋語」，筆者曾數度提及的有「一、二、三、四、六、八、九、十、十一、十二月不宜投機，至於五月和七月亦不行」，沒有一個月適宜投機，正是他在投機上一敗塗地以致曾經破產的慘痛經驗教訓。吐溫的另一句投資名言是：「人的一生中有兩段時期不宜投機，一是他有錢，一是沒有錢。」（There are two times in a man's life when he should not speculate: when he can't afford it & when he can.）

在他的自傳裡，馬克‧吐溫以輕鬆的語氣、輕描淡寫簡直是若無其事的筆觸寫出他的投資「痛史」，他不僅隨便一擲千金入股一些「投資計劃」，購買不少「創新發明專利權」，即使在和出版商簽署的出版合約上，他亦粗枝大葉、不拘「小字」，結果是任由出版商魚肉，他在自傳中說

「現在回想起來，我眞不知道一個成年人會如此簡單和天眞」。吐溫剛好生活在工業革命後科技發明熱潮的年代，當年的情形，和一九九九—二〇〇〇年的科技網路潮相彷彿，只是現在的股市已非常成熟——股民則依然動不動就「非理性亢奮」（心智非常簡單有時甚且無知）——「新發明」通過股市集資，投機風險分散，在百年前，未有業務沒有盈利的「新意念」不能上市，他們的主人只能向有錢人「招股」，以寫書及演講而財源廣進及對財富毫無概念遑論認識的馬克・吐溫，遂成爲推銷對象（有關馬克・吐溫投資「新科技」的「痛史」〔其實是笑話連篇〕，日後談這類題材時再寫）。

*

現在歐美傳媒的 syndicated 文章（辛迪加，即同一文章同時在多份報章發表），原來是馬克・吐溫和他的友人史雲頓（W. Swinton）於一八六四或一八六六年（他也記不清楚）所創。對於史雲頓的描述，眞是非常有趣，簡直是痛快淋漓呼之欲出（筆者奉勸父母們買一本送給兒女——也許他們自己——閒讀），其中有一妙事，不可不記。話說有一天，這兩名新進作家囊空如洗（他們的稿費收入本來不錯，但史雲頓這個蘇格蘭人飲了太多蘇格蘭威士忌——吐溫認爲蘇格蘭人有權這樣做——令他們的財政經常捉襟見肘），分頭出門籌錢，史雲頓說三元已足；爲甚麼三元，吐溫莫名其妙，但亦「出門找三元」，如何找法？史雲頓說上主自有安排，於是他們分頭出動，聽天由命……。吐溫茫無頭緒，最後走進一家「五星」酒店大堂稍息，當他坐下不久，一隻溫馴的狗隻（可能是會帶引賊人入屋的 Labrador）朝他走來，以非常友善的目光望著他，吐溫以同樣的目光回應，於是人狗成爲朋友。便在人狗玩在一起的時候，當年的英雄人物，已退役的米爾斯准將走過來，對此狗大加讚賞，「愛不釋手」，問吐溫：「閣下有可能割愛把牠讓給我嗎？」准將願出五十元，但吐溫堅持只要三元，結果以此數成交；准將心滿意足牽狗上樓（他在酒店有一辦公室）。數分鐘後，一位中年紳士走進酒店，以焦慮的目光找甚麼似的，吐溫和他搭訕，知道他是那隻已被他賣出狗隻的原主，非常歉疚，說他可以替他找回牠，狗主喜不自勝，問他要多少酬勞，吐溫說三元，狗主說願意出十元，雙方推讓一番後，卒以三元「成交」。吐溫於是上樓找到那位將軍，他和牠已有「相依爲命」之態，經過一番妙不可言的交涉後，最後物歸原主，他的籌款計劃亦順利完成。吐溫的頑童歷險記系列中充滿這類令人色然而喜、欣然忘食的小故事，如今好萊塢電影中的不少類似「橋段」，原創者正是吐溫！

*

大概筆者少讀這類書籍，覺得吐溫平平淡淡、易讀可讀、充滿似懂非懂的俚語土話而又令讀者開懷的筆調，眞的令人倒絕、「笑到氣咳」。這段小插曲（二〇一至二〇六頁），起碼令筆者開心了整整一天，當晚便把它送給小輩「同樂」了。

二〇〇一年十二月七日

校對如掃秋葉

校對如秋掃落葉，不但無法掃淨，而且愈掃愈多；不過，這種譬喻是藝術非科學的，因爲認眞地、不懈地掃，肯定會掃得一乾二淨——樹葉亦有落盡的一天！校對其實便是如此，這是沒有錯字的書籍報刊亦在多有原因。然而，認爲校對無足輕重的出版物畢竟不在少數，我們因此經常讀到俯拾即是錯字白字的印刷品。

十二月十四日《明報新聞網》有則題爲〈廣東陽江盜版書氣昏老師〉的新聞。說有位退休教師晚飯後翻閱生日禮物《通史全篇》，因屬盜版，「品質低下，字跡模糊」，而與盜版無關的是「錯漏百出，每一頁都至少可發現近百處錯誤」，如「伏羲」成爲「伏蠡」，《呂氏春秋》成爲《古氏春秋》，有一段甚且錯得原義不知所云：「力求適當備備界人士的研讀爲要，內容豐富生動，體例科學嚴包，具有較高的步弘價値、文化價價、研究價位……。」該老師「剛看了幾頁，突然站起來並狠狠地把書往地上一擲；不知是用力過猛還是過於激動，竟昏迷過去」。幸好及時搶救，才悠悠轉醒。教錯字氣昏，相信是古之所無今亦罕見的事例吧。有一點要注意的是，錯誤百出爲原版之過而非盜版之失——原版若無錯漏，「搬字過紙」的盜版又怎會出錯；換句話說，認眞的人讀原版，亦會給氣（笑）個半死的。

*

錯字白字的出現，在進入高科技年代，更有惡化之象，因爲「禍源」有所增加；在過去，錯、白只有兩種可能，一是作者寫錯，一是排字工友或電腦打字員出錯，這些本來都可由校對（通常有一校、二校再經編者校閱的過程）剔出、改正（或與作者商量或請教老總或查辭書），其把關的地位重要，不言而喻，可是不知何故，校對通常薪低位微，似乎任何識字的人都可勝任（因此供過於求，薪金下降），結果在「氣昏老師」之前，作者已給弄得啼笑皆非。

職業筆耕者對錯字司空見慣、習以爲常，以本欄爲例，幾乎每天都有若干錯漏，近例（十四日）便有「無功」成爲「爲功」，這大概是「字跡不清」加上校對者粗心大意及看大版編者看走了眼之失；不過，這類出錯讀者可能「失察」，即使意之所及，亦會「自動改正」，因而「無傷大雅」、「不傷文意」，筆者亦懶得更正。

*

國內的《書城》月刊十一月號轉刊拙作〈衛生部應馬上成立「廁所管理局」〉（希望甫上任便抓廁所的桂林市長讀過這篇短文），並無明顯錯漏，卻有一處錯得莫名其妙，《林行止作品集》變成《林行止傷口集》，「作品」成「傷口」，若是字跡潦草，錯得有理，因爲簡體字的「傷」與「作」（繁簡體同）近似，而「口」與「品」「差不多」，但這是打字稿，未免錯得離譜！何以有這種錯法，筆者百思不解。

順便一提，國內報刊較前大爲開通開放，雖然禁區仍多，但多份刊物刊出拙作，顯見已網開一面。不過，和書籍比起來，報刊未免仍太保守，海耶克的巨構中譯本能夠在國內出版，報刊編者仍在摸石過河。據說理論性書籍讀者不多，且他們辨識力較高，有免疫能力，因此審查書籍的意識尺度較寬；報刊讀者是老百姓，不辨良莠，易受影響，因此一切從嚴。

*

台北「好讀出版社」的《百年經典名著》，幾乎每頁都有錯字（說有一些不明所以的字夾雜其中較恰當）；所以會錯字連連，除了作者粗心大意、出版社根本不校對外，還有「新科技」因素。該書述及《齊瓦哥醫生》作者巴斯特納克獲諾貝爾文學獎時政府的反應：「這件事激怒蘇聯政府，宣稱要將他驅逐，書連作家協會……。」甚麼是「書連」，想了半天，終於「頓悟」，「書連」顯然是蘇聯之誤，相信作（譯）者是以羅馬拼音打字寫作，電腦出現蘇聯音近字「書連」，可惜作者只顧鍵盤不看螢幕，更重要的是稿成後，作者看都沒有看——完稿後當然更沒有「潤飾」——便把書稿「電郵」給出版社的電腦，後者「尊重作者」，沒有校對，一字不易地印出，遂有此誤。如果出版社要經打字工序，多少都要校對，「書連」便有機會被更正。本書其他因拼音出錯的錯字還有「叢（從）一個死靈（魂）魂（靈）」、「邀他出習（席）舞會」、「收道（到）瑪莎的信」及「並已（以）中校的位階退伍」（括號內是正字），等等等等，不一而足，眞的滿目瘡痍，慘不忍睹。不過，筆者並沒有給「氣昏」，反覺娛樂性豐富，雖不至於大樂，卻有「不亦快哉」之感。電郵省卻打字麻煩，可惜作者態度輕率，出版社目的在趕快出書，也許把精神和財力都花在封面設計上，以致疏忽內文校正，遂有這些令嚴肅讀者痛不欲生之錯。

以羅馬拼音打字者應引以爲戒。

*

一向以爲，錯字白字因大意而起，當然「學養不足」、「識字無多」亦爲重要因素；不過，一本德國漢學家編撰的辭典之錯，卻令人「不知所措」——筆者多年前便發現其錯得「過分」，現在寫「錯字」，找出來與大家共享。

該德國學者 Wolfram Eberhard，著名的美國加州柏克萊大學教授，其名著《中國歷史》（*A History of China*），筆者未曾拜閱，唯一九七七年已出「第四版」，可見見重於士林。作者對中國和中文的認識，應無問題，不然其有關中國的著作何能「四版」？

Eberhard 教授編撰的 *A Dictionary of Chinese Symbols*（Routlege & Kegan Paul, 1986）搜羅了不少淺學如筆者前所未見的圖案、符號、物事（可惜兼收並蓄選擇並不嚴謹），算得上是「趣味讀物」；可是，把 Courtyard 譯爲廳，把 Crab 譯爲蝦，便是捧腹之譯。把「通天」的天井、院子譯成有瓦遮頭的廳，雖應厚非，卻亦情有可原；但把蟹這樣簡單的名詞亦弄錯，便該打屁股了，令人更為詫異的是，本辭典每條「題目」均請華裔名書法家書寫，該書法家不可能不知道蟹非蝦，卻照「譯」無誤，令人氣結。

值得一提的是，該編者不知從哪裡聽來一些怪異的解釋，比如說「枝井釣玉蝦（Crab）」、「蝦（蟹）乾是春藥」等等，皆筆者聞之未聞的新鮮事；其對廳的解釋亦奇哉怪也（有興趣的讀者不妨找放大鏡看原文）。這位漢學家，眞異人也。

二〇〇一年十二月二十一日

船來船去講享受

英國海外公務員薪厚津優，有悠久歷史，在大英殖民地遍布世界有「日不落國」之稱的年代，在「自由貿易」的體系中，大部份殖民地都是英國的「創匯中心」，倫敦因此有財力支付高薪給赴海外殖民政府服務的官員，而這類公務員亦養成了養尊處優的陋習，英國政府對此睜一隻眼閉一隻眼，因爲這既是「誘因」，亦是展示英國人較被統治人民「高級」的庸俗方式。

英文 Posh 一字，便是因爲英國殖民官員赴海外上任乘船必坐頭等艙兼選擇最佳艙位而來。一般辭書如《牛津字典》及《字源字典》（*Dictionary of Word Origin*）均指此字取“Port Outward, Starboard Home”四字第一個字母合成，這句話的意思是「左舷出海右舷回老家」，但其來源，這兩本權威字典俱說不清楚。《牛津字典》雖說此字最初見諸一本一九〇三年出版的小說，唯「來歷不明」（obscure origin），筆者努力「閒讀」，終於在《百無一用資訊辭典》（Don Voorhees: *The Book of Totally Useless Information.* Carol Publishing Group, 1993）中找到「眞相」（由於本書沒有參考書目，不敢肯定此說來源的可靠性，因此爲眞相套上引號）。話說維多利亞時代，英帝國力如日中天，印度是當時英國最富庶的海外殖民地，而英國赴印度只有坐船一途。由於從英國（倫敦或南安普敦）往孟買或加爾各答，路程遙遠，需時迭月，要經西非、南非及東非各大港口才能抵達目的地，而這些地區氣候多屬「濕氣甚重和鬱熱難耐」，在空調未發明的年代，經過這些區域時，風扇亦無法令船艙清爽，打開舷窗（porthole）引進海風，成爲最佳「透氣」的方法。當郵輪駛出英國時，左舷面向陸地，回航時面對陸地的是右舷，而面對陸地不但有風景，且有「清風徐來」之勝，遇惡劣天氣時所受衝擊亦較面對茫茫大海一面輕。因此，官員不論大小，赴外公幹便指定要「左去右回」的船艙，鐵行（P&O）因此在官員的行李上打上P.O.S.H.的印記，慢慢便成爲posh這個代表頭等、一流、漂亮、舒適的常用字！

＊

英國海外公務員享受慣了，落實本土化的結果，是香港本地公務員「有端端發達」，獲「土皇帝」級的超等待遇。在「富裕社會」，納稅人只會嘖嘖稱羨，但在負資產階級日益壯大的年代，民間有反對之聲，便不足爲奇。

特區政府四年多來，「糾正」了不少「英國遺風」，但公務員的優薪厚酬，雖然令有財政赤字的政府吃不消，由於有《基本法》的保證，要「向下調整」便須費一番額外工夫了。不過，在住屋方面，「改革」則不會太困難，因爲過去英國派來殖民地的封疆大吏，代表皇室，因此須有足以表徵皇家威嚴、高高在上、「生人勿近」的官邸，現在這種高人數等的享受便顯得不合時宜，相信會隨政權性質的改變而慢慢消失。

*

財政司司長梁錦松前天在一個公開場合提及徵收所得稅的始作俑者是「英國的 William Pitt the Younger」，成爲筆者談談小畢特（1759-1806）的「觸機」。首先應該一提的是，小畢特的父親爲「漆咸（從香港街名譯法）伯爵一世」，史稱 Pitt the Elder，其爵位傳長子約翰，二子便是小畢特。筆者不知道 Elder 及 Younger 是否等於 Senior 和 Junior，若是，是否英美稱謂有別抑或前者已爲後者取代？不明白的物事隨年歲日增而增，良可歎也。

小畢特是英史上開創新局的大政治家，於一七八三年至一八〇一年共當了十八年的首相，辭職後於一八〇四年復任，死於任上的一八〇六年（據說因爲工作過勞經常酗酒而早逝），這樣一位人物，以英國人之「擅文」，有關記載之多，不勝枚舉。筆者只能擇要而寫。第一，小畢特是亞當．史密斯的崇拜者，是第一位把《原富》闡揚的經濟理論落實於實際政策的政治家。「放任自由」成爲英國國策，史密斯當然應記首功，但將之落實，讓世人享受其促進經濟與自由的好處，正是小畢特！

第二，一如財政司司長所言，英國國會通過小畢特倡議的《一七九九年大英法令》（*Great Britain of the Act of 1799*），英國遂成爲世界上第一個徵收所得稅的國家，當時之所以有此需要，皆因英、法大打出手（所謂「拿破崙戰爭」）需款孔殷之故，戰事結束後，所得稅便被國會否決掉，據說否決案獲通過時，「議員歡喜若狂，國會歡聲雷動！」因籌措戰費開徵所得稅、到戰事平息而取消的例子，還有美國——一八六二年因內戰而徵稅，戰事結束後於一八七二年取消，顯而易見，因戰爭引致的「財政赤字」不是「結構性」的，因此戰後便無此需要。

*

政府開支日大，爲了開闢稅源，簡單、方便、有效的所得稅很快成爲英國政府不可分割的稅項；美國亦是如此，一八九四年政府通過法令重新徵收所得稅，卻爲高院否決，因爲這種直接稅不是對所有人一視同仁，有違憲法人人平等之義，直至一九一三年修憲（第六修憲案）才准許政府這樣做。所得稅現在已成爲有完善稅制國家的重要稅源。

有趣的是，一八九九年出版（筆者的那一套再版於一九二六年）的《政治經濟學辭典》（一套三冊）有「小畢特」條，對其功業有簡明的紀錄，但一九八七年據此發展出來的《新保爾格萊夫經濟學辭典》（一套四冊），「小畢特」已失蹤。

二〇〇二年一月十一日

納許至美心境

沒想到閒讀竟有意外收穫。二〇〇二年一月號《萬象》有題爲〈蘇格蘭姑奶奶白霞〉一文，寫在「文革」後「改革開放初露端倪之際」應邀進入中國外文局《外國文學》機構工作的蘇格蘭人白霞（Patricia Wilson）在北京工作與生活的片段。作者黃宗江交遊廣闊，文筆洗練，寫來極爲生動。有關白霞種切，雖然很是有趣，其個性亦躍然紙上，但她並非「經濟圈中人」，這裡便不引述了。

令筆者拍案驚奇的是白霞在北京與德籍同事結、離後，因在蘇格蘭的母親年邁多病，遂攜子回國「以便服侍老少」，她本已不打算愛上任何人，有意在兒子自立之後再回中國工作，哪知命運不由自己安排。一九九五年白霞在劍橋大學管理學院當研究員，在這裡巧遇因「共同生活了三十三年的妻子突然病逝，情何以堪，爲了轉換環境，一九九五年離開牛津，來劍大任教」的詹姆斯・莫里斯（J. A. Mirrless, 1936-）；白霞與莫里斯的交往，黃文著墨不多，但他們顯然不是一見鍾情。莫里斯於一九九六年十月十日和維克里（W. S. Vickrey, 1914-1996）分享諾貝爾經濟學獎（見一九九六年十月十一日本欄〈提高誘因公開資訊——增加福利社會受惠〉一文，收在台北遠景出版社《粉墨登場》一書），英國皇室「跟紅頂白（錦上添花）」，於獲諾貝爾獎後不久冊封他爲爵士。據黃文說，莫里斯獲諾貝爾獎的消息傳出後，白霞直接問他：「你眞的得諾貝爾獎嗎？」「她完全坦率，完全自然，轉年，男老鄉求婚。」女的顯然沒有一口應承，因此至二〇〇一年五月中旬她才成爲爵士夫人。沒想到莫里斯這位「不對稱訊息理論」（Theory of Asymmetric Information）大師在六十五歲再婚，娶的竟是一位性情開朗熱愛中國的「中國通」！

*

《萬象》是非常適合「上年紀的讀書人」（筆者不敢輕易用知識分子這個詞兒）閱讀的月刊，哪知編者竟是三十剛出頭的上海優才。據數天前毛尖女士在《信報》「上海通航」欄所述，方知《萬象》「古已有之」，且曾發表張愛玲的創作；四、五年前「復刊」，今期已是「第四卷第一期」，所刊文章集知識性、趣味性於一物，可讀性極高，是筆者「去經濟化」的最佳讀物，可惜香港書店未之見。

*

十多天前，筆者在偶忘其名的網站上讀到一篇痛斥香菸商人在廣告到處被禁的情形下，再度通過電影電視中演員「口不離菸」以收推廣之效，照文章的語氣看，政府立法不准藝人明星在演出中無端端吸菸，相信是遲早的事。這篇文章引起筆者注意的是，它說到剛剛在美國上演（由於不是大眾化口味的電影，不然香港肯定已有翻版DVD）的《至美心境》（*A Beautiful Mind*，這是筆者向來的譯法；金維宜女士這幾天在《信報》她的專欄中談這齣戲，她用的是香港電影院譯名《有你終生美麗》，筆者不敢苟同，以此名的Beautiful，指的是數學程式簡潔清晰之美而非容貌的美麗！〔編按：台灣譯《美麗境界》〕）中，主角納許（John Nash, 1928.6.13-）年輕、精神分裂症未發作時是個大菸鏟，論者指這是菸草公司的「陰謀」，因爲納許縱使曾吸菸，亦不是上癮的菸蟲，金文說扮演他的明星羅素．克洛「專程訪問過他，但幫助不大，因爲他很多事都忘記了……，像他說他從沒抽過菸，但他的朋友說他曾經抽過菸」。他的菸癮顯然不是很大。

*

筆者正在期待看這部電影，因爲納許一生極富傳奇色彩，他和妻子的感情生活教人感動（有關種切，留待有機會寫「影評」時談），當他領獎後請她上台陪他接受公眾的熱烈祝賀時，熟識他生平的人都會禁不住掉下眼淚。

納許這位「普林斯頓遊魂」的著作，非計量經濟學專業的經濟學家亦覺得高深莫測，筆者對其人其學的了解，均從《紐約時報》經濟記者納塞女士（Sylvia Nasar）那部一九九八年出版的《至美心境》得之；她和普林斯頓退休數學教授H. W. Kuhn合編的一冊二百五十餘頁的《納許精粹》（*The Essential Nash*，普林斯頓，二〇〇二年），內收多位納許的同事和高足解釋其學說的文章，雖說是寫給外行人看的，但亦「生人勿近」，倒是納塞所寫〈納許生平〉一章，仍然那麼清新、明快、可讀。

＊

納許一九九四年和另外兩位博弈論名家柏克萊的夏仙義與波恩大學的施爾登合享諾貝爾獎（見一九九四年十月十二日本欄的〈變數益博弈，通變出人才〉，收在《衍生危機》一書），博弈論頓成顯學。去年秋季，在其高足、現在中文大學任教的唐方方博士陪同下，施爾登教授赴國內多家大學和在香港城市大學講學，筆者曾設薄宴在家款待他和他不良於行的太太；對博弈學筆者可說完全無知，好在施爾登熟讀《至美心境》，令我們有了共同話題。

＊

如果《有你終生美麗》賣座不錯，說明經濟學家的傳奇生平有觀眾，那麼，筆者猜度，最低限度，凱恩斯和熊彼德的生平應有搬上銀幕的機會，因為這兩位偉大經濟學家，除了學術成就至今影響不衰之外，他們的私生活亦多姿多彩，是劇本的好材料。

以凱恩斯來說，他年輕時與倫敦百花里那班知識分子的交遊，便不乏電影情節；而他早年是同性戀者，筆者多年前雖曾瞎子摸象般在有關著作中摸索隱約寫出，但一九九二年多倫多大學經濟學教授莫格列德在《凱恩斯，一個經濟學家的傳記》一書中，把他的同性戀生涯完全暴露。作者從傳主的日記中，梳理出一張和他上過床的男朋友的名單……。後來大出其友人意外，凱恩斯竟和俄國芭蕾舞紅星結婚，婚後雖無所出，但「婚姻生活美滿愉快」，此中當然有很多戲劇性素材。至於熊彼德，他在哈佛課堂上對學生說他平生三願，第一是當出色騎師，第二是做大情人（greatest lover），第三才是當偉大經濟學家（晚年時他說已完成第二、三個志願，「馬兒與我無緣，當不成出色騎師」），筆者在〈紀念熊彼德百年冥壽〉（收在《原富精神》）及〈熊彼德的好太太〉（收在《經濟門楣》）等舊作，對熊彼德的「生活片段」記之甚詳，在在極爲有趣和非常浪漫，俱爲拍電影的上等材料。納許的電影若賣個滿堂紅，有關經濟學家的電影相信便「陸續而來」。

二〇〇二年一月十八日

「世界盃」與「香肉業」

近日國際間大事紛紜，阿富汗戰事未了，美直升機神祕墜毀（估計多半爲塔利班殘餘分子擊落），新政府獅子大開口要求國際社會給予四百五十億美元爲建設基金；以、巴衝突升級，伊朗涉嫌爲巴勒斯坦企圖偷運進口那批軍火的「貨主」，令中東情勢愈趨惡化；印、巴雖然外交活動不絕，但雙方嚴陣以待，戰事一觸即發……。

「大事」太多，不知如何動筆，不如寫些比較輕鬆的「小事」。

*

這幾天大家都看到美軍把非戰俘的塔利班分子押送至古巴的美軍基地，爲何美軍基地會在其死對頭古巴境內？原來在一八九八年爲爭奪古巴的西美戰爭（Spanish-American War），打了五年後西班牙「叫停」，結果把古巴境內的關塔那摩灣（Guantanamo Bay）「租讓」給美國，作爲美軍加煤站及海軍基地。一九三四年，美、古再就此基地簽署新約，讓美軍永久性使用該基地，根據條約，基地內不准開賭或作私人企業用途（美商因此無法將之變成賭城如澳門或自由港如香港）；條約只有在雙方同意（Mutual Agreement）下才能取消，意味它已成爲美國的永久物業。古巴革命成功後，卡斯楚有意取回，但美方不同意而古巴又沒有足夠武力強行收回，因此才會出現「古巴境內美軍基地」的荒謬情況。

*

世界足球賽（「世界盃」）今夏在韓日舉行已是無可變更的事實，但它能否順利無意外地在南韓進行，誰亦不敢肯定；不明朗因素並非來自北韓的恐嚇或日本的阻撓，而是以六〇年代的性感小貓、法國豔星碧姬·芭杜爲「發言人」的防止虐畜組織；她在接受韓國傳媒訪問時，要挾南韓如果不取締「香肉業」，在球賽舉行期內，到處都有示威——甚至可能出現阻止球員和觀眾進場的人牆！

垂垂老去、滿面「橫肉」的芭杜，退休後以參與環保活動和愛護動物的出位言行聞名遐邇，她當然亦成了素食者，總之生活非常健康；不過，「我的讀者」大都知道，數十年前她初出道曾在倫敦餐廳叫一客 bloody steak 而服務生自作主張給她配上一份 fucking potatoes 的「趣事」。當年芭杜是「食肉獸」，退休後緋聞不絕，近男色而遠「肉味」！

芭杜反對「食狗肉」，原因一般，並無創見，比如說狗是寵物而非食物，至於「狗是人類最佳朋友」等等，更屬陳腔濫調，不再囉唆了。不過，筆者對這類小事，興趣特濃，因爲有「去經濟化」（台灣的「去中國化」，眞是神來之詞）的消閒效應，對「食狗肉」的緣起便作一番「求證」。依稀記得那本學術味甚濃但不失趣味性的 *Much Depends on Dinner*（M. Visser, 1986, Grove Press），有數處提及「食狗肉」（美國人之「食狗肉」，是受紅番的「壞影響」），找出一讀（這本書存於溫哥華舍下，請當地友人找管理人入屋找出寄來），果有所得。人類所以對狗情有獨鍾，不願食其肉，是有比芭杜者所說的更深層理由。據人類學家考證，人和狗在遠古時候有過一段頗長的相依爲命的日子，原來狗與公雞同爲家庭「護衛員」，狗見陌生物事（當然包括人）狂吠，公雞則見光（如朝陽，如山火）便啼叫，牠們因此是古代家庭不可或缺的守門員和火災示警器（該書一二一頁）。不少人類不吃狗兒及公雞（公雞的示警功能已大大退化），是有這段少見人說及的「歷史淵源」的。

*

英文的 dog 和 god，僅一字母之對調，英語人不論是否是虔誠基督徒，大多不吃狗肉，不難理解；可是，「不吃」並非絕對，因爲美國有四十四個州（包括紐約州）並無立法禁吃狗肉，理論上，在美國大部份地區開「狗肉店」，警察不會把店主捉將官裡，但難保這店子不會被愛犬者砸個稀巴爛。至於美國人尤其是鄉下人現在是否仍像部份瑞士（part of Switzerland）人般吃狗肉，筆者不得而知，筆者知道的是他們若烹狗而食，並沒犯法，只爲愛狗者所不容，由於愛狗者眾，食狗者遂成爲不受歡迎的少數派。至於在亞洲，狗肉則是「滋補之物」，如果烹調得法，香聞十里，所謂「狗肉滾一滾，神仙企不穩」，因而有「香肉」之別稱。中國人之嗜狗肉，似以廣東一帶爲最，香港在 dog 、 god 難分的英國人治下百餘年，吃狗肉被視爲滔天大罪，但食禁肉與讀禁書，同爲寒夜樂事，是以香港人食狗肉的情況仍禁之不絕。事實上，現在在中國大城小鎮狗肉店星羅棋布，但狗肉在中國的普及性，似不及韓國（因爲食物不足，在北韓更風行），一項統計顯示，去年底南韓共有狗肉餐廳六千餘家，每年宰狗近百萬頭，大概十分之一人民（以成年人計比例當更高）有吃狗肉的習慣。

這些粗略的統計顯示，狗肉在韓國是頗熱門的肉食，如今芭杜一夥竟然說服國際足協（FIFA），向韓國施壓，要求在賽事進行期內取締「狗肉業」。韓國對這種外來壓力十分反感，國會可能在二月立法，通過「吃狗肉合法化法案」，但這樣做「有損國體」，老成持重派遂建議以「人道劏狗法」取代現在無章法也許有點殘酷的殺狗法；而有關業者則計劃在世界盃賽事場外設「香肉檔」，並開設鼓吹「食狗有益論」英文網站，與「反食狗肉派」（anti-dog meat activists）對著幹。後者不是鬧著玩的，但韓國亦非省油的燈，作爲一個驕傲的民族，他們的飲食習慣豈容外人置喙。其實，和所有文明人一樣，韓國亦有寵物狗（pet dog）和食用狗（meat 或 junk dog），亦即港人所說的「菜狗」、「肉狗」之分。寵物狗飼養者愛狗唯恐不及，視之爲己出者頗不乏人；「菜狗」則供人食用，便和豢養豬牛羊雞鵝鴨無異。飼養家畜供人類飽口福，中外古今皆然，養「肉狗」供人烹而食之，有何不妥？有人會說，狗是溫馴的動物，是「人類的忠實朋友」，食其肉太野蠻，但何以挪威人吃馴鹿（reindeer），美國人吃「牛睪丸」（亦稱山蠔〔mountain oyster〕），西班牙人燉貓肉則無人反對？

十四年前漢城主辦奧運時，奧運會說服韓國當局通過禁止出售「不雅食物」（foods deemed unsightly），狗肉店在奧運會期間遂偃旗息鼓，轉入橫街小巷；這種情況，與不久後亞特蘭大奧運會時當局在會期內把數以千計在觀瞻上「不雅」的街頭流浪者暫時收留起來有異曲同工之妙；不過，南韓人現在對「不雅」有新的看法——芭杜認爲不雅的食物，部份韓國人一點也沒有「不雅」的感覺，因此，筆者相信在「世界盃」進行期間，不論韓國是否已發明了「無痛殺狗法」，「香肉照賣」幾可肯定——是否有人光顧，是消費者的自由選擇。

韓國的例子，對二〇〇八年主辦奧運的中國有一定的啓示作用。

二〇〇二年一月二十一日

開開經濟學家的玩笑

網路上有一個以亞當・史密斯側面像爲「版頭」的「有關經濟學和經濟學家笑話」的「園地」，搜集流傳於各大專學府的有關笑話，筆者曾擇若干可以譯（以筆者的能力而言）和相信有普遍性的，譯刊於《信報》，後該批「笑話」收在拙作《一脈相承》中；該書年初連同其他數本拙著在北京出版，編者囑掃秋葉，以備再版改正。爲此翻閱舊作，如下數則「笑話」，讀之仍發微笑，因錄如下，博新讀者一粲。

脫離現實羊犬不分

有人在鄉間路上遇牧者趕羊，對牧羊人說：「我和你打賭，如果我猜中羊羣的數目，得一羊，如猜錯，你得一百元。」

牧者欣然同意。

路人說出一個數目，九百七十三隻，牧者大爲驚奇，因爲這確是羊羣的數目；於是，路人取得他的應得的「獎品」，拜別牧者，揚長而去。

走不了兩步，牧者趕上來，說：「讓我有個扯平的機會——我們再賭一場吧？」

路人馬上同意，問牧者要猜甚麼？

牧者說猜路人的身分，路人無異議。

牧者一猜中的：「你是在官方智囊機構工作的經濟學家！」

路人嚇得面無人色，牧人怎會知道他的職業？

「這還不簡單，」牧者揭開謎團，「因爲你抱走的是牧羊犬而不是綿羊！」

愛因斯坦看經濟學家

科學家愛因斯坦死後升天，大人物駕到，上帝鋪下紅地毯，派三位天使迎於南天門。受此禮遇，愛因斯坦大爲興奮，在赴賓館的路上，滔滔不絕，問A天使：「你的IQ多高？」A天使答道：「二百零一。」愛因斯坦頗爲吃驚，道：「二百零一，我將不愁寂寞，因爲你有資格和我談論相對論。」又問B天使：「你的IQ又有多少？」B天使道：「一百五十。」愛因斯坦說：「那還不錯，我們可煮咖啡論天下事。」最後問C天使：「你又如何？」C天使答道：「七十五！」愛因斯坦想了一想說：「請問閣下對明年財政赤字有何看法？」

經濟學家物以稀為貴

遊客在食人族聚居的島上旅行！

路過一個人腦專賣店，見其櫥窗有如下的價目表——

藝術腦每磅九元；

哲學家腦每磅十二元；

科學家腦每磅十五元；

經濟學家腦每磅二百一十九元。

遊客因此得出經濟學家的腦袋最受食客歡迎的結論，因爲根據簡單的供求律，市場需求殷切，價格才會上漲。

詢之店東，哪知答案完全相反：「經濟學家大多『冇（無）腦』，不知要多少個經濟學家才有一磅腦，物以稀爲貴，經濟學家腦的價格因而較高！」

正確但沒用的結論

甲乙兩人乘氣球升空遨遊，因爲風勢很大，氣球飄得很遠，他們不知身在何方。

他們把氣球下降至離地約二十米，然後大聲問一過路人：「請問我們在甚麼地方？」

路人回答：「你們在氣球裡。」

甲對乙說，此公肯定是經濟學家，因為他的答案正確但一點用處都沒有。路人聽到甲的話，大聲叫道：「那麼閣下必是商人！」

甲乙齊聲說：「你說的沒錯，但你怎麼知道？」

路人說：「你們處於最有利的位置卻不斷抱怨！」

意見紛陳各自表述

法官要開庭審一宗醉酒駕車案，需要一個陪審團，但時間不湊巧，沒有合格人士在場，最後只好請數位剛好來法院作「專家證人」的經濟學家當陪審員。

審訊過程大約十分鐘，非常明顯，被告醉酒駕車，犯了罪。

但陪審團商討了三個小時，仍未達共識；法官等得不耐煩，派執達吏去催促。

一會兒，執達吏回報大老爺：「陪審員各敘己見，仍在辯論誰應作為陪審團主席！」

經濟學家之有為與無為

一名經濟學家到鄉間度假，住在一家小客棧；他和客棧主人的女兒有染。

一年後，他舊地重遊，見她抱一剛出世不久的嬰兒，她說這是他們一夜風流的結晶。

經濟學家說：「你為甚麼不一早通知我，我們可奉子成婚啊！」
嬰兒的母親回答：「我們家裡開會研究之後，決定有一個私生子勝於有一個經濟學家做父親的兒子！」

長期而言一命嗚呼

問：「為甚麼上帝要創造經濟學家？」
答：「令氣象學家好過一點。」
問：「經濟學家所幹何事？」
答：「短期內做很多事，但長期而言一事無成。」

二〇〇二年一月二十五日

波茨納怎樣忙法？

讀波茨納（**R. Posner, 1939-**）在 **Slate.com** 上的週記，方知這位身爲芝加哥大學法學院兼任講師的芝加哥巡迴上訴庭法官十分繁忙，工作可說夜以繼日，無止無休。這位波茨納，是筆者多次在這裡介紹他的著作，特別是那本以經濟學觀點寫成的《性與理性》（*Sex and Reason*，哈佛大學，一九九二）的經濟法學家；他亦曾把癡肥與經濟扯上關係（見二〇〇二年一月九日本欄〈不是開玩笑的癡肥經濟學〉），見人所未見，令人大開眼界。

他的近作《走進民間的知識分子——大眾化知識分子階級的淪落》（*Public Intellectuals: A Study of Decline*，哈佛大學）已在「讀書界」引起廣泛爭論。本書主題與筆者去年五月十六日在這裡發表的〈媒介評論者不必妄自菲薄〉相近，稍後也許會詳評。梁福麟教授一月二十二日以及昨天潘潔在「尋找香港」欄的有關評論，值得參考。

*

波茨納怎樣忙法，請看他的夫子自道——

一月十四日的一週工作大概如下。週一要開庭判案，爲此花了整整十小時撰寫判詞；本週有三堂每課兩小時的法律課「（呈堂）證供學」（Law of Evidence），要備課；必須寫一篇談論國家安全的晚餐會講詞；有關經濟學與國際法的短論要交稿；正在和一位經濟學家合寫兩篇文章，一篇有關總統的特赦權力，一篇論版權法；同時要繼續寫那本《論法律實用主義與民主政治理論》的書，而那部以經濟學觀點分析法律的書（林按，應該是 *Economic Analysis of Law*）要出第六版，必須加上不少新資料並回應第五版出版五年來的批評。他還要做太太分配給他的「家務」，照顧他們那隻未被寵壞的寵貓（a low maintenance pet），此貓相片曾上《紐約客》，成爲「名貓」。除了這些「正事」，波茨納還和法庭書記開了兩、三次會，與大學同仁在餐廳討論「恩隆醜聞」的後遺症……。

「我眞有點忙得透不過氣」。不過，他說他對這些工作都有濃厚興趣，「你們不必可憐我！」

週一所審那宗案子，剛好爲他當了二十年法官審判的「第四千宗」——平均每年審二百件。筆者爲此詢問一名法律界友人，他說以上訴庭法官來說，審這麼多宗案件有可能，但很忙。

我和我的朋友們都以爲自己很忙，但比起波茨納，顯然太清閒了！

＊

一月二十一日筆者在這裡談及古巴境內美軍基地關塔那摩灣，語焉不詳，因掌握的資料有限；其後瀏覽美國海軍網站 U. S. Naval Station，在 Guantanamo 條見如下這些筆者未提及的資料。該基地面積四十五平方哩（一百一十七平方公里），一九二四年美古協約規定美方每年以等值二千美元的黃金，作爲租金，以二〇〇一年的時價計，約爲四千零八十五美元；卡斯楚統治古巴後，美方每年照開支票，拒絕承認此條約的古巴政府收支票後從未提款！

一月二十六日倫敦《經濟學人》的有關報導透露，卡斯楚雖然長期要求美國歸還關塔那摩灣，但現在對該「租借地」被美國用作囚禁涉嫌恐怖分子，則充分合作，該國國防部長（卡斯楚胞弟）聲稱如有囚犯越獄逃進古巴境內，「他們將被捕並遣返該基地」，以示古巴並不是美國指稱「窩藏恐怖分子、支持恐怖活動」的國家；小布希上台後，美古關係有融冰跡象，去年十一月古巴購進約值三千萬美元的美國糧食，這是一九六〇年雙方斷絕關係以來的第一次；卡斯楚顯然有對美國示好以圖美國取消對古巴禁運令的盤算。

＊

布希總統在國情諮文中點出伊朗、伊拉克和北韓是「邪惡軸心」（Axis of Evil），筆者聞到火藥味；而「邪惡軸心」說已引起各國——不論屬於軸心國與否——的強烈反對。

絕大部份政要的演說，都出自捉刀人或捉刀人小組（寫作班子）之手，他們的工作合約都有「保密條款」，即不能對外界透露寫作與參與起草甚麼文章、講詞；唯變回自由身後，曾為某政要捉刀的身分便成為履歷表上的顯要內容，通常來說，總統的捉刀人甚吃香，他們離開白宮後大都幹回寫作的老本行——曾代總統寫文章當然身價（稿酬）十倍。

「邪惡軸心」一詞為各國報刊頭條並被廣泛引用，短短十餘天已有成為日常口語之勢，其被收進「最新英語辭典」，是遲早的事。這個詞兒是否布希衝口而出，當然不是，原來是出自其捉刀人之一的佛隆（D. Frum）之手，這點機密所以外洩——事實上有關人士已馬上否認——是佛隆的妻子為此詞被炒熱，感到作為此詞創造者的「妻子的驕傲」（my wifely pride），在電郵中不具名只署一個D字通知親朋戚友，哪知此電郵被「好事」者傳給「多事」記者，追查之下，方知D為佛隆太太芳名的縮寫。

二○○二年二月八日

美文與英文有別

一月八日筆者在這裡指出布希總統國情諮文中提及的「邪惡軸心」，出自其一位捉刀人（講詞起草人）佛隆（D. Frum）之手，機密所以外洩，是佛隆太太在給親友的電郵中透露；此事的「下文」是佛隆已離開白宮，筆者說他離開，是弄不清他究竟是否眞的一早請辭或在「無形壓力」下不得不求去。

二十六日《華盛頓郵報》和《多倫多環球郵報》同時報導佛隆已離職，CNN「政治內幕」節目主持人說此事「可疑」，因他可能被炒（kicked out），只是佛隆本人較早接受傳媒訪問時說他於一月二十四日呈辭，白宮新聞處亦證實此說無虛，通知一個月後離職，非常正常。

佛隆今年四十一歲，加拿大記者，岳父爲《多倫多太陽報》專欄作家（前總編輯），該報在佛隆太太發電郵前四天的「社論」中，已隱約提及佛隆與「邪惡軸心」的關係；其岳母爲加拿大CBC的著名主持人；他的太太則是報刊的自由撰稿人，眞是傳媒世家。佛隆因此詞必然傳世，他們一家對此詞爲總統採納並馬上成爲常用詞彙而深感得意，引以爲傲，是情理中事。

《多倫多環球郵報》還引述佛隆的話，說他的原文是「憎恨軸心」（axis of hate），「改爲邪惡顯然是總統的主意」。

佛隆「下崗」後未有新職，他計劃赴墨西哥旅行，然後「用眞名寫作」；據佛隆說，此事被傳媒「搞大」後，整個白宮的寫作班子大樂，因爲這既彰顯他們的重要性，亦有「喜劇效果」云云。

順便一提，「軸心」一定用於政治，始於義大利獨夫墨索里尼，他以之形容二戰時的法西斯盟國（德義日）「一條心」，因此十分貼切；北韓、伊朗和伊拉克不但未組成聯合陣線，相互間亦無合作協議，伊朗和伊拉克且互不相容，而北韓遺世獨立，因此，嚴格來說，用「軸心」形容她們不太正確。

*

上綱上線並非「文革」時期極「左」文化打手的專利，美國文人亦優爲之。美國「網路辛加迪」作者蘇勃蘭二月二十六日在他的網站 www.sobran.com 發表一文，題爲〈噢，加拿大！〉，竟指佛隆這個加拿大人別有用心，創造「邪惡軸心」一詞，意在促使美國捲入戰爭，讓加拿大坐收漁利（？）——和他們的英國老表用心如出一轍！

蘇勃蘭又說加拿大萬稅，令加人南遷美國工作，「他們避稅，和我們的女人鬼混（take our women）」，現在「居然使計慫恿我們打仗」。

*

加拿大、美國和英國是三大英語國家，她們的英文各有特色（這裡用英文、美文、加文，是爲方便的權宜說法）；加、美的英文都脫胎自英國英文，但你不能說與英國英文拼法略異、腔調不同便不對，因爲同字異義（如日本漢字之於中文）的情況並未出現。

一個最典型和常見（隨處可見）的例子是「輪胎中心（公司）」——加拿大（起碼英屬哥倫比亞省）是 **Tire Centre**，美國是 **Tire Center**，英國是 **Tyre Centre**。英國最「正統」，加拿大集英美各一字，美國的簡潔、易讀。問曾在溫哥華唸中學的小輩，據說英文老師「無所謂」，美文英文加文只要寫對便不會扣分。

加拿大雖與美國接壤，政治經濟都和美國「合作無間」，文字則可看出它和英國關係更深，比如加文的支票 cheque、水龍頭 tap、麥片 porridge、果醬 jam，與英文完全一樣；這幾個字的美文依次爲 check、faucet、oatmeal、jelly。然而，加文亦有異於英文而與美文相同的，比如汽油 gas、貨車 truck、薯片 potato chips，它們的英文分別是 petrol、lorry、crisps。顯而易見，加拿大不僅是「文化熔爐」，亦是「文字熔爐」。不過，美文亦非最簡明，cheque 變成 check，容易得多，惟後者有多義，易生混淆；tap 成爲 faucet，卻是由簡入繁了。

我們的沙發或梳發，是英文 sofa 的音譯，沙發的美文是 couch，加拿大文則是 chesterfiled，此字之得，也許與十六世紀英國同名政治家（Philip D.S. Chesterfield, 1694-1773）有關，他以教導其子儀態舉止的家書傳世，沙發可能是他的發明，「因以爲名」亦說不定。不過，這純粹是筆者的揣測——但何以英文美文不用而加文則不厭其長？筆者茫無頭緒，詢諸加人，亦瞠目結舌。無論如何，沙發一物三國不同名，但加拿大三字通用。有趣的是，美文形容終日斜臥沙發看電視（及吃「垃圾食物」）的人爲 couch potato，則已全球通行，英國和加拿大亦「甘之如飴」—— sofa 或 chesterfield potatos，從未所見。

*

美文與英文有別，《韋氏字典》編彙者挪亞・韋斯特（Noah Webster, 1758-1843）是始作俑者。韋斯特爲英裔美國人，耶魯大學畢業，本業律師，後任教職及寫作，一七八三年出版《美國拼法》（*American Speller*），數年之間，賣出八千餘萬冊——銷售量僅次於《聖經》，許多暢銷書出版商均如是說——每冊版稅一美元，他的總收入達八千餘萬，在當年是天文數字，這使他能夠心無旁騖專研美文，於一八二八年出版《美國英文字典》，爲《韋氏字典》前身，改 centre 爲 center、theatre 爲 theater、colour 爲 color、fibre 爲 fiber、defence 爲 defense 及 tyre 爲 tire 等等，俱始於此；可惜與前書命運不同，至一八四三年韋斯特逝世時，一共只賣出二千五百多本；而數十年來，韋斯特已「坐吃山空」，字典滯銷，令他生活拮据。

韋斯特改英文拼法，並非有「去英」之思，只是「我們既有自己的政府，亦應有自己的文字」，而一切「從簡」，顯示新大陸人追求效率之決心。如此而已。現在美文隨美國電影、流行歌曲和傳媒特別是網路氾濫全球，傳遍世界各地，這可是因爲《字典》滯銷鬱鬱不樂以致窮困潦倒的韋斯特始料不及的。

*

以寫《閒情經濟學家》（*The Armchair Economist*，台灣譯《生命中的經濟遊戲》）出名的羅徹斯特大學經濟學教授藍斯博（S. Lansburg，從台灣譯法），日前在《華爾街日報》發表題爲〈攔路賊〉（**Highway Robbery**）一文，透露了一項筆者前所未聞的資訊。原來芬蘭的交通罰款並非定額，而是與違規者當年所得掛鉤，當諾基亞資深副總裁**Anssi Vanjoki**在規定時速三十公里地帶以時速四十七公里騎摩托車被「捉」時，交通部在查閱稅局檔案後開出一張約值八十萬港元的罰款單，因爲他剛剛賣清他的認股權證，發了一筆大財；八十萬港元的罰款，打破此前數日一名網路創業者行車時速四十三公里被罰約五十七萬港元的紀錄。罰款與財富相稱，筆者認爲是累進稅的極致！

令人拍案驚奇的是，如果A.V.請司機而超速，以司機的收入，罰款只需約四百港元！

二〇〇二年三月四日

古之鮑魚　其臭無比

自比「文化遺民」的董橋，近來出了不少新書，天地圖書便有《品味歷程》及《舊情解構》兩種，牛津則有《從前》。董橋的文字功夫已臻化境，這是海內外公論，無須筆者「推介」——筆者要向「志於學」者尤其是留外學子推介的是，毋忘在書架或行篋中放幾本董橋的著作，這是學好中文的最佳讀物。

Once upon a time……總是令人聯想到故事的開始。引人入勝的內容，往往始於「從前有一個故事……」。

剛出版的《從前》，有三十個不像一般故事的故事，是董橋去年在台灣《壹週刊》發表「念人憶事」小品（包括刊於《中國時報》的〈舊日紅〉）的結集；文字是一貫的纖柔工巧，從作者「碌碌生涯」的記憶中，看似淡寫卻非輕描地勾出一段又一段的「縈懷掛心的塵緣」，充滿像「窗前綠蔭」更似「紙上風月」的詩意幽情。

對於畫家「點葉點花、染山染水」的「意趣山水」，董橋多有領會，靈光一閃，就從寄存在「念舊世物」的吳大哥雜物中，翻出尚悲和尚所寫的那幅字：「千峰頂上一間屋，老僧半間雲半間；昨夜雲隨風雨去，到頭不似老僧閒。」

人事因緣隨風雨而去，千峰頂上，從此多了《從前》故事的縈繞，惹人遐思。

拙作曾把董橋誤印「舊橋」，董橋不以爲忤，反成「水聲樹影舊橋邊」佳句；香港楹聯學會籌委陳錫波先生去年七月賜函，續寫一句，湊成一聯：「月色荷香新雨後　水聲樹影舊橋邊」。

＊

俗話云：「如入鮑魚之肆，久而不聞其臭。」「小時候」聞之，不以爲奇，想鮑魚也許會發臭，身處其間，「習慣成自然」，便不覺其臭；及長大食鮮鮑，只覺其鮮美，食乾鮑更「無以尙之」，仍揣想鮮鮑製成乾鮑也許有個臭氣沖天的過程，對那句俗話便不以爲意。讀二月二十七日台北《新新聞》（第七一八期）南方朔先生的鴻文〈當鮑魚由鰒變鮑〉，才覺世事之奇，原來「鮑魚」的確其臭無比。

南方朔引清中葉學者郝懿行（一七五五—一八二三，據《辭源》，郝氏爲嘉慶進士，官至戶部主事；精於名物訓詁之學）的《曬書堂筆錄》，有「今京師市肆及苞苴問遺，鰒魚也通作鮑魚，文字假借，古人弗禁也」的記載，可見今之鮑魚，清朝以前稱爲鰒魚；而當時的鮑魚是鹹魚，曬鹹魚有陣陣臭味，對曬鹹魚者而言，「久而不聞其臭」，與見怪不怪同。至於鰒魚何以變成鮑魚，皆因兩字同音，南方朔引唐代顏師古的註釋：「鰒，海魚也，音雹。」雹與鮑同音，才有此誤；不過，現代人都知道鰒生於海而非魚，南方朔引《後漢書．伏降傳》的註：「鰒似蛤，一偏著石。」

似蛤即有殼但非全殼，「一偏著石」，顯見無殼一邊吸在石上。至此，古之鰒（李時珍的《本草綱目》稱爲石決明）是今之鮑，古之鮑指的是鹹魚，已很清楚了。

「入鮑魚之肆」句，據南方朔的考證，最初見於《大戴禮記》：「與君子遊，苾乎如入蘭芷之室，久而不聞，以與之化矣；與小人遊，貸乎鮑魚之次，久而不聞，以與之化矣。」

南方朔說：「考據訓詁之學如果找對題目，常使人興致盎然……郝懿行的那段記述，意義眞的非同小可。」筆者深有同感。

*

談考據，丁望的《假大空與雍正王朝》一書（當代名家出版社，二〇〇二年二月），不僅令讀者興致盎然，而且受益良深。大陸作家二月河的小說《雍正皇帝》長踞大中華圈暢銷書榜首，據說作者因此成爲百萬元戶，可是，這本貼上歷史標籤的小說和據此改編令內地、港、台地區觀眾以至海外僑胞著迷的電視劇《雍正王朝》，據丁氏小心求證，證明既非歷史小說亦不是歷史劇。丁氏以嚴格治學的態度，讀了無數有關清代的正史、野史和評論（參考書目長共十頁），一一點出書中和電視上的「歷史謬誤」百數十處。

本書第二章第七節「假大空思維方式與王爺抬旗」一段，作者指出，「當今的中國大陸，假文憑、假職稱、假甚麼的十分多，造假成風氣；把假大空的思維方案套入清前期皇族大腦，是《雍正皇帝》虛構情節的一個特點。」千里來龍，在此結穴，丁望的「本業」是大陸研究。

正如作者指陳，《雍正王朝》導、演都不錯，既有「賣點」，亦有「讓人有反思歷史和理想現實的思考空間」，不過，筆者「誠意推薦」讀過這部小說或看過這齣電視劇的人，尤其是青年學子，丁望這本寫來沒有半點學究味的書，是必要的「輔導讀物」，唯有如此，方能一面欣賞小說家天馬行空亂套史事之戲劇性張力，同時不致墜入歷史迷霧中——如果誤此「歷史正劇」寫的是史實，意味讀者和觀眾對清史完全誤解，可是中國人的悲哀。

丁望以中國研究揚名海內外，有關著作被譯為英、日、韓文，對他的著作，各國俱有很高的評價；他之不惜花大量時間、精力寫這本書，目的已見副題。事實上，第一章「由現實聯想到移情投影」，是對當前中國腐敗吏治的強力批判，而所舉「買官賣官騙官」的例子，眞的令人大開眼界；在談及假酒、假藥、假種籽一段，作者引述「一個苦澀的笑話」——「河北省某縣一個農婦不知何事想不開，喝農藥自殺，丈夫把她趕送到醫院搶救，醫生檢查後叫他不必擔心，說其妻『絕對安全』，因爲她服下的是假農藥，沒有劇毒；後來，他送了一塊感謝鏡匾給賣假藥的官店！」官店——國營商店賣假貨，曾在國內旅行的人大都領教過。

香港某雜誌三月號有〈清朝後人嚴斥康熙劇失實〉的報導，據說鄭成功及李光地後人都對《康熙帝國》情節猶如「關公戰秦瓊」般的荒唐而責作者、編劇胡扯；同欄〈一百三十位部長聽清史講座〉一節：「在一片清史電視劇熱潮中，當局亦藉此機會於二月二十三日在北京圖書館爲高級官員舉行名爲『論康雍乾盛世』的講座，希望官員能以史爲鑒。」

官方此舉，相信與電視劇的「污染史實」有關；參與講座者細讀丁望的著作可收事半功倍之效。

丁望研究中國問題有成，近年稍涉中國文化和文學，寫了不少專著（如《初夜權》等），不過他「主攻」的還是中國政治；以筆者的看法，丁望「腳踏二船」，左腳是中國政治研究，右腳才是中國文化和文學。左腳右腳之說，套用樂評家對「二十世紀最偉大作曲家馬勒」的評語，他們認爲馬勒（Gustav Mahler, 1860-1911），左腳堅定地「踏足」十九世紀音樂，右腳嘗試「踏足」二十世紀新音樂——左腳近心臟，意味羅曼蒂克樂風是他的心力所聚！准此，說丁望左腳仍在中國政治研究領域，也許他不會反對。

執筆時完全忘記上述有關馬勒的評論出自何處，只依稀記得有人轉述已故美國指揮家伯恩斯坦（Leonard Bernstein, 1918-1990）之言，音樂非筆者的「專業」，頗有茫然無處尋覓的失落感，問馬勒迷的小輩能上網「搜尋」乎，答以「依時（easy）！」果然不出三分鐘，便有「網友」從夏威夷電郵伯恩斯坦的長文〈馬勒時代來臨〉（Mahler: His Time Has Come），發表於一九六七年九月的《高度傳眞》（*High Fidelity*）月刊，有關左右腳說，原文如下：“There he stands, his left foot (closer to heart!) firmly planted in the rich, beloved nineteenth century, and his right, rather less firmly, seeking solid ground in the twentieth”。僅僅在省時和互動上，網際網路便功不可沒！

二〇〇二年三月十二日

牙刷的起源、人尿刷牙及其他

《萬象》第四卷第三期如一先生〈雪天裡的書〉一文，談《周作人自編文集》，其中提及收在知堂晚年編訂的《木片集》中之〈牙刷的起源〉，周文引唐朝義淨法師《南海寄歸內法傳》云：「每日旦朝，須嚙齒木，揩齒刮舌……，其齒木者，長十二指，短不減八指，大如小指，一頭緩須熟嚼良久，淨刷牙關，用罷擘破，屈而刮舌……。」如一先生「順著筆勢而略及知堂未盡之意」，說據他所知，舌刮及仿眞的木製牙刷，同在內蒙古寧城縣埋王溝契丹貴族墓地出土，他因此推斷牙刷的出現，大約在遼代（九四七—一一二五年，遼的前身爲契丹）。

國人「每日旦朝，須嚙齒木」，竟和西洋人所說的咀嚼枝條（chew stick）同，齒木「長十二指，短不減八指」，古代以中指中節長度爲一寸，這裡所說也許是齒木最長不逾十二寸最短不短於八寸，果如是，便與西洋人咀嚼枝條之形狀及長度如鉛筆差不多。此 chew stick 之一端用硬物捶成纖維狀，用以刷牙，與我國原始牙刷齒木相近，不過我國的「刮舌」習慣，外國則似無記載。

*

據《日常事物源起》的考證，牙刷（咀嚼枝條）最早見於公元前三千年的埃及古墓，而和現在我們所用牙刷相仿的鬃毛牙刷（bristle toothbrush），大約於公元一四九八年由我國傳入歐洲。至於我國何時用此牙刷，如一先生引元朝（一二〇六—一三六八年）郭鈺《靜思集》的〈郭恆惠牙刷得雪字〉詩：「南州牙刷寄來日，去膩滌煩一金直。短簪削成玳瑁輕，冰絲綴鎖銀鬃密。」（《辭源》只引前兩句）可知十三世紀之前「銀鬃密」的牙刷已在我國流行。鬃毛採用豬（公豬）項、背的毛，而以中國北部及西伯利亞豬爲佳，因爲生於寒冷地帶，豬毛特別厚且堅硬，牙刷柄則以竹及骨爲主；不過，歐洲人覺得豬鬃太硬，改用馬毛，可是馬毛則病於太軟，現代牙醫之父法國醫生 **P. Fanchard** 在寫於一七二三年的牙科教科書裡，便認爲馬毛不足取（ineffectiveness），他建議以海綿（natural sponge）刷牙及洗牙肉。

*

古時牙刷的用毛，大概是從死豬上取下，那與用死人頭髮亦即是用眞髮織成的「假髮」（wig）一樣，同爲「廢物利用」。據近在溫哥華舊書店購得之《倫敦街聲》（*Old London Street Cries*. 1885, The Scholar Press）記載，英國的「假髮」品質「世界最佳」，而材料大都向死者家屬收購。逛舊書店每每發現「新」書，以藏者去世後後人或財產託管人多會將之整批拍賣；筆者造訪此舊書店之時，該店主人正在電話中與拍賣商商討拍賣細節。

不過，豬鬃從死豬取下，是筆者從《倫敦街聲》談及「假髮」材料來源而想當然的聯想，事實上，「史料」顯示豬鬃有從活生生的豬隻上拔出的，一九三七年尼龍牙刷面世時，當年的《紐約時報》便有從此「免去全球公豬之痛」（...spare hogs around the world of pain）的報導，可見在活豬上拔毛非不常見，這樣做實在太殘忍了，可惜當年沒有反虐畜團體爲豬解困！在日本發明「假髮」原料 Kanekalon 之前，「假髮」來自死人頭髮，當然亦有窮人家女性留長髮出賣，不過，不僅長髮變短另有風韻，可賣錢且無痛，女性賣髮遠勝公豬被拔毛。

*

筆者小時候在鄉間唸小學，勞作（或手工）課有自製牙刷，我們一班頑童晚飯後摸黑聯群結隊去農家偷剪牛尾毛作材料的往事，不期然襲上心頭；如今事隔半世紀，不僅記憶中兒時玩伴面目朦朧，與牛主在田畦（花生或番薯田）間追逐的細節亦只有依稀印象了。此原始材料製成的牙刷，臭不可聞，如何入口？不過這是一門手藝，校方希望我們畢業後有一技在身而已，可惜筆者從未及格，因此只好入城「深造」！

和寵物不同，家畜之毛臭且帶菌，當法國化學家兼微生物學家巴斯德（L. Pasteur, 1822-1895）證實病菌無處不在時，牙醫頓悟「毛刷」是高危險物，自此以後，畜生之毛要「消毒」才能用爲牙刷材料，但手續繁複、費用不菲，增值後牙刷售價昂貴，非貧民所能負擔。至此筆者又憶曾有〈BB與包租婆〉一文（見《英倫采風》第一冊，台北，遠景出版社）附註一：「說起用水問題，忽然記起一事，翻開舊日記，有如下的記載。晚八時，摩德蘭書院的一位院士在牛津工藝學院的演講大堂作題爲〈牙齒保健〉（Dental Health）的專題演講，聽眾多是從英國各地趕來的牙醫人員，只有後排坐著我們四五名好奇的香港學生。講詞中最引起我興趣的是一項英國衛生當局的統計數字，它顯示出四個英國紳士才有一支牙刷（Statistic shows that there in only one toothbrush to every four Englishmen），如果此事不假，那就難怪『包租婆』要怪外國人用水太多了。」可惜有「日記」而漏日期，現在當然無從查究了，不過，這應是上世紀六〇年代中期的事，所提及的資料，最多追溯至六〇年代初期。英國人不喜「沖涼」尚「抹身」，大概以漱口（礦區工人以啤酒代水）代刷牙者不在少數。筆者扯進這段瑣碎舊事，是想起英國「古」人之不喜刷牙，料與牙刷售價高昂多少有關。

*

牙刷的普遍使用，在上世紀三〇年代杜邦公司發明尼龍之後，應該稍作說明的是，尼龍的發明者爲 Wallace Hume Carothers，時在一九一四年，但遲至一九三七年才完成專利註冊；Carothers 爲杜邦化工實驗室主任。由於尼龍的硬度和不透水，等於較易去牙垢及細菌不易棲身滋生，是造牙刷的好材料，世上第一支尼龍牙刷（名爲 Dr. West's Miracle Tuft Toothbrush）於一九三八年面世；可是，試用後牙醫認爲尼龍質地太硬易傷牙齦，牙刷雖以韋斯特醫生爲名，但牙醫並不「誠意推薦」，用消毒豬鬃牙刷者仍佔多數，直至五〇年代初期杜邦公司推出軟尼龍，以之製成的牙刷才大行其道，亦爲醫家所喜，即使一九六一年通用電氣「發明」電動牙刷，亦無損尼龍牙刷的地位。

*

談牙刷順便一提牙膏，據出土文物顯示，埃及人於公元前二千年即距今四千年前已用，其主要材料爲以磨成粉狀的浮石（pumic stone），混入醋酸，攪成糊狀，用咀嚼的枝條點之刷牙；這種「牙膏」，較一世紀時古羅馬人用尿刷牙，較爲衛生，不過當年羅馬醫生認爲以人尿刷牙可使牙齒潔白及牙床堅固；尿人人有，唯以葡萄牙（人的）尿（Portuguese urine）最佳，因當時葡萄牙人被公認體魄最健壯，其尿亦最有益云云；至八世紀，人尿仍是漱口水及牙膏的主要原料。

現代牙膏的出現，可說於無意間得之，其構思來自畫家用的顏料管（筒），發明者爲美國畫家蘭德（John Rand），註冊專利日期爲一八四一年九月十一日；一八九二年美國牙醫謝菲爾（W. Sheffield）用同名公司生產第一支外形、用法類似顏料筒的牙膏。

＊

牙刷及牙膏的發明與普及，目的無非清潔口腔、淨潔牙齒，但在中世紀公元九〇〇年前後，日本已有染黑牙齒的習俗，據說這原本是女性表示已婚的標誌，後來男性跟風，亦以黑牙爲時尙，此風俗歷近千年至一八七〇年 **Shoken** 皇后以白牙作則而中止。日人染黑牙齒，見《我們日本人》（*We Japanese*）一書，該書爲箱根著名溫泉酒店強蘿花壇已故創辦人撰寫，一九三四年初版，至今已翻印無數次。此書只在該酒店出售，書內對日本風土人情習俗，搜羅頗詳，是了解日本民情的小百科。

二〇〇二年三月十七日

爆谷爆料新字多

美國首屆一指的趨勢專家爆谷女士和市場拓展專家韓夫特，去年底出版了一本《未來字典》（Faith Popcorn and Adam Hanft: *Dictionary of the Future*. Hyperion, 2001），搜羅了近年偶在傳媒上出現而他們認爲未來會流行的新字——其中當然不少爲他們親自創造。筆者認爲這本字典頗爲「實用」，經常閱讀英文刊物的人，應置諸案頭，以備參詳。應該稍作說明的是，爆谷是Popcorn的意譯，此名不可音譯，因爲她故意改此字以引起注意。

「忠實」讀者對爆谷女士得名的來龍去脈，應該了然，不過，由於筆者介紹這位「美國市場推廣劉伯溫」（The Nostradamus of American Marketing）的拙文分別在《信報》及《信報月刊》刊出，而且事隔整整十年，老讀者也許已忘而新讀者則未之見，因此有略提舊事之必要。

一九九二年六月十八日，筆者在《信報》〈處境改變〉一文（收在《沉寂待變》，台北，遠景出版社），指出當時的新字Decession，是Depression與Recession的綜合體，有「已陷衰退而有面對蕭條之恐懼」之意，拼合此字者是噱頭多多的市場預言家爆谷女士。同年八月，筆者在一八五期《信報月刊》上發表短文〈改名轉運舉世皆然〉（收在《閒讀閒筆》，台北，遠景出版社），指出爆谷女士姓 Plotkin，詰屈聱牙，予人不便，並非「推廣」之道，而那時她的事業甚有阻滯，於是改姓希望轉運，而一不改二不休，索性標奇立異，改爲 Popcorn。知道這點來龍去脈，音譯此姓，便會辜負她一片苦心了。

*

老話表過，且說《未來字典》。在題爲〈這是一本怎樣的字典〉的前記中，編者們解釋了編彙此字典的市場需要與動機。前者當然爲了應付社會形勢急速變化帶來和可能出現的新生物事，後者則可擴大英文字彙，是有益有建設性的工作。他們指出每個年代都有新字出現，比如莎士比亞創作劇本時發現字彙不夠用，便創造了諸如 Critic, Majestic, Laughable, Courtship, Negotiate 和 Lonely 等等現在無人不懂無人不用的「新字」。科技網路時代，社會各階層變化大且快，新字幾乎天天出現，等到傳統性字典數年修訂一次才加入，已趕不上時代需要了，《未來字典》因此因應而生！可惜此字典成於「九·一一慘劇」及「恩隆（Enron）醜聞」之前，因這兩宗大事而衍生的許多新字，便付闕如。

*

爆谷女士英文程度的高下，非筆者所能妄斷，不過她駕馭英文能力極高，文字的運用出神入化，寫起文章固然活靈活現，合併、創造的新字大半成爲日常用語（不過，上述那個 Decession，似已人間蒸發；唯當前經濟正在衰退與蕭條之間徘徊，此字「復活」也未可知）。玩弄文字雖是雕蟲小技，卻有很高的娛樂性。爆谷和她一名同事瑪麗・高德於二〇〇〇年出版的 *EVEolution*（《夏娃的進化》），便是夏娃和進化兩字合成。這本書從女性在購物決策（家庭購買的主意八成出自女性）上的舉足輕重，闡述對女性心理不了解便無法成功拓展產品的實況，是行銷人員的必讀之書，這本書亦有若干新字（如書名），已收在《未來字典》中。

*

《未來字典》中香港人用得著的字，有 Lobby life，他們認爲大廈的「大廳」通常寬敞、華麗、堂皇，卻只用爲通道，是不曾好好利用的公眾場地，今後應物盡其用，這是從酒店大廳已轉化爲社交中心所引起的聯想。他們相信大廈大廳將會有酒吧、茶座、迷你精品店、小吃店和舉辦書畫展覽……。這種情況在依然寸土寸金的香港，特別是那些地點偏離市區的大型豪華住宅羣，大業主或小業主應會在這方面動腦筋。換句話說，Lobby life 是未來生活趨勢，當然亦是一盤有可爲的生意。有說港人同住一大廈而老死不相往來是常態，「大廳生活」因此搞不起來，這確是事實，但只要辦得「有聲有色」，生活態度是可以改變的。

*

Pastured Poultry，大概可譯爲「草地家禽」，以別於「走地雞」（Free Range Chicken）。「草地家禽」所指雞甚廣泛，比如牛羊皆是，唯此處指的是「草地雞」。「走地雞」亦稱「土雞」，是雞農採取放任自由政策，任憑雞羣在一定範圍的沙地「閒蕩」，定時餵以飼料；「草地雞」略有分別，美國不少雞農在草地養雞，不僅任由雞隻自由活動，還在使牠們啄食草地昆蟲和草籽等「健康食物」，當某區草地的雞食被「殲滅」時，便成羣趕往「新區」；當然，雞農會視需要輔以有機飼料，令雞隻在自然環境下快速成長。這種飼養法目前在試驗階段，但美國《吃的藝術》（業內通訊）稱美國的「草地家禽飼養商協會」（Pastured Poultry Producers Association）已有近五百會員，它預期「草地雞」在短期內將在超市出現——以歐美各大城市爲例，目前「走地雞」只在唐人埠的家禽攤或以華人爲對象的超級市場有售，這意味未來「草地雞」將與「走地雞」並陳。

*

經濟不景氣鬧窮，但窮與營養不足甚至吃不飽已扯不上關係，因爲社會富裕，溫飽是基本人權，這是何以我們一面看失業數字持續上升、一面爲「瘦身」廣告所淹沒的原因。人們要「瘦身」，是營養過度及少做家事之類的體力勞動所致，「瘦身業」非常蓬勃，說明離縮衣節食的經濟不景氣仍遠。「瘦身」的一項「主要療法」爲少吃，但「要靚唔要命」（求玉體纖纖——有人以爲瘦才是美——不顧健康）者頗不乏人，她們一旦下定決心減肥，可能會過猶不及，養成不健康的飲食習慣（unhealty obession，比如不吃半點動物肥肉、不加鹽及不吃「漬物」等），然而，如此揀飲擇食的結果可能有害健康。這種情況港外皆然，美國因此出現新字 Orthorexia Nervosa，此字爲兩個希臘字混成，Orthos 是正確之意，Orexis 則爲食慾，而 Nervosa 是精神緊張病，加在一起，便是指太過正確以致有害健康的飲食習慣。

順便一提，減肥瘦身者，即使食肉，亦只取少脂肪的白肉，家禽以至魚類的皮，因帶有「皮下脂肪」，當然被視爲山埃。觀賞食客尤其是女食客的細緻且優雅的「去皮刀法」，令人歎爲觀止。最近在溫哥華，發現酒家上雞時把整層浸得黃色燦然、油光閃閃或烤得脆且香的雞皮剝去，然後披（蓋）在白肉上；此法甚合飲食健康之道——留皮等嗜皮者大快朵頤，只吃白肉者則可免去去皮的麻煩。

*

《未來字典》還有許多我們未來肯定會經常見到的新字，信手拈來有 S.O.S.（Save Our Sociey，救救我們的社會，與國際求救訊號和拯救我們的靈魂有別）、Vigilante Consumer，似可譯爲保持警覺的消費者，指那些長期透過不同管道，包括示威及各種團體遊說等活動影響政府立法，以迫使商家提高商品素質及誠實地推廣宣傳的消費者守護者；此外 Blamestoming，脫胎自

Brain Stoming，形容沒有建設性的與會者指責對方、互相諉過的態度；至於 Girlcott 與 Boycott 並用，把「杯葛」性別化，筆者便期期以爲不可，爆谷和韓夫特有點過猶不及了，因爲 Boycott 並非「男孩（性）的抗議」，此字原來是姓氏，據《字源字典》（J. Ayto: *Dictionary of Word Origins*. Arcade, 1990）的考證，此字於十九世紀八〇年代初期在愛爾蘭流行，事情的始末是，一八七九年愛爾蘭民族主義者發起農地改革及減地租運動，受害人中以退伍上校 Charles Cunningham Boycott（1832-1897）反對最烈，Boycott 遂成爲抗議的同義詞。一般英文字典只有杯葛而無杯葛先生，但《字源字典》之外，《劍橋百科全書》這類常用辭書均有清楚解釋。無論如何，Boycott 是「無性」的（女性亦有此姓），Girlcott 遂顯得不倫不類，肯定流行不起來。

此外，整天坐在電腦前者稱爲 Mouse Potato（來自形容長時間攤坐沙發看電視的 Couch Potato），而 Perfessional 爲 Personal 與 Professional 合成，形容公私不分等，都甚貼切。

由於拖得太長，再寫兩個新字便結束本文。其一是 gaby boomer，以闡明戰後新生代嬰兒潮（baby boomer）的同性戀者，gaby 由 gay 與 baby 合成，爆谷預期將會出現很多專爲同性戀退休者而建的「屋村」及社區。其一是特速餐 hyperconvenience food，以別於一般的快餐 fast food，原來近年美國出現一種比快餐方便的食物，比如把通心麵及起司混成條狀物，用微波爐「叮」數秒便可用手即食，比目前普遍的速食品更方便；7-Eleven 已有所謂「儀表板進餐」（dashboard dining），按（微波爐）掣便有混成熟餐。

二〇〇二年三月二十五日

卡萊爾的婚姻

又是《萬象》雜誌！該刊今年二月號（總三十三期）有周越然〈言言齋風月談〉一文，爲消閒最佳讀物；〈鶯不登〉一節寫出一段令筆者驚奇的事，原文：「『鶯不登』（impotent），西字之譯音也，即『不能人道』之意……。世有結婚而不人道，而與其妻白首，並不使其爲『哥哥』（cuckold之音譯）者，唯大文豪葛賚爾（卡萊爾）也。葛夫人五十餘歲時，忽患子宮病，葛至友某，大醫師也，謂非審察不能處方，而葛夫人終不願；一夕，正宴飲，病又大發，面無人色，某大醫師視其病源，而無所見。葛夫人妖啼之音，猶類少艾，甚爲駭異，後始知其膜猶瓜字時也。葛問醫師曰，『吾友，君以爲易治乎？君所見者何？』醫師曰：『吾所見者，葛夫人尚童貞也，病易治。』葛即吾國所謂天閹者乎？」

英國大儒卡萊爾（Thomas Carlyle, 1795-1881）與相愛五年（一八二一—一八二六年）的戀人結婚四十年「如同陌路」的事，稍涉英國文壇逸事的人都甚清楚，但卡萊爾「不能人道」，其夫人仍屬處女，從未見如此「坦白」的描述，有之者亦只是hinting that the marriage was not consumated，委婉暗示他們未曾「眞個銷魂」而已。

卡萊爾夫婦性生活極不調和，令他們長期處於冷戰狀態，十九世紀英國著名諷刺小說家畢特拉（S. Butler, 1835-1902）指卡萊爾夫婦的結合是一件好事，因爲只有兩人痛苦，若他們分別與他人結婚，結果是四人同悲！可見卡萊爾夫婦之難相處。說起畢特拉，不得不提他爲諷刺烏托邦寫了一本 *Erehwon* 的小說，這個詰屈聱牙的字，便是 Nowhere 的倒字，有烏托邦只存在無有之鄉之意。

*

周越然何許人？卡萊爾不舉而其夫人結婚多年仍屬處女之身是否杜撰抑或有明確出處？因傳書《萬象》編輯詢問，獲其馬上回覆，原來周先生已於六〇年代去世，《萬象》刊出之文，爲其後人整理而成。周氏曾任商務印書館編輯，於一九一八年編《英語模範讀本》（*Model English Readers*），成爲暢銷書，出版後二十五年，銷百餘萬部，版稅甚豐，因而收藏了不少善本古籍，寫過數本談版本目錄的書……。至於〈言言齋風月談〉，爲其當年（三〇年代？）在上海小報《晶報》（三日刊，故名）的專欄，專談西方色情文學。由於周公已逝，卡萊爾「鶩不登」等之出處當然無從知曉。退而求其次，這位編輯寄來今年一月十八日《倫敦時報．文學副刊》（TLS）有關去年四月爲「紀念卡萊爾夫婦二百週年誕辰」而在愛丁堡召開的「卡萊爾夫婦在蘇格蘭和歐洲」（The Carlyles in Scotland and Europe）大會的亦敘亦議長文，是一篇不可多得的報導文學。

*

為了這次有百多位卡萊爾學者（Carlyleans）出席的盛會，愛丁堡大學英國文學出版卡萊爾夫人（Jean B.W. Carlyle, 1801-1866）於一八五二年十一月出版的半自傳小說《我的初戀》（*The Simple Story of My Own First Love*），她以含蓄的筆觸，證實了此前人們懷疑他們婚姻生活極不圓滿甚至未曾「圓房」的揣測。

今年三月，《湯瑪士與菊茵．卡萊爾的婚姻》（R. Ashton: *Thomas and Jean Carlyle-Portrait of a Marriage*）出版，筆者未讀原書，據三十日《金融時報》一篇書評，這本書記述了不少卡萊爾夫婦單調家庭生活的「趣事」；同時亦證實一段足以彰顯卡萊爾學力深厚和記憶力驚人的傳聞。對英國知識分子發生深遠影響的《法國革命》（*The French Revolution*）寫成時，卡萊爾把手稿送給好友米勒過目，哪知道這部手稿給米勒的女僕用作火引，化為灰燼（王爾德則說由於這本書寫得太好，米勒夫人恐怕出版後會把乃夫比下去，遂一把火把它燒掉）；好個卡萊爾，聞訊一言不發，埋首重寫，於兩年後的一八三七年成書！《法國革命》的影響力，從小說大家狄更斯隨時整段整段背誦，並自言讀了五百多遍可見。

順便一提，米勒（J.S. Mill, 1806-1873），哲學家，著名的天才兒童，據其自傳：「我三歲習希臘文，八歲通拉丁文，十歲開始攻讀政治經濟學。」他和夫人Harrier Taylor的故事，十分感人——她本為商人婦，他等了二十年，在她成為寡婦後才和她結婚，米勒把他的學術成就歸功於夫人的

「智性啓發」，但後人指出「情人眼裡出天才」，不足深信。

＊

《金融時報》那篇書評有一插圖，爲大畫家 Robert Tait 一八五八年的作品，題爲〈切爾西家居〉（A Chelsea Interior），維多利亞時期的布置，卡萊爾夫婦同處一室，互不瞅睬，表情逼眞，的是佳構。筆者注意所及的是站於壁爐旁穿晨褸的卡萊爾，手持一竹狀長形物體，作者雖無說明，筆者相信那便是他著名的「菸筒」！在寫於一九九二年九月二十六日的〈呑雲吐霧魂出竅　產權界定法無邊〉（收在《到處風騷》，台北，遠景出版社）一文，筆者這樣寫到：「卡萊爾藉尼古丁提神，歷史悠久，他深信雪茄味道並非人聞人愛，因此結婚前寫信給未婚妻，要求獲准『每天吸三支雪茄』……。」卡萊爾婚後從蘇格蘭遷居倫敦，第一間居所沒有花園，卡太太不准任何人包括她的先生在室內吸菸，卡萊爾只好以長筒套著雪茄，人在屋內菸在室外呑雲吐霧，有一個時期，路過的人還以爲卡萊爾做雪茄零售生意……。（譯自 V.G. Kiernan 的《菸草的歷史》）如今閒讀意外於此書有所發現，有喜出望外的感覺。

＊

經濟學是「沉悶的科學」（The Dismal Science），正是出自卡萊爾之筆。筆者在《經濟家學》

序文中有如下的註譯：這句名言，不少人以為出自以寫《人口論》聞名的英國牧師馬爾薩斯之口，其實是英國大儒卡萊爾所說；卡萊爾對經濟學的「惡評」，見他於一八四九年發表的論文〈黑人問題〉（The Nigger Question），該文收在其雜論集 *Miscellaneous Eassys* 卷七，八四頁。卡萊爾所嘲諷的對象不是亞當·史密斯，而是當時薄有名氣的經濟學者 J.R. McCulloch（1789-1864）。

二〇〇二年四月四日

馮景禧用新人布疑陣

讀名畫家林墉《大珠小珠集》（香江出版社，二〇〇二年），意外發現有已故財經鉅子馮景禧的一則「趣事」，錄之如下：

潘鶴謂多年前至香港，馮景禧設宴招待，宴上見一青年公子，擬（疑）爲馮公子，豈料爲新鴻基證券交易所之執行董事，年方二十八九。潘鶴大爲驚奇，竊以爲居此要職，何年輕乃爾，馮公曰：「此新觀念也，用成熟之人，易操舊經驗，易爲敵手所料，定被吃去。反之，用有專長新手，敵手無法料其底蘊，撲朔迷離，反而得食。」潘有所悟而答曰：「所謂新觀念者或可喻爲任命陳眞、霍元甲爲國防部長，敵國當料其使近身戰術，即以計避之，使之無法施技，亦當無戰功可言。此比若何？」馮公曰：「善。」馮氏稱雄股市多年，一度成爲美林大股東，如此成功，非無因也。

作者未註明潘氏馮氏相晤的日期，看「上文下理」應在八〇年代初期（開放初期）；此年方二十八九之才俊，有人出來「認頭」否？按潘鶴爲畫家（佛山人），證券交易所則爲證券公司之誤。

*

大陸學者康家瓏的暢銷書《中國語文趣話》（台北，雲龍，一九九三年），確有很多「趣話」。讀者也許有興趣的應該是「廣府人講官話」的舉隅。〈出告示的誤會〉一章指有大員赴廣東某縣視察，該地盛產黃連，大員問縣長：「可多收購一些嗎？」縣長恭敬地說：「可以，請問大人吃不吃狗屎？」隨員大吃一驚，怎麼這位縣長竟敢開口罵人？善於察言觀色的縣長隨手寫下幾個漢字，才解除誤會，原來縣長說的是廣東式普通話，「吃不吃狗屎」實際上是「出不出告示」。大員又問：「要是出告示收購，一年可收多少擔？」縣長回答：「王八蛋。」大員不悅，縣長又在紙上寫出幾個字，原來是「萬把擔」。

〈周人臭鼠與鄭人買璞〉一章，又開廣府人語言天才的玩笑，說：「在廣東某飯店，一位北方來的顧客問有沒有『包子』，服務員卻拿來了一張報紙；顧客問有沒有大肥雞，服務員卻嘰哩咕嚕地向他介紹如何搭車去飛機場……。」

北方人取笑廣東人，說：「天不怕地不怕，最怕廣東人講官話。」如今仍有人視廣府人講官話爲「恐怖行爲」，不過，正如康家瓏所說：「諸如此類的方言誤會給生活帶來了不便，造出了許多幽默的笑話。」如今大家北望神州講官話，「幽默的笑話」當然層出不窮了。筆者曾親見前段提及的馮景禧先生，宴請一位北方來客，他以似普通話的語言說「埋邊坐埋邊坐」（幸好有手勢輔助，來客才不致不知所措），便是經典之作。

香港人現在講字正腔圓的普通話者，頗不乏人。不過，老一輩老廣府人的普通話，講得合格者仍屬鳳毛麟角。和中共打交道凡五十年的澳門馬萬祺及香港霍英東，從電視上的發言看，其普通話的流暢程度有如筆者之於希臘文，可說是當代語言學一大迷思。

*

亞馬遜網路書店極力推薦米高．摩亞的《白人笨伯》（M. Moore: *Stupid White Men*，廣府讀者當可看出這個譯名的「言外之意」），買來閒讀，果是開懷之作；不過，此書封面頂部這一行字：「《紐約時報》暢銷書第一名米高．摩亞」，之下是作者的照片及書名，便有誤導讀者之嫌，因爲那是指他另一本著作。

摩亞這本書，表面上是針對「愚蠢的白人」，實際上是對「小偷之王」（Thief in Chief）喬治．布希總統的冷嘲熱諷；所謂「小偷」，是指他「盜取」佛羅里達州的選票！

對於布希內閣，摩亞有一些迄今大眾傳媒未見的「報導」，其中以國務卿鮑爾的「事蹟」最令筆者感到意外——他連黑人亦不放過——因爲其公眾形象極佳，其言行予人屬布希內閣中唯一正直之士的印象，可是摩亞指他退伍後，即進私人飛機製造商 Gulfstream 董事局，該公司有很多中東顧客，鮑爾穿針引線，不在話下。他又是AOL董事，在該公司與華納合併（現在證實徹底失敗）

中，其所持的股票升值四百萬美元。令人嘖嘖稱奇的是，在AOL與華納進行合併期間，鮑爾的兒子米高爲聯邦通訊委員會（FCC）唯一支持合併的委員；喬治．布希上台後，米高馬上出任FCC主席。

＊

身爲白種人的摩亞，細數同種的「滔天罪行」，令非白人讀者痛快，有幽默感的白人一笑置之，沒幽默感的也許會暴跳如雷；此書上亞馬遜暢銷書榜，唯購書者是黑是白是雜色，無從稽考。

白人的罪狀，舉其犖犖大者——

一、發明所有遺禍深遠的東西，包括農藥和PVC、PBC及PBB。

二、發明和製造可以摧毀世界的核彈、生化武器。

三、美國內戰的發動者都是白人。

四、主持滅族大屠殺（Holocaust）。

五、奴役土著，集體屠殺紅番。

六、二〇〇一年美國企業遣散七十多萬名工人，下解雇令的CEO都是白人。

七、迄今爲止，在網路上散布病毒的均爲白人。

八、製造大氣和環境污染的工廠都是白人所主持的。

這類事例，數之不盡。筆者初讀，只覺娛樂性豐富，但細心一想，比起「有色人種」，白人眞是作惡多端！

*

友人知我喜讀德基（Taki Theodoracopulos）在英美報刊的「閒話欄」，週前寄贈一本「坊間不易買到」的《君子坦蕩蕩》（*Nothing to Declare*，大西洋月刊社，一九九〇年），顯而易見，書名來自王爾德的名言，據說當這位英國大才子進美國境時，關員問他有什麼東西要報關，他說除了天才，沒有東西需要報關（except my genius, I've nothing to declare）。

這本書是德基因藏毒在倫敦坐牢的日記，牢中觸景傷情，勾起往事的回憶，事實上是他的自傳。德基是希臘人，出身大富之家，十一歲被乃父送去美國寄宿學校時不懂半句英文，及後成為花花公子，在五〇年代後期與豔星瓊·考琳絲有染（暗示乃父亦是她的入幕之賓），三十歲左右在偶然機會下當上希臘和英美報刊的戰地記者（他的攝影技術是向跟蹤他的「狗仔」攝影記者學來的），西貢易幟時任美國《國家評論》越南通訊員；八〇年代改行寫上流社會閒話欄，嬉笑怒罵，妙不可言，成為「富裕階級恐怖分子」（Terrorist among the rich），其交遊上自王公貴族巨賈下至明星模特兒販夫走卒，見多識廣，加以他有一枝常帶幽默的妙筆，因此其專欄可讀性高。

*

讀這本副題「回憶錄」的書，筆者對英國監獄（其實應該是所有西方監獄）有新的認識——(1)幾乎所有的圖書都有囚犯自瀆的「遺澤」；(2)獄中有男妓，其回報是免於被毆打和「偶爾一支香菸」的回報；(3)獄長只對囚徒說「聖誕快樂」，從不說 prosperous New Year。

德基曾替 *Esquire* 月刊撰文，被控誹謗，從有關描述中，知道該雜誌要求作者於三個月前交稿，因爲其法律部門要研究是否有法律問題，而查證部則要核對一切事情。如此謹慎仍然出事，天有不測風雲，誠非虛言。

截稿時在網路上讀到德基和美國著名極右政論家布肯南（P. Buchanan，曾兩度爭取成爲總統候選人）成爲一本於十月創刊的《美國保守派》（*The American Conservative*）月刊的聯合編輯。

二〇〇二年九月二日

「每一頁都有驚奇！」

九月十八日筆者在這裡指出聯合國武器調查小組會搜索海珊散布全國各地五十多處豪華居所（Palaces），唯其後新聞報導指海珊不肯把其七、八處「行宮」開放，究竟海珊有多少「窟」，不但數位讀者傳書相詢，筆者亦感混淆，遂上網搜尋，果有所見。原來美國國務院一九九九年的一份「敵情報告」指海珊本有「行宮」二十餘處，其中若干毀於戰火，「沙漠風暴」過後，從一九九一年起他一共花了大約二十二億美元，興建四十八座「行宮」。「五十多處豪華居所」出處在此。在聯合國禁運下，海珊大事建築的經費主要來自「石油偷運」。

美國國務院武調小組的數目出入這麼大，在於對「Palace」的定義有異。伊拉克是共和國，海珊是每屆任期七年的民選總統，並非皇帝，筆者以爲此字譯爲「豪華居所」較恰當；可是，巴格達有稱 **Republican Palace** 的建築，則非譯爲「共和宮」不可，因此，別說 **Palace** 數目難詳，其譯名亦難統一。

無論如何，海珊居所的數目「不可量化」，比如共和宮據說是一個有七百餘幢建物的建築羣，包括別墅、貨倉、車房、軍事指揮站等，當然還可能有英美一口咬定的地下軍事實驗室。

*

事實顯示在伊拉克未「解放」前，海珊豪華居所（luxury residences）數目的確無法數清楚，即使其逃亡西方的親信，亦說不出所以然，因爲在伊拉克國內這屬國家最高機密，政府官員固然絕口不敢提，連建築師、室內設設計師、裝修工人和管理人員，亦被嚴禁對外透露，甚至私下間不准以此爲話題，據說一名建築師對友人描述「皇宮之豪華」而被殺。

*

以獨裁者而言，海珊對他的建築師尚算仁慈，當然，這是比較而言。

據著名多產的多元化作家 Isaac Asimov 編彙的 *book of Facts*（Wings Book）記載，一五五五年，俄羅斯統治者「恐怖伊凡」（Ivan the Terrible, 1530-1584），請當年著名建築師 Postnik 和 Barma 在莫斯科興建 St. Basil's Church，落成後伊凡四世（俄國第一位沙皇）大感滿意，而他「獎賞」給這兩名建築師的禮物，是把他們弄瞎，如此他們才不可能設計媲美這座大教堂的建築！

把人弄瞎，還有比上例更恐怖的事。

*

君士坦丁堡（伊士坦堡舊稱）國王 Basil 二世（和上述的教堂沒任何關係），於一〇一四年決定結束與保加利亞打了四十年的戰爭，宣布送回一萬五千餘名戰俘，以示善意。這位殘暴的伊士坦丁國王，把這些戰俘雙眼弄瞎，其中一百五十名只瞎一眼，然後由一名單眼者率領百名盲眼戰俘，步行回國（當時保加利亞的首都稱 Ohrid）；保加利亞國王森穆爾聞戰俘悉數回國，大喜，迎於城外，哪知一看這種悲慘景象，大叫一聲，刺激過度，當場中風，於兩天後歸天。史稱 Basil 二世爲「保加利亞屠夫」。

*

Asimov 這本書，於一九七九年出版、一九九九年再版，並未修訂（作者於一九九二年四月六日病故），因此資料「追不上時代」，不過這並不重要，以所記「事實」大都與歷史物事有關。本書五百餘頁，不附索引，查起來極爲不便，而且又未附參考書目，所列「事實」的眞實性，唯有相信編者了。Asimov 在本書「前記」中說，他寫了二百多本不同體裁但都根據事實再衍生、變化出來的書，本書不過把那些事實（他小說的原始材料）彙集而已。事實上，正如編者所說，本書眞是「每一頁都有驚奇！」其所引的事實大都聞所未聞。

本書內容涵蓋面極廣，唯沒有經濟學和經濟學家的隻字片語。

*

九月二日筆者在本欄提及「除了天才，我沒有東西需要報關」，指出自英國大文豪王爾德之口；讀者鐘（莊）醫生來信表示典出 Gilbert and Sullivan 一齣名爲 *Patience* 的輕歌劇。按蘇利文爵士爲作曲家，吉爾伯是歌詞作者，兩人於一八七一年至一八九六年合作，寫了多部膾炙人口至今仍在上演的輕歌劇，由於均在倫敦夏蕙劇院首演，亦稱夏蕙歌劇（Savoy Operas）。

王爾德是他們的同代人（1854-1900），由於筆者不知 *Patience* 寫於何年，因此對那句機鋒畢露的「名言」出於哪位名家手筆，不敢妄斷。

現在所有辭書都說 I have nothing to declare except my genius 出自王爾德之口，人物網站的「王爾德」甚且以此爲標誌；令此事撲朔迷離的是，王爾德於一八八一年訪美，這一年，*Patience* 首演，而安排王爾德此次美國演講旅行的 Richard D'Oyly Carter，是吉爾伯和蘇利文的全權經理人。

筆者曾在這裡提及那本《他們從未這麼說》（*They Never Said It*），對此並未記載；如果這句話「誤傳」出自王爾德，以其文名之盛，這本專門「正誤」的小辭書是不會漏掉的。

二〇〇二年十月十五日

網上尋蟲書上覓蟲

根據世界銀行的推測，在二〇〇〇年至二〇〇五年，日本是世界最高壽之國（地區），其男性人均壽命爲七十七點八歲，依次爲香港七十七點三歲、澳門七十六點九歲、澳洲七十六點四歲、新加坡七十五點九歲；女性的平均壽命較男性長，日本爲八十五歲、香港八十二點八歲、澳洲八十二歲、澳門八十一點六歲、新加坡八十點三歲。男性壽命不及女性，傳統的解釋是男性傾向過冒險和放蕩的生活，而女性做家務的操勞是最佳的經常性體力運動，比較健康因而長壽。這種解釋其實漏洞甚多，比如香港男性過的便非這種生活，而住宅狹小活動空間有限之外，二十多萬外來家傭使香港女性「養尊處優」，不若傳統中國女性的操勞。

*

今年九月號的《科學雜誌》，發表兩位蘇格蘭學者的新發現，他們的研究顯示男性之所以是弱者，主要原因有二。第一、男性體型較大，普遍比女性「大隻」，平均而言，內臟的「負磅」較女性重，有促壽效果；第二、睪丸素令男性「生龍活虎」，卻有破壞免疫系統的副作用，因此男性較易受病毒、細菌、蚊蝨等的感染，發病率較高，壽命遂短於女性。

＊

杭州大學歷史系教授、明清史專家蔣兆成的《明清杭嘉湖社會經濟研究》（浙江大學出版社，二〇〇二年），對「中國封建社會晚期」杭州、嘉興和湖州平原的社會結構和經濟生活有深刻細膩的描述，讀之獲益良多。廈門大學鄭學檬教授在本書〈序言〉中指出：「明清時期杭嘉湖地區的商品經濟發達水平肯定超過荷蘭資本主義萌芽、發展初期，差別在於杭嘉湖地區依然是在專制封建統治下，而荷蘭已經產生了鄉村民主政治制度，這種政治制度推動著已經發生的資本主義經濟的發展，而杭嘉湖地區卻終至仍在死的（政治的、經濟的因素）拖住活的困境中掙扎。」

鄭教授說這是他讀了《荷蘭資本主義和世界資本主義》（劍大重印本）的「感想」。筆者亦有同感，不過「感想」來自拜讀蔣教授這本大作。

第一篇〈農業經濟．蠶桑業〉詳細論述「桑爭稻田」的情況，這是因爲種桑經濟價值較種稻爲高，「無形之手」令農民棄稻種桑，不難理解，稻田地主改營桑園，收入頓增；但佃農改養蠶，困難重重：「貧苦農民因養蠶缺乏桑葉時，多用賒稍（俟葉畢貿絲以償者，謂之『賒稍』），也有些農民，因『度歲乏資』就『預算來歲所有之葉，以米價賤售於人』。」而「桑葉行或富戶則乘機用低價預先購進大量桑葉……而後高價賒賣……所以不論『現稍』（俟葉大而採之，或臨期以有易無，謂之『現稍』或『賒稍』，都存在著商業資本或商業資本和高利貸資本相結合，以不同方式對農民進行盤剝……」可惜時人未有期貨概念，因而沒有發展出期貨市場；有了期市，上述盤剝現象自然消失。

同篇又提及「瘠田十畝，自耕僅可足一家之食。若僱人代耕，則與石田無異，若佃於人，則計其租入，僅足供賦役而已……莫若止種桑三畝、種豆三畝、種竹二畝、種果二畝，池畜魚（其肥土可上竹地，餘可壅桑；魚歲終可以易米），畜羊五六頭（「每頭羊全年平均排泄的糞尿總量爲一千一百至一千五百斤」，由於「羊肥」含豐富氮、磷酸及鉀等「肥要素」，宜「壅桑」，因此傳統經驗是「以桑養羊，以羊養桑」。該書四十頁），以爲樹桑之本（稚羊亦可易米），蓋其田形勢俱高，種稻每限於水，種桑豆之類，則勝力既省，可以勉而能，兼無水患之憂。竹果之類，雖非本務，一勞永逸，五年而享其成矣（計桑之成，育蠶可二十筐……一家衣食已不苦乏，豆麥登，計可足二人之食，麻則更贏矣……竹成每畝可養一二人，果成每畝可養二三人，然尚有未盡之利，若魚登，每畝可養二三人，若雜魚則半之）」。

*

如此農村生活，令人嚮往。可是「桑爭稻田」的結果是稻米供不應求，使從宋元以來「蘇湖熟，天下足」的糧食豐產區，一變而爲缺糧區。這種現象，正是西方經濟學家發展出國際貿易理論的基礎，可惜當時發展出來的並非利用「比較優勢」（comparative advantage）而互通有無的自由貿易，卻由「有形之手」進行干預，清政府急民所急，下令「免稅招商」、「招募本省商人接濟本省民食」，又「借給本銀挽運採買，交原本，不取利息」。在政府「關懷」下。經濟形態只在原地踏步！

*

蔣書提及「養雞戶降低成本、加速雞隻成長」的其中一個方法是「從市買肉骨碎而飼之，又積草於場，俟其蒸出雜蟲，日番幾次，則雞不食米穀而肥」。雞農「蒸出雜蟲」，相信這是古已有之「自製」家禽營養食物的方法，不值一談，筆者所以有興趣，是偶然發現一種字典稱爲蠐螬的幼蟲，以之餵錦鯉，錦鯉「不食魚糧而肥」！

舍下有一小草地，今秋青青之草突然枯黃，了無生意，詢之工友，答以發現大量「害蟲」，翻掘果見密密麻麻無數小蟲，「腳長有微毛」，有的「首赤尾黑」全身淡黃透白（雌蟲），亦有身呈褐色（雄蟲）兩種，大者長逾寸，小者不及四分之一寸，不知何物，工友肯定此蟲專吃草根，他曾見泰國人油炸而食，十分滋味云云。人既無害，魚料亦無傷，遂以少許拋入魚池，錦鯉爭食如餓魚，隔天似比前「生猛」，方知此蟲是「大補劑」，因而大肆挖掘餵魚，錦鯉的色澤及活力俱勝前。

可是，這是甚麼蟲，家人及友人俱「文科出身」，沒有人知道，小兒說可用他的辦法「尋蟲」，他爲此蟲拍大特寫相片，放進昆蟲網站，眞是「寫時遲那時快」，有關資料圖片如煙花迎面撲來（內布拉斯加州的蟲和舍下所見的完全相同）。多得令人眼花撩亂。原來此蟲爲禍草間，是普世現象，北美兩國各州政府及大學農學院網站有大量資訊（相信歐亞網站亦然）。

此蟲的學名，按下不表（「表」亦不知所云）。俗稱grub，查字典，爲蛆、蠐螬；蛆爲無翼軟體蟲類通稱，但蠐螬是甚麼？查《辭源》，果有「蠐」條：「蠐螬，金龜子之幼蟲，生於園圃土中，首赤尾黑腳長有微毛，以背滾行，其迅逾腳。」沒說明多少對腳及有多少對利牙，美中不足。筆者仔細察看，此蟲退化至只有三對細小如絲的足，無力爬行，只能在側身一蜷一縮中「推進」，並非「背滾」；惟其頭部甚硬，固能迅速鑽入淺土之中。

《辭海》的解釋有點「撲朔迷離」，「蠐」條要讀者看「蠐螬」（蠐螬是金龜子的幼蟲）及「蝤蠐」；其「蝤蠐」條說「蠍蟲」，即天牛的幼蟲，色白身長，藉以形容女頸之美。《詩・衛風・碩人》：「領如蝤蠐。」如此說來，蠐螬與蝤蠐顯非同蟲，筆者所見之grub若是華英字典中的蠐螬，其醜無比，絕無美人雪白長頸之美！筆者眞的教弄糊塗了。

無論如何，蠐螬爲草地大敵（most destructive insect pests of turf），在地下一至兩寸的泥土裡繁殖，專吃草根，短期內能摧毀整片草地。網上訊息當然詳細介紹了蠐螬的生老病死過程，還附有如何下藥、灌水的滅蟲法，問題是，舍下草地上有兩株有相當年歲的羅漢松，下藥會否傷及「無辜」……不過，若非家人反對，筆者倒眞想不種草而養蟲，「俟其蒸出蠐螬餵錦鯉」！

古人云：「耕當問奴，織當問婢。」grub的俗名，本該問「花王」（編按：園丁）；可是有疑難便向書中尋覓，現在則上網搜索，是「讀書人」通病，不過，若問「花王」，恐怕不一定會得到相同答案，因爲各處鄉村各處名。

二〇〇二年十二月二十日

埃及街童祝君好運及其他

讀以英文寫作的瑞士小說家狄博通的散文《旅遊的藝術》（Alain de Botton: *The Art of Travel.* Pantheon Books, 2002），陶醉於「旅遊之樂」之外，尚有不少「意外驚喜」，所以有「驚喜」，皆因昔前筆者寫這類題材而未之見——若一早見之，必書入拙文。茲舉二事以饗讀者。

狄博通記法國文豪福樓拜（G. Flaubert, 1821-1880，《包法利夫人》的作者）談旅遊，可讀性極高；狄博通爲示福樓拜「脫俗」的個性（令他日後的「遊記」具說服力），七十二頁說他十八歲進大學前在鄉間悶得發慌，最大願望是「放個全村皆聞的響屁」，妙。在前兩頁，作者說少年福樓拜對神祕的中東想入非非，十二歲便夢想「去埃及當駱駝奴，在回教徒後宮失去童貞！」他後來果然去了埃及，不過是「遊歷」而非服侍駱駝。

八十六頁記福樓拜在開羅的見聞，更妙——食客在餐廳飽食後「全力打嗝」有「震撼力」之外，又說：「六、七歲的街童以『祝你萬事如意，特別是那話兒有過人之長』（I wish you all kinds of prosperity, especially a long prick）討好遊客。」妙得幾乎不可言。

*

二十卷本一共二萬一千七百二十八頁的第二版《牛津字典》於一九八九年四月出版，筆者在《信報月刊》撰〈新版牛津字典的「生意經」〉志其盛（該文收在《閒讀閒筆》），根據這套大字典濃縮的《簡明牛津字典》於一九九三年出版，這些年來，英文與時俱進，有長足發展，加進新收三千五百多個新字新詞的新版一套兩冊共三千七百五十一頁的《簡明牛津字典》上月中旬出版；牛津出版社的「字庫」有七千多萬個單字，唯「入典」新字的準則是「五年內在五個不同地方出現過五次」，因此新版有搭利班；其他一些常見的新字如 Wannabe（仿名人的外形舉止）、body piercing（以金屬飾物穿鼻肚舌……）、comb-over（以一鬚長髮遮「地中海」，俚語稱「搭橋」）、body mass index（計算體肥肌肉比率的指數，BMI）、Botox（注射藥物去皺紋）、lipectomy（開刀割掉體內脂肪〔與抽脂有別〕）及 orthorexia（過分注意飲食健康反對身體有害，筆者前在介紹《未來字典》時提及）亦入選。

一九九三年版收進「柴契爾分子」（Thatcherite）和「柴契爾主義」（Thatcherism），新版加入了布萊爾分子（Blairite）和布萊爾主義（Blairism）；若此字典由美國人編輯，這些字不一定會被收入。

受「五年規則」所限，《哈利波特》的主角和口頭禪等無法和《星際大戰》及電視《六人行》的主要用詞（如 go commando，外出時沒穿上內衣褲，是這齣片集的常用詞，據字典編輯的考證，此詞八〇年代已在美國大學流行）一樣成爲「新字」。

*

大陸人口逾十三億，面積九百六十多萬平方公里，人口密度（每平方公里平均人口）只有一百三十四點七人，比澳門的二萬八千八百六十八人及香港的六千四百十八點六，大大偏低；然而，中國大陸人民的居住條件不見得比港澳同胞好。顯而易見，這類統計數字只有「娛樂性」而缺乏實際意義，總平均人口密度，根本看不出人民的居住情況，國內的人口密度這樣低，由於「可居地」少，大家都往城鎮擠，因此人口密度雖低但經濟愈發達的城市居住條件愈差；香港的情況類似，港英爲了落實高地價政策，不開發偏遠地區和離島，港九市區以至稍後的新界便有人滿之患——香港解決人煙稠密的辦法是大廈向高空伸延，新加坡則把每寸土地都發展，全國幾乎沒有甚麼「不可居」的土地，因此新加坡人均密度爲僅次於香港的五千零七點八人，但人民的居住條件與環境，平均來說，遠勝港人。

無意間讀到一段何以中國人口突然急增的「分析」，頗値一讀，一查資料，便寫下上述兩、三百字。

台北《傳記文學》今年十二月號有巴凌先生〈四清運動札記〉一文，記一九六二年九月底中共在「八屆十中全會」上通過毛澤東主席提出的《社會主義教育運動決議案》，決定在農村開展「四清運動」——清工分、清賬目、清財物、清倉庫；是毛氏整頓因爲推行「公社化」引致的混亂情況，而「文化大革命」則爲「四清運動」的延續。巴淩並無透露身分，編者在按語中只說「作者以親身的經歷追述他在四清運動中與農民『三同』時的所見所聞」。所謂「三同」，是下鄉工作團員必須與貧民同吃、同住和同勞動。（同時有「三不准」：「不准吃肉、魚、蛋；不准送禮、行賄受賄；不准談戀愛、嚴禁亂搞男女關係！」）

作者具體而微地縷述他參加「四清運動」的情況，其中提及「人民公社分配制度」，竟是中國人口激增的根本原因。作者認爲：「人民公社的分配制度，就是社會主義最根本的制度。」

他這樣寫道：

……分配制度，具有原始共產主義色彩，重點放在農民（特別是貧苦農民）容易接受的傳統平均主義觀念上。以我所在生產隊爲例，每人每天口糧大米一斤，不論大人小孩，一視同仁，大人分一斤，小孩也同樣分一斤，一年就可分得大米三百六十五斤。一戶農家一年生一個孩子，就多分三百六十五斤，兩年生兩個，就多分七百三十斤。以此類推，如果生四、五個，就算平年，也能多分近二千斤。

……生孩子對農村婦女來說絕非難事，又有「婚姻法」作保障，規定女十八男二十即可結婚，寡婦可以再嫁，農民無不爭先恐後，許多地方按原來習俗，女子十四、五歲就出嫁。農村實在沒有甚麼娛樂，又沒有電燈，天一黑就上床。凡是能生育的，毫無「後顧之憂」，一個不可抑制的「做人運動」，自發地、悄悄地、迅猛地興起。十五年間，全國以農村占絕對多數的四億人口，激增爲八億，一發不可收。

「人口爆炸」的底因在此！

這些年來，學者探討中國人口何以「突飛猛進」，大都「歸功」於毛澤東的「人多好辦事」和批判馬寅初的「人口論」有成效。其實，在六〇年代初期，這些形而上的「理論之爭」，廣大農民哪裡知道，更沒多少人聽過「人口論」。眞正造成人口爆炸的主要原因，恰恰是上述那個平均主義分配制，是「形而下的糧食平均分配，與形而上的教條相結合，使農村品質不高的人口逐年增長，最後形成爆炸狀態，一發不可收」。

二〇〇二年十二月二十四日

飛錢不會飛！化肥將吃香？

二月七日上午十時有線電視第二台 Discovery 播出一輯介紹中國古代發明對世界文明影響的紀錄片，非常精采，其中談及因發明造紙，中國於十世紀（？）出現世上第一種紙幣，稱爲「飛錢」；這是事實，但解釋大錯，旁白說由於紙質輕盈，風吹即飛，因而得名，旁白和中譯俱如是說，且有「風吹錢飛」的示範鏡頭。

其實這又是一個外國學者強作解釋望文生義的「烏龍」；「飛錢」另有解釋。《辭源》引《新唐書．食貨志四》云：「（憲宗以錢少，復禁用銅器）時商賈至京師，委錢諸路奏進院及諸軍諸使富家，以輕裝趨四方，合券乃取之，號飛錢。」（括號內爲《辭源》未引文）《辭源》又說，此爲我國鈔法之始，但僅限於商賈與富豪私人爲之。用現代語言，「飛錢」即是以紙印製的匯票。「飛錢」又稱「便換」，《辭源》稱：「至宋初，許民入錢京師，於諸州使換，朝廷始置務給券，商人持券入諸州，及時給付，不得留滯。其初公私稱便，後以給錢不時，甚或無錢可付，鈔法遂廢。」事見《文獻通考九．歷代錢幣之制》。《辭海》的釋文甚簡略，不提也罷。

事實上，唐代趙璘的《因話錄．卷六》對「便換」說得更明白：「有士鬻於外，得錢數百緡，懼以川途之難賫也，祈不知納錢於公藏，而轉牒以歸，世所謂便換者。」

「飛錢」非因紙輕易飛，而是匯寄、兌換快捷如「飛」！彭信威在《中國貨幣史》（上海人民出版社，一九五八年）指「飛錢雖是一種匯票，而且我們不能證明它有被轉讓流通的事；然而歷來提到紙幣的人，多說是從飛錢發展出來的」。我國的雛形紙幣，遲至南宋才出現，時稱「會子」。《辭源》引《宋史・食貨志下三》：「（紹興）三十年，戶部侍郎錢端禮被旨造會子，儲見錢，於城內外流轉，其合發官錢，並許兌會子……。會子初行，止於兩浙，後通行於淮浙湖北京西……。」會子由會子局印行。

在這部紀錄片中出現的唯一華人學者是前港大校長、歷史學家王賡武教授，他也許應向編導指出這項錯誤，以免令這部趣味性、學術性兼備的紀錄片蒙污。

＊

「紙幣」質輕，遇風飛舞，事實確是如此，是現實生活中偶見之象；但說薄肉亦如此，便虐而又謔，是對廚師刀法的「讚美」？是對主人「慢客」的諷刺？劉衍文所撰《寄廬雜筆》（上海書店出版社，二〇〇〇年）的〈續說打油詩的油氣〉，錄有打油詩兩首，皆與「飛肉」有關。其一是「薄薄批來薄薄鋪，廚頭娘子費工夫。等閒不敢開窗看，恐被風吹入太湖。」其一記：「相傳明董其昌至友館中，見中膳肉薄，因作詩云：『主人之刀利如鋒，主人之母輕且鬆。薄薄批來如紙同，輕輕裝來無二重。忽然窗下起微風，飄飄吹入九霄中。急忙使人追其蹤，已過巫山十二峰。』」

*

美國農業部（USDA）去年底公布了一些令人吃驚的數字——美國人工飼養的家畜去年「製造」的糞便共六千一百萬噸，約為美國人相關「產品」的一百三十倍；北卡羅來納州養豬場約七百萬頭豬的糞便，比該州六百五十萬人的多出四倍；數個一共飼養六億隻雞的農場每年收集的雞糞達四十萬噸！一九九五年北卡羅來納州有約二千五百萬加侖的家禽糞便不愼沖進新河（New River），毒死過千萬條魚和毒化繁殖貝殼類河產的三十六萬四千公頃濕地。

糞便中的微生物 Pfiesteria 對人和魚皆有害，但它是「土肥」，是農作物「大補劑」，是有機化肥的原材料。

*

蔣兆成在《明清杭嘉湖社會經濟研究》（浙江大學，二〇〇〇年）中指出，飼養家禽的副產品是收集肥田料。換句話說，家禽的糞便若善加利用，便不是污穢甚至污染大地及使河產中毒之物，而是「最便宜的肥料」。

羊馬豬和雞鴨鵝等的糞便含有豐富的氮、鉀和磷酸，飼養農場因此是「製造『土肥』的工廠」。蔣書說：「若將雜草、稻草墊入豬、羊欄中，同禽糞混在一起，經豬、羊踐踏、腐爛，肥效更佳。」把雜草稻草墊家禽欄，原來有此妙用。據蔣氏引《沈氏農書》，大約每頭羊一年平均排洩的糞尿總量為一千一百至一千五百斤，加上墊草，每頭羊全年產肥平均為二千五百至三千斤。「如養胡羊十一隻（按：為甚麼是十一隻，作者並無解釋），每年便得肥壅（按：加草的肥料）三百擔……。」養家禽可以積肥，是價值甚高的副產品，所以有「養羊積肥，效益更顯著」之說，農戶亦因此多用「圈養」方法，以使「肥水不落外人田」。

＊

現代農業已少用「土肥」，因為化學肥料效用更大，且「無色無臭」，比較乾淨。生產肥料公司的股價，因農業的發達而一度成為「熱門股」，但約二十年的期貨大熊市（跌市），「化肥股」不僅被股民遺忘，連有價必錄的標準普爾期貨指數，亦因其成交太疏（去年十二月僅錄得約千宗成交）而考慮將之「除牌」（不再計算指數升降）。不過，由於世界穀類作物存量僅堪全球年消耗量百分之二十二（為七〇年代以來最低），加上過去四年持續出現消耗量大於產量的情況，穀物期貨態去牛來（跌後回升），已是不少投資專家的共識。在這種情況下，農業商人必會因為穀物有價而擴大生產，對肥料需求相應上升，其股價因而不可忽視。

農業專家指出，每用一元化肥於農作物，大約可帶來三元回報；而每一公斤牛肉需要七公斤飼料，豬肉的比例為一比四，家禽則是一比二（二公斤飼料得一公斤肉），只要有市場，農業商人是不會吝嗇飼料的。

目前的情況顯示對穀物需求將大增，聯合國的資料指出，一九六五年世界平均每人有可耕地面積一・一公頃，當年全球約四十億人；二〇〇〇年人口激增至六十億，可耕地面積增幅追不上（美國農地信託〔American Farmland Trust〕去年年報指由於用作其他發展，美國每分鐘減少二公頃可耕地），因此人均可耕地面積降至〇・五五公頃，這意味農作物供求關係將趨不平衡。報告特別指出亞洲和南美中產階級人數激增，他們每年平均消耗的肉類（主要是豬、牛和家禽）為七十五公斤，發展中國家人民的人均肉類消耗量是二十四公斤。在「瘦身潮」中世界對肉類需求上升，出乎筆者意料，唯這種趨勢令市場對飼料——農作物特別是五穀——的需求上升。

需求增加之外，美國四成農地、印度大部份耕地土壤出現「營養不良」症候，需要大量鉀鹼及磷酸鹼類肥料，化肥公司股價因此可以看好。

*

本欄無意「介紹投資」，不過，現在也許是投資者和他們的投資顧問商討應否在投資組合中加入化肥企業股票的時刻。化肥公司不多，較活躍的只有 IMG Global（IGL）、Potash Corp.（POT）及 Agrium Inc.（AGU），上週五它們的股價依次大約爲十美元、六十美元和十一美元。

由於長期受市場忽略，有的化肥企業財政已病入膏肓且有破產危機，投資前景非仔細研究不可；事實上，由於化肥現在面對有機肥料（歐洲公司似有市場優勢）及基因生化種植方法的挑戰，因此，即使糧食需求上升、耕地面積擴大，與化肥公司盈利增長之間亦不能劃上等號。換句話說，雖然市場對肥料需求可能轉殷，但肥料並非單指化肥，其頹疲已久的股價因而不等於會強力上升。這正是筆者認爲有興趣者要聽取投資顧問意見的底因。

二〇〇三年二月十日

為雪雞而捐軀　因恨法而改名

斷斷續續讀一本談泡菜（漬物）和罐頭的書（S. Shephard: *Pickled, Potted and Canned*. Simon & Schuster, 2000），趣味盎然，日後有機會另文介紹，此書第二章提及大名鼎鼎的英國哲學家和政治家（散文家和園藝家）培根子爵（Francis Bacon, 1561-1626）雪中行時，頓興食物加鹽既可保鮮雪藏又如何之念，於是發明了「冰鮮雞」；可惜語焉不詳，閒談間談起，小女馬上送來《牛津科學發現逸聞》（*The Oxford Book of Scientific Anecdotes*），其第三十九節（頁六四）寫的正是培根以身殉冰鮮雞一事。培根凡事喜尋根問柢，從政時因此揭發很多「醜聞」，得罪不少人，令他最後以貪污罪及「欠債不還」被投獄及褫奪貴族銜。老王去世後，查爾斯一世登基，大赦天下，恢復培根名譽，准他訪問倫敦。一六二六年三月一個下大雪的早上，他和好友（御醫）乘馬車外出吸口新鮮空氣，見白雪皚皚，突然興起雞隻藏於雪中能否保持新鮮的問題，他們遂於Highgate下車，該地現爲倫敦「大區」，當年仍屬郊外，很易從農舍中購得一雞，並著農婦劏洗乾淨，然後把「光雞」裡外包雪，可惜天氣太冷，雪中作業令培根大傷風，他們遂就近往阿隆戴爾伯爵（Earl of Arundel）府上避寒，時伯爵犯案被囚倫敦塔，邸宅保養不周，床褥濕氣太重，令培根病情惡化，可能染上肺炎，臨終前寫信給伯爵，告以「雞藏雪中」試驗成功（succeeded excellently well），三天後一命歸西，成爲眞正「爲科學試驗而犧牲」的人！

《泡菜》指培根去世之年，「化學之父」、英國皇家學會創辦人波耳（R. Boyle）出世，他是把保存食物從廚房帶進實驗室的第一人。

*

雪櫃（冰箱）的發明，據《世界第一》（M. Harris: *Book of Firsts.* Michael O'mara, 1994）一書考證，始於一七五五年蘇格蘭格拉斯哥，但英國雪櫃專利牌照於一八一九年才發出，發明者爲兩名英國人。法國雪櫃遲至一八六八年才註冊專利，一八七七年第一艘裝上雪櫃的法國船 Le Figorifique 載滿牛肉和羊肉，從法國開往巴西，歷時一百零五天，「貨色保持新鮮可口」。

*

忘記在那個網站上讀到一篇論保護主義的短文，指亞洲稱美國華盛頓州的紅蘋果（Red Delicious）爲「蛇糧」（Snake Food），似因香港把 delicious apple 音（廣府話）義混譯爲「地厘蛇果」而以訛傳訛。在伊甸園，蛇引誘亞當、夏娃的不是蘋果而是不知名的「禁果」。蘋果與蛇無關而與「蛇果」有關。

*

俄羅斯、中國和法國這三個安理會常任理事國反對美國入侵伊拉克，其中以法國的表現最慷慨激昂，非常之有正義感，惹起美國人反感，眾議院行政委員會主席奈伊（B. Nye）運用行政權力，宣布眾院餐廳的「（法式）炸薯條」（French Fries）改名「佛里當（自由）薯條」（Freedom Fries），「（法蘭西）吐司」（French toast）改名「佛里當吐司」。奈伊法裔美籍，法語流暢，法國口音未除，由他「去法」，別有風味。

美國人這種「國民外交」，自「古」已然，第一次世界大戰爆發後，反德情緒高漲，原本稱為法蘭克福包（frankfurters）的麵包夾肉腸加泡菜，便正式改名熱狗（hot dogs），德國泡（酸）菜（sauerkraut，即現在德國鹹豬腳的配菜）則改稱「黎伯爾特椰菜」（liberty cabbage）。

據《萬物源起》一書考證，麵包夾肉腸的食製，源自三千五百年前的巴比倫……，十九世紀八〇年代，兩名法蘭克福居民移居美國，一在密蘇里聖路易落戶，一居紐約科尼島，各以賣三明治為生，因競爭劇烈，後者遂改賣德國美食「法蘭克福三明治」（Frankfurter Sandwiches），大受歡迎，財源廣進，此公遂從街邊手推車攤進而開設名為「德國啤酒花園」（German Beer Garden）餐廳，這種三明治亦簡化為 Frankurters，歐洲戰事一起，「都是德國人惹的禍」，美國人便為它改名。

眾議院餐廳「去法」之後，駐美法使館一位發言人指炸薯條與法國無關，即過去百數十年稱爲「法式炸薯條」是誤稱，因炸薯條原產地爲比利時。據《字源字典》的考證，炸薯條（fried potato）這個字於一八六〇年前後開始流行，此字源自古法文 chipe，至於是否爲比利時法文，則未見記載。

這就有點奇怪，筆者近讀《馬鈴薯》（L. Zuckerman: *The Potato*. North Point Press, 1999），指在十九世紀八〇年代紐約有食客嫌炸薯太厚不可口，教廚師把馬鈴薯切成細條後炸之，果然大受食客讚賞，Potato Chips 遂成爲熱門配菜，傳說中炸薯條獲大投機家溫得標（C. Vanderbilt）賞識，大加宣揚而人人爭相仿效。由於食油日漸普及，加上刨薯條（片）機器的發明，炸薯條遂進入美國家庭廚房，成爲美國國食（該書頁二四一—二四二）。有趣的是，《馬鈴薯》提及十九世紀八〇年代法國人以馬鈴薯爲主食（統計顯示一八六〇年典型六口之家日耗十磅「薯仔」），薯皮飼兔，在喜慶日殺兔「加菜」。到了一八七〇年左右，法國北部開始有人炸薯條，稱爲 Pommes Frites（該書頁一八二—一八四），前一字爲蘋果，法文稱馬鈴薯爲「長於地下的蘋果」（Pommes de terre〔apples of the ground〕），因有斯名，而直譯便是「法式炸薯條」。「地果」與我們稱番薯爲「地瓜」——生於地下的瓜——有異曲同工之妙，我國稱馬鈴薯爲「土豆」，本與法文十分「匹配」，其奈豆太小，遠遜法文之眞。

*

有點像英國、法國和奧地利經濟學家幾乎同時發展出「邊際效用學派」，在筆者看來，炸薯條亦為多國在同一時期的「共同發明」。筆者所見有限，除了美國和法國，英國人亦於同期「有所發明」。不過英文的炸薯條是 Potato Chips ，美國十九世紀亦用此名，後來才稱 French Fries ，也許有意高攀法國美食亦說不定，如今反目，便以自由代之——自由炸薯條和自由吐司，可有點不倫不類（眾議院餐廳還售中國 lo mein〔滷麵？撈麵？〕，若中國反戰到底，未知又會改甚麼名字）。

筆者在《英倫采風》中談「炸魚與炸薯條」時，指出「有人說約克郡一家『魚與薯條』店創辦於一八六三年，資格最老，但馬上有人指出倫敦刑事法庭附近一店子的歷史可追溯到一八六〇年，不過『北方學者』（《倫敦時報》用語）反駁說，這間店子開辦時只售炸魚，五年後才兼賣薯條，比約克郡的那一家遲了兩年」。

十九世紀八〇年代無疑是炸薯條崛起的年代！

*

「佛里當」和「黎伯爾特」，俱為台灣前輩經濟學家周德偉的翻譯（音譯）；他還把 Liberalism 譯為「自由立茲」，並解釋說：「……時賢亦不滿自由主義之譯法。譯者繞室彷徨，苦思有得，乃改譯為『自由立茲』，此非音譯。孔子曰：『文王既沒，文不在茲乎。』意若曰，文王雖歿，孔某猶在，毅然以道統自任也。又曰，『己欲立而立人』，立者自己獨立也。自由立茲謂自由無時無地不存在，亦無人可以缺少者也。立茲合孔子兩語而成立，較孔子『在茲』之義尤重，『文不在茲乎』，乃孔子尊重一己之學問道德。」（見海耶克《自由的憲章》譯者序〈寫在自由的憲章的前後〉；該書由台灣銀行出版，一九七三年〉。筆者對此解釋只是一知半解而已，而對周氏不把Liberalism譯爲「黎伯爾路立茲」，亦莫名其妙。

二〇〇三年三月十日

陳友仁姓Cham不姓Chan

前中國社會科學院副院長、神學博士趙復三翻譯的《歐洲思想史》，已由香港中文大學出版社出版，凡七百餘頁，當慢慢研讀。筆者與趙氏有一談之緣，時在改革開放後不久；他任官方機構要職而無八股氣，通神學而無講道味！

趙先生學問淵博，本書〈中譯者前言〉的書籍分類法，便大有可觀。「書大概有三等，第一等書的作者博學深思、治學謹嚴、言必有據，又富有創見；第二等書的作者治學謹嚴、爬梳甚勤，而創見不多，但仍不失為好學者；第三等則志大才疏、立論輕率、廁身書林、徒供鑒戒。」對於讀書「境界」，趙博士亦有精要的看法：「讀書大概也各有不同，一種是細讀深思、反覆玩味、舉一反三的；第二種是讀完之後得其要點，而後放在架上隨時備查的；第三種是瀏覽一遍，便可放下的。這也隨讀者志趣、需要而各異。」相信許多「讀書人」都有同感。

筆者當然希望能夠進入讀書第一種境界，但第二種亦已不錯，只是要「備查」時書多不見，令人滿頭大汗、心跳加速！袁中郎《隨園詩話．卷五》說「余少貧不能買書，好之頗切……及作官後，購書萬卷，翻不暇讀矣。」把「作官後」改為「經濟條件許可後」，頗合筆者的情況。袁氏進仕後有購書萬卷的財力，似非來自俸祿而是來自貪瀆！

*

《歐洲思想史》譯了整整四年，一九九一年開始動筆至一九九五年譯畢，排版後反覆校閱六次，其〈中譯六校後記〉寫於二〇〇二年十月十五日，即從動手翻譯到出版，前後歷時十一年！著書譯書皆非易事，趙氏尤爲一絲不苟，比如 Counter 一字，通常譯爲「反」字，趙氏說在原文的意思，「更主要是『針鋒相對』，與『反對』雖有聯繫，卻不能視爲等同」，他因此把 **Counter Reformation** 譯爲「天主教改革運動」，反覆思量「覺得這才切合歷史」。像這類斟字酌句的推敲，可說全書皆是，隨處可見，讀者受惠。

筆者常說校書如掃秋葉，但是趙氏更進一大步，形容校閱如鏟除仇敵。這本書校閱六次才付梓，除了「像對仇敵趕盡殺絕那樣消滅錯別字」（這是何以古人稱校勘爲校讎的原因），還因譯者不斷「校訂自己有沒有錯譯的地方」。這樣嚴肅認眞的態度，求諸今日，已不多見。

*

五月十四日本欄〈抗疫有成的兩位華人醫學家〉，提及伍連德醫生一九五九年在劍橋出版、絕版已久的英文自傳《瘟疫鬥士》，日前接藏有該書的不署名讀者寄來兩頁影印，並「眉註」：「這是有關陳友仁名字的來龍去脈」的原始資料。讀之頗爲有趣，同時發現一處前人未見之可能謬誤。原來伍連德從柏林乘搭火車經華沙、莫斯科和西伯利亞回滿洲的十日車程，同車廂的是一位不會說中文、出生於千里達的第二代華裔、英國訓練的律師 Eugene Acham，多日相處，兩人結成莫逆，無所不談。

Acham 顯然是阿湛，這個英文姓氏必然爲移民局官員所「賜」，那是十九世紀或再早目不識丁遠赴英國殖民地或美國做苦力的華工常遇的待遇——說英語的移民官員隨便「賜姓」給華人，是司空見慣的事。Acham 要回中國幹一番事業（後來協助孫中山先生搞革命，當過外交部長），不會說中文已是大障礙，連中文名亦沒有，便不成體統了。好心的伍連德於是把 Eugene 譯爲友仁，極佳；而且一不作二不休，索性把其英文名改爲普通話的拼音 Chen Yu-Jen。伍醫師認爲 Acham is not Chinese，遂賜中國大姓之一且與 Cham 僅「一劃」之差的 Chan（廣東話）或 Chen（普通話）。

陳友仁是中華民國開國元勳之一，不過，現在讀伍連德所寫，Acham 是湛而不姓陳。伍醫生認爲 Acham 是誤譯，他的解釋是，AhChan 被簡化爲 Achan 後，再被英語化（anglicized）爲 Acham，這種推論似有破綻，因爲 Acham 並非由 Achan 而來，而是友仁根本姓湛。伍連德祖上是台山人，在檳城出生，也許他不知有湛姓，因此以爲 Cham 是 Chan 之誤，而友仁本身不通中文，大概對 Chan 和 Cham 的分別不大了了，大名鼎鼎的伍博士既說他姓陳，便以 Chen 行世。寫至此想起湛江，未知該地最早是否爲湛姓聚居之地。

從湛變陳，使筆者聯想到蕭肖之別，蕭是繁體，簡體是肖，在仍用繁體字的地方如香港，把蕭鋼寫成肖鋼，似乎不太合適，這便如多年前把李後寫成李后一樣令人莫名其妙！這種「錯配」皆因簡體字爲求方便亂造字亂了章法所致。我國文字自倉頡的古文起，先有合字然後求簡，出現不同字體，依次是大篆（籀文）、小篆、隸書（楷書）和草書，字體變化雖多，卻俱受「六書」（指事、象形、形聲、會意、轉注和假借合稱「六書」）的規範，因此有「跡」可尋，不致離譜；但簡體字一味求簡求易，沒有章法，大失分寸，好像后、肖本身各有意義，因簡繁體有別而混淆不清，眞是令人尷尬。

*

科技網路股泡沫化，把世界經濟推向衰退、通縮邊緣，有形和無形商品服務價格下挫，已是人所共知的事實；在百物炒得火紅的年代，價值連城的藝術品，亦風光不再。荷蘭印象派大畫家梵谷（W. van Gogh, 1853-1890）的作品，價格起落甚大，據 Artprice.com 所說，現在其畫作不是有價無市便是價格大跌，這是因爲過往炒得太高加上大量贋品流入市場有以致之。

二十世紀九〇年代的藝術品大炒風，是由梵谷畫帶動。一九八七年，他的《向日葵》在拍賣會中以四千萬（美元，下同）成交，是「古之所無，今亦罕見」的高價。數月後，《Irises》創下新紀錄，以五千四百萬爲澳洲大亨龐雅倫（Alan Bond，他的公司曾在香港上市〔奔達集團〕，現在力寶大廈前身稱奔達中心〔Bond Centre〕）所得，龐雅倫兩、三年後以破產聞名。梵谷的《Dr. Gachet》於一九九〇年以時人認爲「最高價」的八千二百五十萬賣出，哪知畫主日本紙品大王

Ryoei Saito 一九九七年去世後，這幅畫以九千萬元爲拍賣行蘇富比CEO布魯克女士所得，據說她「代客購入」，不允透露眞正買家身分，但此畫總算知道流回藏家之手——當時日本「新發財」不惜一擲千萬美元買進不少名畫，現在大都「下落不明」，令鑒賞家心癢難熬，很不自在。

泡沫之後，梵谷畫作價格算得上一落千丈，Artprice.com 說去年有七幅梵谷的畫成交，但價格均在百萬以下（在拍賣中無人問津而收回更多），無復當年盛況。看畫冊看展覽看黑澤明的《夢》（有主角進入梵谷畫世界令人神往的片段），梵谷不愧爲印象派名家，其畫作價格的起伏，對賞畫者而言，眞是毫不相干。

梵谷晚年精神錯亂，Gachet 是他的醫生，在電影《梵谷傳》（寇克．道格拉斯〔梵谷〕和安東尼．昆〔高更〕主演）中，這位藝術品藏家的醫生無心醫事，若非如此，梵谷也許不會在自割左耳不久後呑槍自盡。

二〇〇三年五月三十日

【附錄】

英譯古代笑話五則

一、我不見了（《笑得好》初集）

一呆役解僧赴府，臨行恐忘記事物，細加查點，又自己編成兩句曰：「包裹雨傘枷，文書和尚我。」途中步步熟記此二句。僧知其呆，用酒灌醉，剃其髮以枷套之，潛逃而去。役酒醒曰：「且待我查一查看，包裹雨傘有。」摸頸上曰：「枷，有。」文書，曰：「有。」忽驚曰：「哎呀，和尚不見了。」頃之，摸自己光頭曰：「喜得和尚還在，我卻不見了。」

Monk and Me

A constable had to escort a monk from one prison to another, the latter was a Buddhist and had a shaven head. Beofre setting out, the constable checked everything carefully and composed a little rhyme to remind him of what he had-

"PARASOL, PAPERS AND PACK;

MANACLES, MONK AND ME."

As they walked along, he hummed it and muttered it and sang it and chanted it, until they reached an inn where they put up for the night. The monk, realizing the constable was simple, got him drunk, manacled him, shaved his head and ran away.

When the constable came to he muttered: "I must check my P...what I've got, Parasol-have; papers-have; pack-have." Then, "Manacles," he said, feeling them round his neck. "Hullo? Where's the Monk-he's hopped it." He scratched his head in consternation, found he was bald and laughed for joy: "Thank heaven-here's the monk, but where the Devil am I ?"

二、醉猴（《笑得好》二集）

有人買得猴猻，將衣帽與之穿戴，教習拜跪，頗似人形。一日，設酒請客，令其行禮，甚是可愛。客以酒賞之，猴飲大醉，脫去衣帽，滿地打滾。眾客笑曰：「這猴猻，不吃酒時還像個人形，豈知吃下酒去，就不像人了。」

In Vino Veritas

A man bought a monkey and dressed him like a gentleman and instructed him in etiquette until he was a paragon of courtesy and breeding. Then he gave a party, and invited the monkey to bow to his guests. The monkey obeyed, and performed with such perfection that the guests were struck with admiration and treated him to wine. He drank like a gentleman, but soon was as drunk as a lord, and tossed away his hat and tore off his coat and frisked and frolicked about the floor. Then the guests laughed and said: "He's a monkey when he's drunk and a gentleman when sober!"

三、莫砍虎皮（《笑得好》初集）

一人被虎銜去，其子要救父，因拿刀趕去殺虎，這人在虎口裡高喊說：「我的兒我的兒，你要砍只砍虎腳，不可切了虎皮，才賣得銀子多。」

Tiger-Skin-Flint

A tiger has seized a man and is running away with him in his mouth. The man's son is pursuing them with an axe, but as he raises his weapon, his father cries in horror: "My son! My son! Don't harm a hair, strike the tiger's foot-his skin will fetch a fortune if it's perfect!"

四、祛盜（《寄園寄所寄》卷十二）

一癡人聞盜入門，急寫「各有內外」四字，貼於堂上；聞盜已登堂，又寫「此路不通」四字，貼於內室；聞盜復至；乃逃入廁中，盜蹤跡及之，乃掩廁門，咳嗽曰：「有人在此。」

“Red-Tape”

A Civil servant who had his house burgled put a notice on his front door:

“Thieves keep out!”

But in spite of the notice, the burglars came again; so he posted a second notice, this time on the kitchen door:

“No right of way-by order.”

The thieves, however, reappeared; and when heard them coming the civil servant rushed to the toilet, locked the door, coughed loudly and called:

“No admittance: Engaged!”

（譯者按：結合實際情況將癡人譯爲「公務員」。）

五、席不相認（同上）

一客饞甚，每入座，輒饕餮不已，一日，與人共席，自言會過一次，彼人曰：「前未謀面，想老兄認錯了？」及上果菜後，啖者低頭大嚼，雙箸不停，彼人大悟曰：「是了，會便會過一次，因兄台只顧吃菜，終席不曾抬頭，所以認不得尊容，莫怪莫怪。」

Glutton

There was once a glutton who whenever he went to a party did nothing but eat. One day, before the dinner started, he met another guest and greeted him: "Haven't I see you before?" But the man replied, "I don't think so. You must have mistaken me for someone else."

But when the dinner was underway and this unequalled glutton was concentrating on his meal with bent head, and his chopsticks incessantly flying, the other suddenly realized he knew him. "Yes, yes," he cried, "I've seen you times out of number-but never before have I caught a glimpse of your face."

行止附識：

近寫英國《笨拙》壽終正寢，說及早年曾英譯《笑林》若干則，多位讀者傳書欲「一讀爲快」，遂間接請馬家輝博士從《明報周刊》的膠片中印出，唯時在一九六九年末而非七〇年代初期，大增搜尋難度，在此謹致深切謝忱。筆者赴加掃墓，存稿不足，遂選出「少譯」五篇刊出，並請高明指教。

二〇〇二年七月十八日、十九日

文學叢書 167

閒讀偶拾

作　　者　林行止
總 編 輯　初安民
特約編輯　敏麗
美術主編　高汶儀
校　　對　吳美滿　敏麗

發 行 人　張書銘
出　　版　INK 印刻出版有限公司
台北縣中和市中正路 800 號 13 樓之 3
電話： 02-22281626
傳真： 02-22281598
e-mail:ink.book@msa.hinet.net
網　　址　舒讀網 http://www.sudu.cc

法律顧問　漢廷法律事務所
劉大正律師
總 代 理　展智文化事業股份有限公司
電話： 02-22533362 ・ 22535856
傳真： 02-22518350
郵政劃撥　19000691 成陽出版股份有限公司
印　　刷　海王印刷事業股份有限公司

出版日期　2007 年 9 月 初版
ISBN　978-986-6873-18-8

定價　300 元

國家圖書館出版品預行編目資料

閒讀偶拾／林行止著；--初版，
--臺北縣中和市： INK 印刻，
2007〔民 96〕面 ；　公分（文學叢書； 167）
ISBN 978-986-6873-18-8（平裝）
1.叢論與雜著
078　96004648